Altxorraren Irla

1. Kapitulua.

Squire trelawney, doctor livesey eta gainerako jaunek galdetu didate altxor uhartearen inguruko xehetasun guztiak idazteko, hasieratik bukaerara, uhartearen errodamenduak besterik ez gordetzea, eta hori bakarrik dagoelako altxorra dagoelako. Oraindik altxatu gabe, nire luma hartzen dut graziaren urtean - eta nire aitak "almirante benbow" ostatua gordetzen zuen garaira joan nintzen, eta marinel zahar marroiak, sablea ebakirik, lehenengo ostatua hartu zuen. Gure teilatua.

Gogoan dut atzokoa balitz bezala, ostatuko atariraino sartzera zihoala, bere bularraldea atzeko eskuan zuela; gizon altua, sendoa, astuna, intxaur marroia; txerri-buztana geldirik du bere soineko urdinaren sorbalden gainean erorita; eskuak malkartsuak eta orbainak zituen, iltze beltz hautsiak eta sablea masail batean, zuri zuri zuri zikin bat. Gogoan dut kala inguruan eta bere buruari txistuka ari zela, eta gero sarri kantatzen zuen itsasoko abesti zahar hartan apurtzen ari nintzela.

"hamabost gizon hildako bularrean, yo-ho-ho eta ron botila!"

Gogoan dut atzo ostatuko aterpetik ateratzen ari zela

Kapastar tabernetan sintonizatuta eta hautsita zegoela zirudien ahots zurrun eta zaharra. Orduan, atea zuritu zuen makilatxo batekin, eramaten zuen esku polita bezala, eta nire aita agertu zenean, gutxi gorabehera, rum bat edalontzira deitu zuen. Hau, beragana ekarri zutenean, poliki-poliki edan zuen, jakintzaile bat bezala, gustura murgilduta, eta oraindik begira zegoen itsaslabarretara eta gure kartelera.

"hau erabilgarri dagoen kala da", dio berak; "eta satyated grog-shop atsegina. Konpainia asko, lagun?"

Nire aitak ezetz esan zidan, oso enpresa txikia, orduan eta gehiago zen pena.

"ondo da", esan zuen, "hau da niretzako atrakada. Hemen zu, emaztega", oihu egin zion barrako oinez jotzen zuen gizonari; "ekarri aldamenean eta lagundu nire bularra. Hemen geratuko naiz pixka bat", jarraitu zuen. "gizon arrunta naiz; rom eta hirugiharra eta arrautzak nahi ditut, eta han daudela ontziak ikustera. Burua deitzen didazu? Deitzen didazu kapitaina. Oh, badakizu zer zauden -ez "; eta hiru edo lau urre bota zituen atalasean. "hori egin dudanean esan diezadazu" esan zuen komandante bezain sutsua.

Eta, egia esan, arropak bezain gaiztoak ziren, eta hitz egiten zuen bitartean, ez zuen makilaren aurretik itsasoratzen zen gizon baten itxurarik, baina bikotekidea edo patroia zirudien, ohituta egotera edo kolpatzera ohituta. Barrerarekin etorri zen gizonak esan zigun mailak aurreko goizean "royal george" -n ezarri zuela; kostaldean zehar zeuden ostatuak zeudela galdetu zuela eta, gure ustez, hitz eginak entzuten zituela, uste dut, eta bakarti gisa deskribatu zutela, besteengandik aukeratu zuela bere bizileku. Eta hori izan zen gure gonbidatuaz ikasi ahal izan genuen guztia.

Ohiturari esker oso gizon isila zen. Egun guztian zintzilikatzen zen kala inguruan edo amildegien gainean, letoizko teleskopio batekin; arratsalde osoan suaren ondoan zegoen bazter batean eseri zen, eta rum eta ura oso indartsuak edan zituen. Gehienetan hitz egiten zuenean ez zuen hitz egingo; bakarrik begiratu bat-batekoa eta gogorra, eta putz egin sudurretik laino-adarra bezala; eta guk eta gure etxera hurbildu ginen jendeak berehala jakin genuen. Egunero, bere pasealekutik itzultzen zenean, galdetzen zuen ea itsasoko gizonik joan ote zen errepidean zehar. Hasieran galdera hau egitea eragin zion bere motako enpresaren nahia zela pentsatu genuen; baina azkenean horiek ekiditeko desira zegoela ikusten hasi ginen. Itsasgizon bat "almirante zubiaren" aurrean jarri zenean (noizean behin batzuek, kostaldeko errepidean bristolerako bidea egiten zutenean), gortutako atea zeharkatuko zuen aretoan sartu baino lehen; eta sagu bat bezain isila egongo zela beti ziur zegoen. Niretzat, behintzat, ez zegoen gaiaren inguruko sekreturik; izan ere, ni nolabait partaide izan nintzen bere alarmetan.

Egun batean alde batera utzi ninduen eta hilean lau aldiz zilarrezko bat agindu zidan agindu zidanean "eguraldiaren begia hanka bateko gizon batekin irekita mantenduko banu", eta agertu zitzaion unean jakiteko. Sarritan nahikoa hilaren lehenengoa iritsi zenean, eta niri soldata eskatzen nion, sudurretik bakarrik kolpea ematen zidan eta begira ninduen; baina astea irten aurretik ziur hobeto pentsatuko nuela, ekarri nire lau piezako pieza eta bere aginduak errepikatu "itsasoko gizona hanka batekin" bilatzeko.

Nola pertsonaiak nire ametsak haunted, apenas kontatu behar dut. Gau ekaitzetan, haizeak etxeko lau bazterrak astindu zituenean, eta surfa kala zeharkatzen eta itsaslabarretara igotzen zenean, mila forma ikusiko nituen eta mila adierazpen diabolikorekin. Orain hanka moztu egingo zitzaion belaunean, orain hipan; orain sekula ez zuen izaki mota munstro bat zen eta hanka bat eta haren gorputzaren erdian zegoen. Amesgaiztoen okerrena izan zen hura jauzi eta korrika egin eta estalki eta hoberen atzetik jarraitzea. Eta oso maitagarria ordaindu nuen lau hilean behin egindako piezarengatik, higuingarri hazkura horien forma.

Baina itsasoko gizonak hanka batez izandako ideiarekin izututa nengoen arren, kapitainaren beraren beldur nintzen gutxiago ezagutzen zuen beste inork baino. Gauak izan ziren buruak zeraman rum eta ur gehiago hartzen zuenean; eta gero, batzuetan, itsasoko abesti maltzur, zahar eta basatiak kantatu eta abesten zituen, inork ez zuela gogoan; baina batzuetan betaurrekoak biribiltzeko deia egiten zuen eta dardaraz beteriko konpainia guztia bere istorioak entzutera edo kantuan koruak egitera behartzen zuen. Askotan entzun dut etxea "yo-ho-ho eta ron botila batekin" dardarka, bizilagun guztiek bat egiten zutela bizitza maitearekin, heriotzaren beldurrarekin, eta bakoitza bestea baino ozenago abesten zuten. Izan ere, moldaketa horietan izan da inoiz ezagutzen den bidelagun nagusia; eskua mahai gainean jarriko zuen inguruan isiltasunagatik; haserre grina batean ihes egingo zuen galderaren batean, edo batzuetan inor jartzen ez zelako, eta, beraz, konpainiak ez zuela bere istorioa jarraitzen epaitu zuen. Eta ez zion inori utzi ostikutik bere burua lo hartu arte eta oheratu arte.

Bere istorioak izan ziren jendeak gehien beldurtzen zuena. Ipuin beldurgarriak ziren; zintzilikatzea eta oholtza gainean ibiltzea eta ekaitzak itsasoan eta tortugak lehorrak eta egintza eta leku basatiak espainiako nagusian. Bere kabuz, itsasoan inoiz jainkorik utzi ez duten gizon maltzurren artean bizi izan behar zuen bere bizitza; eta istorio hauek kontatzen zituen hizkuntzak hunkitu egin zituen gure herrialde arruntaren jendeak deskribatu zituen delituak bezainbeste. Nire aita beti esaten zen ostatua hondatu egingo zela, jendea laster geldituko baitzen tiranizatzen eta jaiotzen eta doluka oheetara bidaltzen; baina benetan uste dut bere presentziak on egin zigula. Jendea beldurtuta zegoen garai hartan, baina atzera begiratzean nahiago zuten; zirrara bikaina izan zen herrialde lasai bateko bizitzan; eta bazirudien hura miretsi nahi zuen gizon gazteenen festa ere, "itsas-txakur egiazkoa" eta "gatz zahar benetako" deituz eta horrelako izenak zituela esanez, eta han zegoela ingalaterra egiten zuen gizona. Ikaragarria itsasoan.

Modu batean, hain zuzen ere, zuzendu nahi gintuen; izan ere, astean astean jarraitu zuen, eta hilabetean azken hilabetean, beraz, diru guztia aspalditik agortu zen, eta nire aitak ez zuen sekula bihotza estutu gehiago izaten ahalegintzeko. Inoiz aipatzen bazuen, kapitainak sudurretik jo zuen ozenki esan zezakeela garrasika hasi zela, eta nire aita pobreak gelatik begira zuela. Eskuak uxatzen ikusi ditut halako errebindikazio baten ondoren, eta ziur nago haserre eta izandako beldurrak bizkortu egin duela bere hasieran eta zorigaiztoko heriotza.

Gurekin bizi izan zen denbora guztian kapitainak ez zuen bere soinekoan aldaketarik egin, janari bati galtzerdi batzuk erosteko baizik. Bere kapelaren kukurutxo bat erori zen egun horretatik zintzilikatu zuen, nahiz eta haserre handia piztu zen. Gogoan dut bere gelan goiko gelan itsatsita zeukala bere jantziaren itxura, eta bukatu aurretik, adabakiak baino ez ziren. Ez zuen sekula eskutitzik idatzi edo jaso, eta ez zuen sekula bizilagunekin hitz egin, eta hauekin, gehienetan, rumarekin mozkortuta zegoenean bakarrik. Gutako inork inoiz ikusi ez zuen itsas bularralde handia.

Behin bakarrik gurutzatu zen eta hori amaiera aldera izan zen, nire aita gaiztoa urrundu zuenean kenduko zuen gainbehera batean. Livesey doktorea arratsaldean berandu etorri zen pazientea ikustera, amaren afaria pixka bat hartu zuen eta apaindegira sartu zen pipa erretzera, bere zaldia baserritik jaitsi arte, ez baikenuen zubi zaharrean. " bere atzetik jarraitu nuen, eta gogoan dut kontrastea behatzen ari nintzela mediku txukun eta argitsua, elurra bezain zuritua eta bere begi argiak eta beltzak eta ohitura atseginak, country folkloristarekin eta, batez ere, zikinkeria horrekin egindakoak, gure pirata baten beldur astun eta odoltsua, zurrumurru urrunetan eserita, besoekin mahai gainean. Bat-batean, kapitaina, hau da, bere betiko abestia grabatzen hasi zen:

"hamabost gizon bularrean ... Yo-ho-ho eta ron botila bat! Edan eta deabruak gainerako guztia egin zuen ... Yo-ho-ho eta ron botila!"

Hasiera batean, "hildako gizonaren bularra" bere goiko solairuko goiko solairuko kutxa handi hori izango zela suposatu nuen, eta pentsamendua amesgaiztoetan zegoen hanka bateko itsasoko gizonarekin nahastu nuen. Baina oraingoz denbora guztian utzi genuen abestiari ohar zehatzik ez esateko; gau berria zen, gau hartan inork ez zuen medikuak, eta ikusi nuen ez zuela efektu onik sortzen, haren une batez nahiko haserre ikusi zuen bere baratzezain zaharrarekin hitz egin aurretik. Erreumatismoen sendaketa berria. Bitartean, kapitainak pixkanaka-pixkanaka alaitzen hasi zen bere musika eta azkenean eskua bere mahai gainean jarri zuen, denok dakigun modu batean isiltzea. Ahotsak segituan gelditu ziren, baina guztiak medikuarenak dira; lehen bezala jarraitu zuen, argi eta atsegin hitz eginez, eta hitz bakoitzaren edo biren artean pipa bizkor marrazten. Kapitainak behatu egin zuen pixka batez, eskua berriro ere gogortu du, oraindik ere gogorragoa egin zaio eta azkenean gaiztakeriaz zin egin du: "isilik, han, mahai artean!"

"niri zuzentzen zinen, jauna?" esan zuen medikuak; eta ruffiarrak esan zuenean, beste zin bat zela eta, horrela zela, erantzun zion: "gauza bakarra esan behar dizut, jauna, zurrumurrua edaten jarraitzen baduzu, mundua laster zikin geratuko dela gizatxarra halakoa! "

Ikaskide zaharraren haserrea ikaragarria zen. Oinetaraino heldu, marinel baten labana marraztu eta ireki zuen, eta eskuaren palmaren gainean irekiz orekatuta, medikua hormara itsatsita mehatxatu zuen.

Medikua ez zen sekula mugitu. Lehen bezala, sorbalda gainean eta ahots tonu berdinean hitz egin zion, goi-mailakoa zela, gela guztiak entzuteko, baina lasai eta finkatuta:

"ez baduzu labana hori zure poltsikoan sartzen, agintzen dut, nire ohorez, hurrengo ontzietan zintzilikatuko duzula".

Gero, bata bestearen arteko begirada bataiatu zuen; baina kapitainak berehala makurtu zuen, arma ezarri eta berriro ekin zion eserlekuari, txakur bat jipoituta bezala.

"eta orain, jauna", jarraitu du medikuak, "ezagutzen dudalako nire barrutian horrelako lagun bat, agian egunez eta gauez begiratuko dizut. Ez naiz medikua bakarrik, ez naiz magistratu bat, eta salaketa arnasa hartzen badut zure kontra, gaur gauean bezalako errugabetasun pieza bat baino ez bada, bitarteko eraginkorrak hartuko ditut hau ehizatzeko eta bide horretatik atera ahal izateko.

Handik gutxira, doctor livesey-ren zaldia aterantz heldu zen eta alde egin zuen, baina kapitainak arratsalde hartan lasaitu zuen, eta arratsalde askotan etorri zen.

Ii kapitulua

Txakur beltza agertu eta desagertu egiten da

Handik gutxira, ez zen kapitainari azken buruan kentzen ziguten gertaera misteriotsuetako bat gertatu, baina ez duzu, ikusiko duzuen bezala, bere gaiez. Negu hotz mingotsa izan zen, izozki gogorrak eta gogorrak; eta garbi ikusi nuen lehenengo aita gaixoak udaberria ikusteko aukerarik ez zuela. Egunero hondoratu zen, eta nire amak eta biok ostatu guztia geure eskuetan geneukan eta nahikoa lanpetuta geunden gure gonbidatu desatseginari kasu handirik egin gabe.

Urtarrileko goiz batean izan zen, oso goiz, goiz samur eta izoztua, kala gris ilunarekin, zurrumurrua harrietan astiro-astiro astinduz, eguzkia oraindik baxua, eta muino gailurrak ukitu eta itsasalderaino distiratuz. Kapitaina ohi baino lehenago jaiki eta hondartzara jaitsi zen, maindire estalki zaharraren gona zabalen azpian kulunkatuta, letoizko teleskopioa besoaren azpian, kapela buruan okertuta. Gogoan dut arnasa kea zintzilik zegoela ihes egin zuenean, eta hari entzun nuen azken soinua, rock handia piztu zenean, haserre latza izan zen, gogoak oraindik ere zuzeneko medikua zeraman arren.

Ondo, ama aitaren ondoan zegoen eta kapitainaren itzuleraren kontra gosari mahaia jartzen nengoen, apaindegiaren atea ireki eta gizon batek lehenago begiak ezarri ez nituenean. Izaki zurbil eta altua zen, ezkerreko bi hatz nahi zituen; eta, nahiz eta mozorroa jantzi, ez zuen borrokalari handirik. Beti irekita neuzkan begiak itsasoko gizonentzat, hanka batekin edo birekin, eta gogoan dut honek liluratu ninduela. Ez zen itsasgizona, eta hala ere itsasoari buruzko keinua izan zuen haren inguruan.

Zer zerbitzurako galdetu nion, eta zurrumurrua hartuko zuela esan zidan, baina gelatik irteten ari nintzela biltzera, mahai baten gainean eseri eta ni gerturatzeko eskatu zidan. Non nengoen gelditu nintzen, napkin bat eskuan.

"zatoz hona, seme," esan zuen. "hurbildu hona."

Urrats bat gerturatu nuen.

"hemen al dago mahai-trukea?" —galdetu zuen lere moduko batekin.

Esan nion ez nintzela bere bikotekidea ezagutzen, eta hori gure etxean gelditzen zen pertsona batentzat zen, kapitaina deitu genion.

"ondo da", esan zuen, "nire semearen faktura kapitaina deituko litzateke, ez bezain beste. Ebaki bat du masailean, eta berarekin modu atsegin bezain polita dauka, batez ere edanean". Jarri, adibidez, zure kapitainak masail batean moztu duela, eta horrela nahi izanez gero, masail hori egokia dela jarriko diogu. Ah, ondo! Esan dizut orain, nire semea da hemen etxea? "

Oinez irten zela esan nion.

"nolatan, semea? Zein bide joan da?"

Eta harria seinalatu eta kapitainak nola itzuliko ote zitzaion esan nionean, eta laster, eta beste galdera batzuei erantzun nion, "ah" esan zuen, "hau nire edonorentzat bezain edaria izango da . "

Hitz horiek esan zituenean bere aurpegiaren espresioa ez zen batere atsegina eta ezezaguna oker zegoela pentsatzeko nire arrazoi propioak izan nituen, esan zuena suposatzen zuela ere. Baina pentsatu nuen; eta, gainera, zaila zen jakitea zer egin.

Ezezaguna ostatuko atearen barruan zintzilik zegoen, kantoiari begira, sagu baten zain zegoen katu bat bezala. Behin irten nintzen nire burua errepidera, baina berehala deitu ninduen, eta bere zaletasunarekin ez nuen behar bezain azkar obeditzen, aldaketa izugarriena bere aurpegi samurraren gainean agertu zen, eta zin egin zidan. Salto egin. Berriro itzuli bezain pronto itzuli zen bere lehengo modura, erdi-ahultzen, erdi irribarretsu, sorbaldan zapaldu ninduen, mutil ona nintzela esan zidan, eta izugarri gustatu zitzaidan. "nire semea dut", esan zuen, "zu bezala bi bloke bezala, eta nire artearen harrotasun guztia da. Mutilentzako gauza bikaina diziplina da, seme ... Diziplina. Orain, itsasoratu bazenuen. Fakturarekin batera, ez zinen han egongo bi aldiz hitz egiteko, ez zuri, hori ez zen sekula fakturaren bidea, ezta berarekin ontziratzen zen sasoi hura ere ... Eta hemen, ziur aski, nire leia da, espioi batekin -laso bat besoan azpian, bedeinkatu bere arte zaharra, ziur egoteko. Zu eta biok berriro joango gara saltora, sonny, eta atea atzean utzi eta sorpresa txiki bat emango diogu fakturari. , berriro diot. "

Hori esatean, ezezaguna atzera egin nuen nirekin gelan, eta bere atzean izkinan jarri ninduen, ate irekian ezkutatuta geunden. Oso deseroso eta kezkatuta nengoen, agian zuk nahi duzun bezala, eta nire beldurrak gehitu nizkion ezezaguna beldur zela ikustean. Bere mahai-kiribila garbitzen zuen eta xafla askatu zuen gurdian, eta zain egon ginen denbora guztian, irentsi egiten genuen denbora guztian, eztarrian zurrumurru bat deitzen geniola sentituko balu bezala.

Kapitainak aurrera egin ondoren, atzetik jo du atea, eskuinera edo ezkerrera begiratu gabe, eta zuzen joan da gelara, bere gosaria zain zuen lekura.

"bill", esan zuen ezezagunak, ausartak eta handiak bihurtzen saiatu zela pentsatu nuen.

Kapitainak orpo gainean biratu eta aurrean gintuen; marroi guztia aurpegitik atera zitzaion, eta sudurra ere urdina zuen; mamua ikusten duen gizon baten itxura zuen, edo gaiztoa, edo zerbait okerragoa, edozer gauza izan daiteke; eta, nire hitzetan, pena handia sentitzen nuen hura ikustean, une batean hain zaharra eta gaixoa bihurtzen ikustean.

"zatoz, faktura, ezagutzen nauzu; badakizu ontziratu zahar bat, faktura", esan zuen ezezagunak.

Kapitainak keinu moduko bat egin zuen.

"txakur beltza!" esan zuen.

"eta nor gehiago?" itzuli zuen bestea, bere erraztasun gehiago lortuz. "inoiz bezalako txakur beltza, zatoz bere ontziratu zaharra ikustera, billy, 'almirante benbow' ostatuan. Ah, billete, fakturak, garai bateko ikusmena ikusi dugu guk, bi taloi galdu nituenetik". Eskua mutilaturik zuela.

"orain, begira hemen", esan zuen kapitainak; "behera egin nau; hemen nago; ondo mintzatu; zer da?"

"zu zara, faktura", itzuli zuen txakur beltzak; "ondo zaude, billy. Haur ronkada edalontzi bat edukiko dut hemen, gustukoa izan dudalako; eta eseriko gara, mesedez, eta hitz egin karratua , ontziratu zaharrak bezala. "

Zurrumurruarekin itzuli nintzenean jada kapitainaren gosariaren mahaiaren alde banatan zeuden, txakur beltza ate ondoan, eta alboan eserita, bere ontziratzaile zaharrari begi bat izateko eta beste bat, pentsatu nuen bezala, bere erretiroan. .

Jo eta atea zabal-zabalik utzi ninduen. "ez dut nire giltzurrunetako bat niretzat," esan zuen, eta elkarrekin utzi eta tabernara erretiratu nintzen.

Denbora luzez, nahiz eta zalantzarik gabe nire onena egin entzuten nuen, ezin nuen ezer entzun; baina azkenean ahotsak gero eta altuagoak ziren eta kapitainaren hitzak edo bi jaso nituen, gehienetan juramentuak.

"ez, ez, ez, ez; eta amaiera!" oihu egin zuen behin. Eta berriro ere, "kulunkatzen bada, kulunkatu, esan i".

Orduan, bat-batean, juramentu eta bestelako zaraten leherketa izugarria gertatu zen; aulkia eta mahaia korapilo batean zihoazen, altzairuzko katu bat jarraitu zuten, eta ondoren mina egin nuen, eta hurrengo momentuan txakur beltza hegaldi osoan ikusi nuen, eta kapitaina atzetik zihoan biak, bi maindire marrazkiekin eta lehengo korrontea ezkerreko sorbaldako odola. Atea besterik ez zuen, kapitainak iheslariei azken mozketa ikaragarria zuzentzen ziona, zalantzarik gabe kokotsean zatituko zukeena, "almirante benbonoaren" seinale nagusia ez bazegoen. Gaur egun arte markoaren beheko aldean dagoen notxa ikus dezakezu.

Kolpe hori guduaren azkena izan zen. Behin errepidean irten zenean, txakur beltzak, zauria izan arren, takoi pare garbia zoragarria erakutsi zuen eta mendiaren ertzean desagertu egin zen minutu erdian. Kapitaina, bere aldetik,

seinaleari begira zegoen, txundituta zegoen gizon bat
bezala. Ondoren eskua hainbat aldiz pasatu zitzaion eta
azkenean etxera itzuli zen.

"jim", dio, "ron"; eta hitz egiten ari zenean, pixka bat piztu
zen eta esku batekin harresiaren kontra harrapatu zuen.

"minik al zaude?" oihukatu nuen i.

"ron", errepikatu zuen. "hemendik alde egin behar dut.
Rum! Rum!"

Korrika joan nintzen, baina nahiko eroso egon nintzen
eroritako guztiarekin eta edalontzi bat apurtu nuen eta
txorrotxoa huts egin nuen. Oraindik ere neure erara heltzen
ari nintzen bitartean, sekulako erorketa entzun nuen salan
eta, korrika sartuta, kapitaina solairuan ohe gainean ikusi
zuen. Momentu berean nire ama, oihuek eta borrokak
ikaratuta, beheko solairura korrika etorri nintzen ni
laguntzeko. Gure artean burua altxatu genuen. Arnasa oso
gogorra eta gogorra zen, baina begiak itxita eta aurpegia
kolore izugarria zuen.

"maitea, engainatu nazazu!" —egin zuen oihuka nire amak,
«nolako ezbeharra etxean! Eta zure aita gaixo gaixoa!»

Bitartean, ez genuen ideiarik zer egin kapitainari
laguntzeko, ezta beste pentsamendurik ere, ezezagunak
bere heriotza-zauriak lortu zituen ezezagunarekin.
Zurrumurrua, ziur nago, eta eztarrian behera sartzen saiatu
nintzen, baina hortzak estu itxita zeuden, eta masailezurrak
burdina bezain sendoa zuen. Pozgarria izan zen guretzat
atea ireki eta zuzeneko medikua sartu zenean, nire aitarekin
egindako bisitan.

"oi, medikua", oihukatu genuen, "zer egin behar dugu? Non zauritu da?"

"zauritua? Muturraren amaiera!" esan zuen medikuak. Zu edo ni baino zauritu gehiago. Gizonak trazu bat izan du, ohartarazi nion bezala. Orain, jaunak, besterik ez duzu zure senarraren goiko solairura eta esan, ahal izanez gero, ezer ere ez. Nire aldetik, i ahalegina egin behar dut lagun honen zeregin gaiztoa salbatzeko; eta, horrela, arro bat ematen didazu. "

Arroarekin bueltatu nintzenean, medikuak kapitainaren mahuka altxatu eta bere beso zikin handia erakutsi zuen. Hainbat lekutan tatuatu zen. "hemen zortea", "haize arina" eta "hezurrak, bere zaletasuna", oso txukun eta garbi exekutatu ziren besaurrean; eta sorbaldaren ondoan zakar baten zirriborro bat eta bertatik zintzilik zegoen gizon bat zeuden, pentsatu nuen bezala, izpiritu handiz.

"profetikoa", esan zuen medikuak, argazki hau hatzarekin ukituz. "eta orain, jauna billy hezurrak, hori zure izena baldin bada, zure odolaren koloreari begiratuko diogu. Jim", esan zuen, "beldurra al zaude?"

"ez, jauna", esan nuen i.

"ondo da", esan zuen, "arroari eusten diozu", eta horrekin kizkurra hartu eta zain bat ireki zuen.

Odol pila bat hartu zuten kapitainak begiak ireki baino lehen eta berari gaizki begiratu zion. Lehenik eta behin, froga nahastezina aitortu zion medikuari; orduan bere begirada erori zitzaidan eta arinduta zegoen. Baina bat-batean bere kolorea aldatu zen eta bere burua altxatzen saiatu zen, negarrez:

"non dago txakur beltza?"

"ez dago txakur beltz bat hemen", esan zuen medikuak,
"zure bizkarrean daukazuna izan ezik. Ron edaten ari zara;
trazu bat izan duzu zuk esan zenuen bezala, eta nire aurka
oso gutxi dut aurrerantzean hil egingo zaitugu orain, jauna,
hezurrak ... "

"hori ez da nire izena", eten zuen.

"asko axola zait" itzuli zion medikuak. "nire ezagunaren
bucano baten izena da, eta deitzen dizut laburtasunagatik,
eta esan behar dizut hau da: romero edalontzi batek ez zaitu
hilko, baina bat hartzen baduzu. Beste bat eta beste bat
hartuko ditut, eta nire pelukua jotzen dut ez baduzu
laburtuko, hil egingo al zara? Hori ulertzen duzu? - eta joan
zure tokira, bibliako gizona bezala. Orain, ahalegina egin.
Behin ohean lagunduko zaitut ".

Gure artean, arazo askorekin, goiko solairuan altxatzea
lortu genuen, eta ohe gainean jarri genuen, burua burkoaren
gainean erori zitzaigun, ia ahulduta egongo balitz bezala.

"orain, kontuan hartu", esan zuen medikuak, "nire
kontzientzia garbitzen dut; zuretzako ron izena heriotza
da."

Eta horrekin nire aita ikustera joan zen, berarekin besotik
hartuta.

"hau ez da ezer" esan zuen atea itxi bezain pronto. "nahikoa
odol atera dut lasai egoteko; astebete egon behar zuen
lekuan. Hori da berarentzat eta zuretzat onena, baina beste
trazu batek finkatuko luke".

Iii kapitulua

Puntu beltza

Eguerdi aldera kapitainaren atean gelditu nintzen hozteko
edari eta sendagai batzuekin. Asko utzi gintuen hura utzi
genuenean, apur bat gorago, eta ahul eta hunkituta zirudien.

"jim", esan zuen "zuek zarela hemen merezi duen bakarra;
eta badakizu beti ona izan zarela. Inoiz ez duzu hilabete,
baina zuretzako zilarrezko lau eman dizkiot. Orain ikusten
duzu , adiskidea, nahiko baxua naiz eta denak hutsik daude;
eta, emaztegaia, zurrumurru arrunta ekarriko didazu orain,
ez al duzu?

"medikua ..." hasi nintzen.

Baina hautsi egin zuen, medikua ahots makurrarekin
madarikatuz, baina bihotzez. "medikuak zuriak dira
guztiak", esan zuen; "eta medikua hor dago, zergatik, zer
daki itsasoko gizonei buruz? Tronua bezain beroko
lekuetan egon naiz, eta lagunak hanka horiarekin jaurtitzen
ari dira, eta lur bedeinkatua, itsasoa lurrikarak bezala, nola
jakin dezake medikuak?" horrelako lurraldeak ?, eta rum-
ean bizi nintzen, diotsuet: haragia eta edaria izan dira, eta
gizona eta emaztea, niretzat, eta nik ez badut nire ronak
orain, hulk zahar bat naiz lehean. Itsasertzeko. Nire odola
zure gainean egongo da, jim, eta medikuak igeri egin zuen
", eta berriro ere segitu zuen pixka bat madarikazioekin.
"begira, emazteak, nola hatzak fidatzen zaizkidan", jarraitu
zuen agur-tonuan. "ezin dut geldirik egon, ez, ez dut egun
bat bedeinkatuaren tanta. Medikua ergela dela diotsuet. Nik
ihesa ez badut rum ', jim, egingo dut izugarriak izan

ditudanak; jadanik ikusi ditut. Hondoko izkin bat ikusi dut han, atzean, inprimatu bezain arrunta, ikusi dut; eta izugarrik badut, zakarra bizi izan duen gizona naiz. Kainak igoko dut. Zure medikuak esan zuen edalontzi batek ez didala minik egingo. Noggin bat lortzeko urrezko guinea emango dizut, jim. "

Gero eta ilusio handiagoa zuen eta horrek niri kezkatu egin ninduen, egun hartan oso baxua zegoen nire aitarengatik; lasai behar nuen; gainera, medikuak esandakoa lasaitu zitzaidan, orain aipatzen zitzaidana, eta eroskeria eskaintzarengatik ofenditu nuen.

"ez dut zure dirua nahi", esan nion, "baina aitari zor diozu. Edalontzi bat eta gehiago ez zaitut lortuko."

Hura ekartzen nuenean, zakarkeriaz jabetu zen eta edan zuen.

"bai, bai", esan zuen, "hori da, hobe, nahiko ziur. Orain, lagunak esan al du medikuak zenbat denbora egon behar nuen hemen gezur zahar honetan?"

"astean gutxienez", esan nuen i.

"trumoiak!" egin zuen oihu. "astebete! Ezin dut hori egin; ordurako puntu beltza izango lukete. Lubakiak momentu bedeinkatua haizeari ekingo dio; luberriak ezin zutena mantendu eta nahi zuten bezala. Besteak zer den iltzatzea da, hain zuzen ere, jakin nahi dut orain, baina aurrezteko arima naiz. Ez dut sekula nire diru ona alferrik galdu, ezta galdu ere, eta berriro ere engainatuko ditut. Ez dizut beldurrik emango. Beste arrezife bat sortuko dut, matey eta berriro ere aita. "

Hitz egiten ari zen bitartean, ohetik jaiki zen zailtasun handiarekin, negarrari eusten nion heldulekuari helduta, eta hankak hainbeste pisu hilda bezala mugituz. Haren hitzak, esan nahi zuten moduan, zoritxarrez kontrajarriak ziren ahozkotutako ahotsaren ahultasunarekin. Gelditu zen ertzean eserita zegoen lekura iritsi zenean.

"medikuak egin nau", marrukatu zuen. "nire belarriak kantatzen ari naiz. Etorri nazazu".

Askoz gehiago egin ahal izan nuen laguntzeko, berriro ere bere lehen lekura erori zen, eta han egon zen denbora batez isilik.

"jim", esan zuen azkenean, "ikusi al duzu gaur egun itsas gizon hori?"

"txakur beltza?" galdetu nuen.

"ah! Txakur beltza" esan zuen. "gaiztoa da", baina okerragoa da hori. Orain, ezin badut inon ez ihes egin, eta gune beltza ahokatzen didate, kontuan hartu, nire ondoko ontzi zaharra da. Zaldi gainean, ezin al duzu? Beno, orduan zaldi bat igo eta joango zara ... Bai, bai, egingo dut! - betiko sendagile hori igeri egiten dio, eta esku guztiak pipa ematen dizkiozu, magistratu eta sich - eta almirante benbow-n itsasontzian eten egingo du - flint-eko tripulatzaile zaharra, gizona eta mutila, geratzen diren guztiak. Lehenengo semea nintzen, flint-en lehen emaztea eta bera naiz. Lekua ezagutzen duenean, sabanan eman zidan, hiltzen ari zela esan zuenean, orain izango banintz bezala, ikusten duzue. Baina ez duzu pixa egingo nire gainean leku beltza lortzen ez dutenean edo txakur beltz hori berriro ikusi ezean, edo hanka bateko marinel-gizon bat, harrapatu ezazu, batez ere. "

"baina zer da gune beltza, kapitaina?" galdetu nuen.

"hori da deialdia, adiskidea. Esango dizut hori lortzen badute. Baina zure eguraldia irekita mantentzen duzu, jim, eta zurekin partekatuko ditut berdinak, nire ohorean."

Pixka bat luzeago ibili zen, bere ahotsa gero eta ahulagoa; baina handik gutxira, bere seme-alabak bezala hartu zuen medikua eman nion, "marinel batek drogak nahi baldin baditu, ni naiz", azkenean erori zen loaldi astun batean eta bertan utzi nuen. Zion. Zer egin beharko nukeen ondo ez nekien. Ziurrenik medikuari istorio osoa kontatu beharko nioke; beldur larrian nengoen, kapitainak bere aitorpenengatik damutu ez zedin. Baina gauzak erori ahala, nire aita pobrea arratsaldean bertan bat-batean hil zen, eta horrek beste gai guztiak alde batera utzi zituen. Gure larritasun naturalak, bizilagunen bisitak, hileta antolatzeak eta bitartean ostatuaren lan guztiak aurrera eramateko moduak eutsi zidaten hain lanpetuta ezen ia denbora gutxi izan nuen kapitaina pentsatzeko, are gutxiago haren beldur.

Hurrengo goizean jaitsi zen beheko solairuan, ziur egoteko, eta bazkariak ohi bezala, gutxi jan bazituen ere, beldur naiz, bere ohiko rum-a baino hornitzen zuena, izan ere, tabernako kanpora irteten lagundu zuen. Sudurra eta inor ez zen ausartzen hura gurutzatzen. Hileta aurreko gauean beti bezain mozkortuta zegoen; eta harrigarria zen doluaren etxe hartan bere itsasoko kantu zahar itsusia kanpoan kantatzen entzutea; baina, bera bezain ahula, heriotzaren beldur ginen guztientzat, eta medikuak bat-batean kasua egin zuen kilometro batera, eta inoiz ez zen etxetik gertu nire aita hil ondoren. Kapitaina ahula zela esan dut, eta bere indarra berreskuratzea baino ahulagoa zela zirudien. Eskaileretan gora eta behera ibili zen, eta saloitik tabernara eta atzera berriro joaten zen; batzuetan sudurra ateetatik ateratzen zuen itsasoa usaintzeko, hormetara atxikitzen zen laguntza bila, eta arnasa gogor eta bizkor bezala, gizon bat mendi aldapatsu batean. Inoiz ez zitzaidan bereziki zuzendu, eta uste dut konfidantzak ahaztea bezain ona zuela; baina bere tenperatura iheskorragoa zen eta, inoiz baino bortitzago, bere gorputz ahulezia ahalbidetu zuen. Bide kezkagarria zuen orain bere mahai gainean mozorrotu eta mahai gainean jarri baino lehen mozkortuta zegoenean. Baina, horrekin guztiarekin, jende gutxiago bururatu zitzaion eta bere pentsamenduetan isilik zegoela zirudien. Behin, adibidez, gure muturreko harridurarako, beste aire batera, country abesti maitagarri batetara zuzendu zuen, gaztaroan itsasoari jarraitu aurretik ikasi behar zuena.

Gauzak horrela, hiletaren biharamunera arte eta arratsaldeko hiru gozo eta lauso eta gozoak arte atean egon nintzen, atean egon nintzen momentu batez, nire aitaren inguruko pentsamendu tristeez beteta, norbait poliki-poliki gertu marrazten ikusi nuenean. Bidea. Itsu-itsuan zegoen, izan ere , makila batez ukitu zuen bere aurrean, eta itzal berde handia zeraman begietan eta sudurrean; eta adinarekin edo ahultasunarekin baliatu zen, eta itsaso-jantzi zahar erraldoi bat zeraman, itxuraz deformatu egin zen. Inoiz ez nuen nire bizitzan sekulako itxurarik gabeko figurarik ikusi. Ostatutik pixka bat gelditu zen eta bere ahotsa abesti bitxi batean altxatuz, airea aurrean jarri zuen:

"edozein motatako lagun batek informatuko du itsu txiro bat, bere begien bista preziatua galdu duena bere jaioterriko, ingalaterrako defentsa preziatuan eta jainkoa bedeinkatuko du errege george! - non edo zein herrialdetan egon daiteke orain? ? "

"almirante benbow-en" zaude, mendi beltzeko kala, nire gizon ona ", esan nuen.

- ahots bat entzuten dut - esan zuen berak - ahots gaztea. Zure eskua emango didazu, nire lagun gaztea, eta eramango nauzu? "

Eskua luzatu nuen, eta izaki beldurgarri eta ahozko honek izpi beldurgarria une batean harrapatu zuen. Izugarri kezkatuta nengoen kentzen ahalegindu nintzen, baina itsuak bere beso hurbiletik bereganatu ninduen.

"orain, mutila", esan zuen, "eraman nazazu kapitainarengana".

"jauna", esan nuen, "ez naiz ausartzen".

"oh", irribarre egin zuen "hori da! Eraman nazazu zuzen edo besoa hautsiko dizut".

Oihu egiten zidan giltza eman zion.

"jauna", esan nuen, "esan nahi dut zure burua da. Kapitaina ez zen izan ohi zen. Mahai-tresnarekin esertzen da. Beste jaun bat ..."

"etorri, orain, martxa" eten zuen, eta inoiz ez nuen entzun itsu hura bezain krudel eta hotz eta itsusia. Minak baino gehiago ematen zidan eta behingoz obeditzen hasi nintzen, zuzenean atean sartu eta areto aldera, han zegoen gaizkile zaharra, zurrumurruak izorratuta. Itsua nire ondoan estutu zen, burdinezko ukabil batean eutsi eta ia bere pisua neure gainean jar zezakeen baino. "eraman nazazu harengana, eta ikustean naizenean oihu egin ezazu, hona hemen zure lagun bat, faktura". Ez baduzu, hau egingo dut "eta horrekin ahuldu egingo ninduela uste nuen bihurria eman zidan. Bien artean, izugarri ikaragarria izan zen mendikari itsua, kapitainaren beldurra ahaztu zitzaidalako, eta pasilloko atea ireki nuenean, ahots ikaragarrian agindu zituen hitzak oihukatu nituen.

Kapitain gaixoak begiak altxatu zituen eta halako batean zurrumurrua harengandik atera zen eta sobera gelditzen utzi zuen. Bere aurpegiaren adierazpena ez zen hainbeste izua, gaixotasun hilkorrarena baizik. Altxatzeko mugimendua egin zuen, baina ez dut uste gorputzean nahikoa indar zuela.

"orain, faktura, eseri zauden lekuan", esan zuen eskaleak. "ikusten ez badut, hatz bat nahastuta entzuten dut. Negozioa negozioa da. Eutsi ezkerreko eskua. Mutila, hartu eskumuturra eskumuturretik eta eraman itzazu nire eskuinera".

Biok obeditu egin genion gutunari eta ikusi nuen kapitainaren eskuetan zegoen makila eskuan zuen eskuaren zulotik zerbait pasatzen ikusi nuen.

"orain amaitu da", esan zuen itsuak, eta bat-batean utzi ninduen nitaz eta zehaztasun eta adore ikaragarriarekin saltokitik irten eta errepidera, non geldirik nengoen. Bere makila urruneko tap-tap-tapping joan.

Denbora gutxi batzuk lehenago edo kapitainak gure zentzumenak biltzen zituela zirudien; baina azkenean, une berean eta gutxi gorabehera, eskumuturra askatu nuen, oraindik zutik nengoela, eta eskuan marraztu zuen eta palmondorantz begiratu zuen.

"hamarrak!" egin zuen oihu. "sei ordu! Oraindik egingo ditugu!" eta oinetara jo zuen.

Hala egin zuenean, bihurritu zen, eskua eztarrian jarri, kulunkatu egin zen une batez, eta orduan, soinu bitxi batekin, bere altuera guztitik aurpegira erori zen lurrera.

Berehala lasterka joan nintzen, amari deituz. Baina presaka guztiak alferrik izan ziren. Kapitaina apoplexiaren eraginez hilda zegoen. Gauza bitxia da ulertzea, izan ere, zalantzarik gabe, gizonari ez zitzaion inoiz gustatu, nahiz eta berandu hasi nintzen errukitzen, baina hilda zegoela ikusi nuenean malko uholde batean lehertu nintzen. Ezagutzen nuen bigarren heriotza izan zen eta lehenengoaren mina oraindik ere freskoa zen nire bihotzean.

Kapitulua iv

Itsaso-bularra

Ez nuen denborarik galdu, nire amari jakin nuen guztia kontatzen nion eta, agian, aspaldi kontatu behar nion eta berehala ikusi genuen egoera zail eta arriskutsuan. Gizonen diruaren zati bat, halakorik balego, guri zor zitzaigun, baina ez da litekeena gure kapitainaren ontziak, ikusi ditudan bi ale guztien gainetik, txakur beltza eta eskale itsua, beren amore ematera joatea. Botila, hildakoen zorrak ordaintzeko. Kapitainaren aginduak berehala muntatu eta medikuaren zuzeneko bila joateko, nire amak bakarrik eta babesik gabe utziko zuen, eta hori ez zen pentsatu behar. Egia esan, ezinezkoa iruditzen zitzaigun gutako batek askoz denbora gehiago etxean geratzea; ikatza erretzeak sukaldeko erretegian, erlojuaren oso markatzeak, alarma bete zigun. Auzoa, gure belarrietara, zirrara zirudien pausoak ematera; eta zer zegoen kapitainaren gorpua hondoratzean eta eskifaia itsu itsusi hura pentsatzera joateko eta itzultzeko prest zegoela, une batzuk esaten zirenean, beldurragatik larruan salto egin nuen. Zerbait azkar konpondu behar da eta azkenean gertatu zitzaigun aldameneko herrixkan elkarrekin joatea eta laguntza bilatzea. Hori baino lehenago esan zen. Gu bezala buru-belarri, segituan irten ginen elkarretaratze arratsaldean eta laino izoztua.

Herrixka ez zegoen ehunka metrora, baina ikusita, hurrengo kalaren beste aldean; eta zerk bultzatu ninduen, itsuari bere kontrako norabidean zegoen, eta ustez bueltatu zen. Ez ginen minutu asko errepidean egon, nahiz eta batzuetan gelditu eta elkar entzuteko gelditu ginen. Baina ez zen ezohiko soinurik: zurrunbiloaren garbiketa baxua eta egurraren presoen zarata.

Kandela-argia zegoen jada, baserrira iritsi ginenean, eta ez dut inoiz ahaztuko ateak eta leihoetan distira horia ikusteak animatu ninduela; baina hori, frogatu zen moduan, hiruhileko horretan lortuko genuen laguntza onena izan zen. Zeren eta, gizonak beraiek lotsatuta egongo zirela pentsatuko zenuen - arima batek ez luke gurekin baimenduko "almirante zintzoa". Zenbat eta gehiago gure arazoez hitz egin, orduan eta gehiago - gizona, emakumea eta haurra - beren etxeetako aterpetxera ailegatu ziren. Flint kapitainaren izenak, niretzat arraroa izan bazen ere, ezagun samarrak zituen han eta izugarrizko izua zuen. "almirante benbow" landa eremuan lan egin behar zuten gizon batzuek gogoan izan zuten, gainera, errepidean hainbat ezezagun ikusi zituela, eta kontrabandista izatera eraman zutela; eta gutxienez kuttunaren zuloa deitzen genuena ikusi genuen. Kontu horrekin, kapitainaren adiskidea zen edonor nahikoa zen heriotzaraino ikaratzeko. Eta gauza laburra eta luzea izan zen, beste norabide batean zetozen zuzeneko medikuarengana joateko adina prest zeudenak lortu genituen bitartean, inork ez zigula lagun egiten.

Koldarkeria kutsagarria dela diote; baina orduan argudioa, bestalde, enbutitzaile bikaina da; eta, beraz, bakoitzak bere esanaz, amak hitzaldi bat egin zien. Aitortu zuen bere aitaren mutilari ez zitzaion dirua galduko. "beste inor ausartzen ez bada", esan zuen, "ni neu eta ausartuko naiz. Itzuliko gara, gu etorriko garen bideari, eta txikiei eskerrak, oilasko bihotz handiak dituzten gizonak! Bularrean izango dugu. Irekita, horretarako hiltzen bagara. Eskerrak eman nahi dizkiot poltsa horri, jauna. Crossley, gure dirua dirua ekartzeko ".

Nire amarekin joango nintzela esan nuen, jakina; eta, jakina, denek oihukatu zuten gure tontakeriaren aurrean; baina orduan ere ez zen gizon bat gurekin batera joango. Egingo zuten guztia kargatutako pistola bat ematea zen, erasoa egin ez zedin; eta zaldiak ontziratzeko prest egotea agindu, gure bueltan jarraituz gero; mutil bat medikuarengana joan behar zen laguntza armatuaren bila.

Bihotza gogor jotzen ari zitzaidan gaueko hotzean bi bidaia asmatu genituenean. Ilargi betea altxatzen hasi zen eta lainoaren goiko ertzetan gorritzen hasi zen eta horrek bizkortasuna areagotu zuen, izan ere, berriro atera aurretik, eguna bezala distiratsua izango zen eta gure irteera begien aurrean jarriko zen. Edozein begirale. Estoldetan barrena irrist egin genuen, zaratatsu eta bizkor, eta ez genuen ikusi edo entzun ezer gure beldurrak areagotzeko arte, gure erliebe izugarriari begira, "almirantearen kutxaren atea" itxi genuen atzean.

Boltsa berehala bota nuen, eta une batez ilunpetan gelditu eta jantzita gelditu ginen etxean bakarrik hildako kapitainaren gorputzarekin. Orduan, nire amak kandela bat hartu zuen tabernan, eta bata bestearen eskutik helduta, gelan sartu ginen. Hura utzi genuenean, bizkarrean, begiak zabalik, eta beso bat luzatuta zegoen.

"bota pertsiana, markatu", xuxurlatu zuen amak; "kanpora begira egon daitezke. Eta orain", esan zuen, hori egin nuenean, "giltza horretatik atera behar dugu; eta nork ukitu beharko luke, jakin nahiko nuke!" eta zurrumurru moduko bat eman zuen hitzak esaten zituen bitartean.

Behera egin nuen belaunetan. Eskutik gertu zuen lurrean paper biribil bat zegoen, alde batetik beltzez. Ezin nuen zalantzarik izan hau beltza zela; eta hori hartuz, beste aldean idatzia aurkitu nuen, oso argi eta garbi, mezu labur hau, "gaueko hamarrak arte".

"hamar arte izan zuen, ama", esan nuen i; eta, esan nuen bezala, gure erloju zaharra deigarria egiten hasi zen. Bat-bateko zarata honek harritu gaitu; baina albiste ona izan zen, izan ere, sei baino ez ziren.

"orain, jim", esan zuen, "gako hori!"

Bere poltsikoetan sentitzen nuen, bata bestearen atzetik. Txanpon txiki batzuk, habexka bat eta hari eta orratz handi batzuk, muturrean zakar-buztanetik ateratako tabako zati bat, heldulekua helduleku gurutzatua, poltsikoko iparrorratza eta lokailu kutxa bat zeuden. , eta etsitzen hasi nintzen.

"beharbada bere lepo biribila da", iradoki zuen amak.

Burugabekeria gogorra gaindituz, kamiseta lepoan ireki nuen, eta han, seguru aski, zurrumurruzko kate pixka bat zintzilikatu nuen, bere zurrumurruarekin moztu nuen, giltza aurkitu genuen. Garaipen horretan itxaropenez bete ginen, eta atzera egin genuen, atzera egin gabe, hainbeste denbora lo egin zuen gela txikira eta iritsi zen egunetik bere kutxa.

Kanpoaldean zegoen beste itsas marradun bat bezalakoa zen, hasierako "b" goiko aldean burdina beroarekin erretzen zen, eta txokoak zuritu eta puskatu egiten ziren, erabilera luze eta zakarraren ondorioz.

"emadazu giltza", esan zuen amak, eta sarraila oso gogorra bazen ere, buelta eman eta tapa atzera bota zuen.

Tabakoaren eta tarren usain sendoa sortzen zen barrualdetik, baina goiko aldean ez zen ezer ikusi behar, arropa onak zituen palo bat, arretaz eskuilak eta tolestuta. Ez ziren inoiz jantzi, amak esan zuen. Horren azpian, misilana hasi zen: koadrante bat, lata kanikin bat, hainbat tabako makila, bi pistola oso eder, zilarrezko pieza bat, gaztelaniazko erloju zahar bat eta beste balio txikiko eta gehienetan atzerriko piezak, iparrorratza pare bat letoizkoarekin muntatuta, eta bost edo sei mendebaldeko indiar maskor bitxi. Askotan galdetu izan dut zergatik eraman behar izan zituen bere maskor horiek bere erruan, errudun eta ehizatutako bizitzan.

Bitartean, zilarrezko eta trinketez ez genuen baliorik, eta hauetako bat ere ez zen gure moduan. Azpian itsasontziko arropa zahar bat zegoen, itsas-gatza zurituta, portu-taberna askotan. Amak traba handiz atera zuen, eta gure aurrean zegoen, bularrean zeuden azken gauza batzuk, olio oihalekin lotua zegoen paperak, eta paperak ziruditen, eta urrezko zurrumurrua ematen zuen oihalezko poltsa.

"emakume zintzoa naizela erakutsiko diet", esan zuen amak. - nire zergak izango ditut, eta ez beldurgarria. Eutsi jauna. Crossley-ko poltsa. Eta kapitainaren puntuazioaren zenbatekoak marinel poltsatik zenbatzen hasi zen.

Negozio luzea eta zaila zen, izan ere, txanponak herrialde eta tamaina guztietakoak ziren: koilarak, louis-deak eta guineak eta zortzi pieza, eta ez dakit gainera zer den, guztiak ausaz astinduta. Guineak ere zakarrari buruzkoak ziren, eta amekin bakarrik zenbatzen jakin zuten.

Erdibidean geundela, bat-batean eskua besoan gainean jarri nuen, izan ere, aire isil eta izoztean entzun nuen bihotza nire ahoan sartu nuen soinua: itsuaren makila izoztutako errepidean . Gero eta gertuago zegoen, arnasari eusten eseri ginen bitartean. Ondoren, ostikoko atean zorrotz jotzen zen, eta gero heldulekua jiratzen ari zela entzun, eta zurrumurrua zurrumurrua sartzen ari zen saiatzen ari zela; eta, ondoren, isiltasun luzea egon zen barruan eta kanpoan. Azkenean txalo zaparrada eta gure poza eta esker ona eskergabeaz berriro ere poliki-poliki hil egin zen entzuten utzi arte.

"ama", esan nuen, "hartu eta goazen"; izan ere, ziur nago ate zurrunak susmagarria zirudiela, eta adar jotzailearen habia osoa belarrietara eramango zuela ; nahiz eta zenbat eskertua nuen bihurritu dudala, inork ezin du esan inork ezagutu ez zuen itsu ikaragarri hura.

Baina nire amak, beldurtuta zegoenez, ez zion baimenik emango zorra baino zerbait gehiagorekin hartzeko eta ez zen gogor nahi gutxiagorekin konformatzeko. Oraindik ez zen zazpi, esan zuen bide luzean; bere eskubideak ezagutzen zituen eta hauek izango zituen; eta nirekin eztabaidatzen ari zenean, txistukari apur bat hodei batek ondo jotzen zuenean. Hori bai, eta nahikoa baino gehiago, biok.

"daukadan hori hartuko dut", esan zuen, bere oinetara salto eginez.

"eta hori konta dezaten hartuko dut", esan nuen, olio-larru paketea biltzen.

Hurrengo momentuan biak maldan behera geunden, kandela bularrean hutsik utzita; eta hurrengoan atea ireki eta atzera egin genuen. Ez genuen une bat bezain laster hasi. Lainoa azkar barreiatzen ari zen; ilargia alde argia zegoen alde batetik bestera, eta dorrearen beheko aldean eta tabernako atearen inguruan zegoen belo mehe bat oraindik ere eten gabe zegoen ihesaren lehen urratsak ezkutatzeko. Errixkatik erdira baino gutxiagora, muinoaren hondotik oso gutxi, ilargira irten behar dugu. Ezta hori ere; izan ere, korrikako hainbat urratsren soinua iritsi zen gure belarrietara, eta atzera begira jarri ginela, argi batek, noraezean eta aurrera zihoanean, oraindik aurrera zihoanean, agente berrietako batek linterna eramaten zuela erakutsi zuen.

"maitea", esan zuen nire amak, bat-batean, "dirua hartu eta korrika. Desagertuko naiz."

Hori da, zalantzarik gabe, guretzat, pentsatu nuen. Nola madarikatu nuen auzokideen koldarkeria! Nola leporatu nion nire ama pobreari bere zintzotasunagatik eta bere gutiziagatik, iraganeko tontotasunagatik eta gaur egungo ahultasunagatik! Zorte txikian geunden, zorte onarekin, eta lagundu nuen, bera bezalaxe, bankuaren ertzeraino, non, seguru asko, hasperen bat eman eta nire sorbaldan erori zen. Ez dakit nola topatu nuen indarra hori guztia egiteko, eta beldur naiz gutxi gorabehera egin zela, baina bankura eta arkupearen azpian arrastaka pixka bat arrastatu nuen. Urrunago ezin nuen bera mugitu, zubia baxua baitzen haren azpian arakatzea baino gehiago egiteko. Beraz, han geratu behar izan genuen - nire ama ia guztiz azalduta, eta biok ostatuko belarriaren barruan.

Kapitulua v

Itsuena azkena

Nire jakin-mina, nolabait, beldurra baino indartsuagoa zen; izan ere, ezin nintzen geldirik nengoen, baina bankura itzuli nintzen berriro, nondik norakoa eta erratza zuhaitz baten atzean burua gordeta, gerta liteke gure atea baino lehenagoko bidea. Ia etsaiak iristen hasi nintzen, zazpi edo zortzi, gogor korrika, oinak denboraren poderioz errepidean etzanda, eta linterna zuen aurrean gizonak. Hiru gizon elkartu ziren, eskuz esku; eta lainoaren bidez jakin nuen hirukote horren erdia eskale itsua zela. Hurrengo momentuan bere ahotsak arrazoia nuela erakutsi zidan.

"behera atearekin!" egin zuen oihu.

"ai, ai, jauna!" bi edo hiru erantzun; eta "almirante bankuaren" kontra egin zuen korrika linternaren jarraitzaileak; eta orduan ikusi nituen pausatzen, eta hitzaldiak igaro ziren beheko gako batean, harrituta egongo balitz bezala. Baina pausa laburra izan zen, itsuak berriro bere aginduak eman zituelako. Bere ahotsa gero eta ozenagoa zen, irrikaz eta amorruz urrunduta egongo balitz bezala.

"in, in, in!" oihu egin zuen, eta madarikatu egin zituen atzerapenagatik.

Lau edo bostek aldi berean obeditu zuten, beste bi bidean gelditzen ziren eskale zoragarriarekin. Pauso bat eman zen, orduan ezustekoa eta gero etxetik oihukatzen zuen ahots bat:

"faktura hilda dago!"

Baina itsuak berriro zin egin zien atzerapenagatik.

"bila ezazu, zuetako batzuk lubrifikatzen, eta beste batzuk urrundu eta bularra atera", oihukatu zuen.

Haien oinak entzuten nituen gure eskailera zaharrak gorarazten, eta, beraz, etxea berarekin astindu behar zen. Segituan harridura soinu berriak sortu ziren; kapitainaren logelaren leihoa leiho zabal batekin eta kristalezko puskekin jota zegoen, eta gizon bat ilargira, buruetara eta sorbaldetara jo zuen eta bere azpiko errepidearen itsu itsuari zuzendu zitzaion.

"pew!" oihu egin zuen, "gure aurretik izan dira"

"pew!" - garrasi egin zuen, "gure aurretik izan dira. Norbaitek bularraldea alai eta alboratu du".

"hor dago?" orro egin zuen.

"dirua hor dago".

Itsuak dirua madarikatu zuen.

"flint ukabila, esan nahi dut", egin zuen oihu.

"ez dugu hemen ikusten, inolaz ere", itzuli zuen gizonak.

"hemen, azpian duzu, fakturan al dago?" oihukatu zuen itsuak berriro.

Orduan, beste lagun bat, ziurrenik kapitainaren gorpua bilatzeko azpian geratzen zena, ostatuko atea iritsi zen. "faktura aurretik berregituratu da", esan zuen, "ez da ezer utzi".

"ostatuko jende hau da ... Mutil hori da. Begiak atera nizkion!" oihukatu zuen itsuak, zuritu. "hemen zeuden denbora gutxi ... Saiatu nintzenean atea zuritu zuten. Sakabanatu, mutilak eta aurkitu nituen".

"aski ziur, hemen utzi dute beren begirada", esan zuen ikaskideak leihotik.

"sakabanatu eta aurkitu! Etxetik atera!" errepikatu zuen zurrumurrua, errepidean makila hartuta.

Ondoren, egin beharrekoa egin zen gure ostatu zahar guztian zehar, oinak gogorrak hankaz gora, altzariak bota, ateak sartu, haitzek oihartzuna lortu zuten arte, eta gizonak berriro atera ziren, bata bestearen atzetik. Errepidea, eta inon aurkitu ez ginela deklaratu zuen. Eta orduan, hilda, kapitainaren diruaren gainean amak eta biok alarmatu zuten txistu bera gauean zehar berriro ere entzuten zen, baina oraingoan bi aldiz errepikatu zen. Pentsatu nuen itsua tronpeta zela, nolabait esateko, bere tripulazioa erasoari deitzea; baina ordurako mendixkaren seinalea zela aurkitu nuen, aldameneko alderaino, eta, iragazkien gaineko efektuarengatik, arriskuan zetorrela ohartarazteko seinale.

"berriro ere ez dago" esan zuen batek. "birritan! Budge egin beharko dugu, lagunak".

"budge, skulk!" oihukatu zuen oihuak. "dirk ergela eta koldarra izan zen lehena ... Ez zitzaizu axola. Inguruan egon behar dute; ezin dira urrun egon; eskuak dituzu gainean. Dispertsatu eta bila itzazu, txakurrak. Oh, dardara nire arima ", oihukatu zuen," begiak banu! "

Errekurtso honek eragina izango zuela zirudien, izan ere, bekadunetako bi han eta hemen bilatzen hasi ziren zurien artean, baina bihotz-bihotzez, pentsatu nuen, eta denbora guztian beren erdi-arriskuan egon arren, gainontzekoak kezkatuta zeuden bitartean. Bidea.

"eskuak milaka dituzu, ergelak, eta hanka bat zintzilikatzen duzu! Erregea bezain aberatsa izango zenuke aurkituko bazenu, eta badakizu hemen dagoela, eta bertan gelditzen zara skulking. Ez zen zuetako bat ausartu aurpegiaren faktura, eta hala egin nuen ... Itsu bat! Eta nire aukera galtzen dut zuretzako! Eskalari pobre bat, arakatzen ari naiz, zurrumurruarekin murgiltzen ari naizenean, entrenatzaile batean ibiltzen naizenean! Gaileta batean usain baten desarragoa balitz, oraindik harrapatuko zenituzke. "

"zintzilikatu, ikurrina, guk dugula!" marmarka egin zuen.

"behar izan zuten bedeinkatua ezkutatu zuten", esan zuen beste batek. "hartu belarrak, pew, eta ez zaitez gelditu hemen zuritzen".

Squalling zen hitza; pew-en haserrea hain handia zen objekzio hauen aurrean; azkenera arte, grina goiko eskua erabat hartuz, eskuin eta ezkerrera jo zuen itsu-itsuan eta makila batek baino gehiagotan jo zuen.

Horiek, bere aldetik, itsu maltzurrarekin berriro madarikatu ziren, termino beldurgarrietan mehatxatu zuten eta alferrik saiatu ziren makila harrapatzen eta bere eskuetatik kentzen.

Liskarra izan zen guri aurreztea; amorrua ematen zuen bitartean, beste hots bat heldu zen herrixkaren alboko mendi tontorretik - zaldien zurrunbiloak kulunkatzen ziren. Ia aldi berean pistola-jaurtiketa, flash eta txostena hedge alde batetik zetozen. Eta hori besterik ez zen arriskuaren azken seinalea, izan ere, bucanoak aldi berean biratu eta korrika joan ziren, norabide guztietan bereiziz, itsasertz batetik bestera, mendixka bat zeharkatzen zen eta abar, horrela minutu erdian ez zen seinale haiek baina gelditu ziren. Basamortuan utzi zuten, bere izua eta kolpeengatik mendekua izan ez arren, ez dakit; baina han gelditu zen atzean, gora eta behera errepide zurrunbilotsu bat jo eta bere adiskideei deika eta galdezka. Azkenean oker txanda hartu zuen eta urrats batzuk eman nituen herrixkara bidean, negarrez:

"johnny, txakur beltza, dirk" eta beste izen batzuk, "ez dituzu zakero zaharrak utziko, lagunak ... Ez alper zaharrak?"

Orduantxe, zaldien zaratak goranzko goia jo zuen, eta lau edo bost txirrindulari ikusi ziren ilargipean, eta malda maldan behera erori zen.

Tontor horretan bere akatsa ikusi zuen, garrasi batekin buelta egin eta zuzen joan zen lubetarantz. Baina segituan oinez heldu zitzaion berriro, eta beste zaku bat egin zuen, erabat minduta, oraintsu datozen zaldien ondoan.

Pilotua salbatzen saiatu zen, baina alferrik. Gaua bere gauean oihuka zihoan oihukatu zen eta lau zuloek zapaldu eta biraka jo eta handik pasatu ziren. Bere aldetik erori zen, eta astiro-astiro aurpegian erori zitzaion eta ez zen gehiago mugitu.

Oinez jauzi egin nuen eta txirrindulariak agurtu nituen. Istripua izututa, nolanahi ere, tiraka ari ziren eta laster ikusi nuen zer ziren. Bata, atsedena atzean utzita, herrixkatik alde egin zuen mutiko bat zen livesey-ren medikura; gainontzekoak diru-sarrerako funtzionarioak ziren, bide batez ezagutu zituen eta haiekin batera itzultzeko adimena zuen. Kitten zuloan zegoen maletategiaren berri batzuk gainbegiratzaileen dantzarako bidea aurkitu zuten, gau hartan gure norabidean abiatu eta egoera hartan, nire amak eta biok heriotzari zor genion gure zaintza.

Pew hilda zegoen, harria hilda. Nire amari dagokionez, herrixkara eraman genuenean, ur hotz eta gatz pixka batek berehala ekarri zuen berriro, eta ez zen larriagoa, baina oraindik dirua orekatzen jarraitzen zuen.

Bitartean, ikuskatzaileak ahal bezain azkar joaten zen kitten zuloraino; baina bere gizonek zaldiak eroan behar izan zituzten, eta batzuetan eusten, beren zaldiak gidatzen eta etengabe beldurra izaten; beraz, ez zen batere harritzekoa zulora jaitsi zenean maletategia martxan zegoenean, nahiz eta oso gertu egon. - erantzun zion ahots batek, ilargiaren argiarekin alde batera uzteko edo bere buruari aurrea aterako ziola esanez, eta aldi berean bala batek besotik gertu gerturatu zuen. Handik gutxira, maindireak puntua bikoiztu eta desagertu egin zen. Jauna. Dantza bertan zegoen, esan zuen bezala, "arrain bat uretatik urrun", eta egin zezakeen gizona bana bidaltzea ... Ebakitzaileari ohartarazteko. "eta hori", esan zuen, "ezer bezain ona da. Garbitu egin dira, eta ez da amaiera. Bakarrik", pozik nago piboteko maisuaren artoetan ibili naizela; izan ere, oraingoan nire historia entzun zuen.

Berarekin itzuli nintzen "almirante benbow" -era, eta ezin duzu imajinatu apurtze egoera hartan; erlojua erori zitzaion bekadari haiek beren amari eta bioi atzetik harrapatu ondoren; eta kapitainaren diru poltsa eta ordura arte zilarrezko pixka bat kenduta ezer egin ez bazen ere, berehala ikusi nuen hondatuta ginela. Jauna. Dantzak eszenari ez zion ezer egin.

"dirua lortu al duzu? Esaten duzu? Beno, kaixo, zer zen zorionaren ondoren? Diru gehiago, uste dut?"

"ez, jauna; ez dirua, uste dut" erantzun nuen i. - egia esan, jauna, uste dut gauza dudala bularreko poltsikoan; eta, egia esateko, segurtasunean jarri nahiko nuke.

"ziur egon, mutil; oso ondo", esan zuen. "hartuko dut, nahi baduzu".

"pentsatu nuen, agian, doctor livesey ..." hasi nintzen.

"oso ondo", eten zuen, oso alaia, "oso ondo ... Jaun eta magistratu bat. Eta, pentsatzen dudanean, agian inguruan ibiliko naiz neure burua eta berari salaketa egin edo miretsi egingo diot. Guztiak amaitutakoan, ez naiz damutzen, baina hil egin da, ikusiko duzu, eta jendeak bere maiestatearen diru sarreren ofizial baten aurka egingo du, ahal izanez gero, orain esango dizut, kaixo, zuk adibidez, eramango zaitut ".

Eskaintza bihotzez eskertu nion eta zaldiak zeuden lekura itzuli ginen. Amak nire xedeari esan nionean aulkian zeudela.

"txakur", esan zuen andereñoak. Dantzatu "zaldi ona duzu; eraman ezazu mutil hau zure atzean".

Muntatu bezain laster, dogger-en gerrikoa atxikita, gainbegiratzaileak hitza eman zuen, eta alderdia livesey-ren etxera doan errepidean dagoen trote errebotean atera zen.

Kapitulua vi

Kapitainaren paperak

Bide guztian gogor jo genuen, medikuaren zuzeneko atearen aurrean atera arte. Etxea ilun zegoen aurrean.

Jauna. Dantzak jaitsi eta kolpatzeko esan zidan, eta txakurkumeak estutu bat eman dit. Neskameak ia berehala ireki zuen atea.

"al dago doktorea livesey-n?" galdetu nuen.

"ez", esan zuen. Arratsaldean etxera etorri zen, baina aretora igo zen afaldu eta iluntzearekin pasatzeko.

"beraz, hara joango gara, mutilak", esan du andereñoak. Dantza.

Oraingoan, distantzia laburra zenez, ez nintzen muntatu, baina dogger larruzko larruarekin korrika joan nintzen atariko ateetara, eta ilargi ilun eta ilunpeko etorbide luzeraino, aretoko eraikinen lerro zuriak alde batetik begiratzen zuen. Lorategi zaharrak. Hemen jauna dantza desmuntatu eta, berarekin batera, etxean hitz bat sartu zitzaidan.

Morroiak pasabide mate bat eraman zigun eta amaieran liburutegi bikain batera erakutsi gintuen, denak gainean liburuxkak eta bustiak gainean zeuden, non kuadrilla eta medikua livesey zeuden, pipa eskuan, su argiaren bi aldeetan. .

Inoiz ez nuen ikusi kuadrilla hain gertu. Gizonezko altua zen, sei metro baino gehiagoko altuera zabal eta proportzio zabala zuen eta aurpegi zakarra, zakarra eta prest zegoen, guztiak itsatsi eta gorritu eta bere bidaia luzeetan lerrokatuta. Bere bekainak oso beltzak ziren eta erraz mugitzen ziren, eta horrek tenperaturen itxura ematen zion, gaizki esango zenuke, baina azkarra eta altua.

"sartu, jauna dantza", esan zuen, oso dotorea eta harrigarria.

"arratsalde on, dantzatu", esan zuen medikuak, buruarekin. Arratsalde on, lagun min. Zer haize on dakar hona?

Gainbegiralea zuzen eta gogorra altxatu zen eta ikasgaia bezala kontatu zuen bere istorioa; eta ikusi beharko zenuke nola bi jaunek aurrera egiten zuten eta elkarri begira zeudela, eta ahaztu egin zitzaien erretzea ezustean eta interesean. Nire amak ostatura itzultzen zirela entzun zutenean, livesey-ko sendagileak nahiko izter egin zion izterrari, eta lantaldeak "bravo!" oihukatu zuen. Eta pipa luzea hautsi zuen parrillaren kontra. Hori egin baino askoz lehenago, jauna. Trelawney (hori, gogoratuko duzu, plazerraren izena zen) bere eserlekutik jaiki eta gelan barrena zihoan, eta medikuak, hobeto entzuteko moduan, kendu zuen hauts-pelukua eta han eseri zen, begira oso arraroa, hain zuzen ere, inkesta beltza.

Azkenean, jauna. Dantzak amaitu zuen istorioa.

"dantzatu jauna ", esan zuen ezkertiarrak, "oso jatorra zara. Hunkiak eta beltz gaiztoak diren horiei buruz aritzeko, bertutea bezala jotzen dut , jauna, labezomorro batean zigilatzea bezala. Trumpea, hautematen dut. Eztia, kanpai hori jotzen al duzu?

"eta beraz, jim", esan zuen medikuak, "ondorengo gauza duzu, ezta?"

"hemen da, jauna", esan zuen i, eta olio-poltsa eman zion.

Medikuak itxura guztian ikusi zuen, behatzak azkura irekitzen balira bezala; baina, hori egin beharrean, beroki poltsikoan sartu zuen lasai.

"squire", esan zuen, "dantzak bere garaia izan duenean, noski, bere majestatearen zerbitzuan egon behar du; baina esan nahi dut hawkins hemen geratzea nire etxean lo egiteko, eta, zure baimenarekin, proposatzen dut tarta hotza beharko luke eta utzi dezagun. "

"nahi duzun moduan, bizi zaren", esan zuen ezkertiarrak; "ogitarrak tarta hotza baino hobeto irabazi du".

Uso tarta handi bat sartu eta alboko mahai gainean jarri nintzen eta oso afari bihotz bat egin nuen, izan ere ilea bezain gose nengoen, jauna. Dantza gehiago osatu zen, eta azkenean baztertu egin zen.

"eta orain, squire", esan zuen medikuak.

"eta orain, livesey", esan zuen ezkertiarrak, arnas berean.

"bat batean, beste bat", barre egin zuen medikuak livesey. "tximeleta honen berri izan duzu, uste dut?"

"entzun zion!" oihukatu zuen plazerrak. "horri buruz entzun zenuen, diozue! Odol egarririk zakarragoa zen itsasoratu zuen. Beltzak haurtxoak irentsi behar zituen. Espainiarrek hain beldur handia ematen zioten, esan dizut, jauna, batzuetan harro nengoen ingelesa zela. Begi horiekin ikusi ditut bere hegaztiak, trinidadetik eta gurdiz jotako gurdiko puncheon baten seme lotsagabea, berriro sartu, jauna, espainiako portura. "

"beno, niri entzun diot, ingalaterran", esan zuen medikuak. Baina kontua da dirua bazuen?

"dirua!" oihukatu zuen kuadrilla. "entzun al duzue ipuina? Zer ziren, baina, dirua? Zertarako zaintzen dute dirua? Zertarako arriskatuko lukete beren karkas mozalak baina dirua?"

- hori laster jakingo dugu - erantzun zion medikuak. "baina hain buru beldurgarria eta harrigarria zara, ezin dudala hitz bat sartu. Jakin nahi dudana hau da: suposatzen dudala hemen poltsikoan badut arrastoren bat bere kutxak lurperatu zuenean, altxor hori askoz ere balioko du. ? "

"zenbatekoa, jauna!" oihukatu zuen kuadrilla. "honelakoa izango da: hitz egiten duzun arrastoa badugu, ontzi bat jarriko dut bristol kaian, eta eramango zaituzte harakinak eta hemendik, eta altxor hori izango dut urtebetean bilatzen badut".

"oso ondo", esan zuen medikuak. "orain, bada, ados badago, paketea zabalduko dugu", eta haren aurrean jarri zuen mahai gainean.

Sorta elkarrekin josi zen, eta medikuak bere instrumentu-kaxa atera eta puntuak moztu zituen medikuak guraizeekin. Bi gauza zituen: liburua eta paper zigilatua.

"lehenik eta behin liburua probatuko dugu", esan zuen medikuak.

Begiralea eta biok ginen bere sorbalda gainean begiratzen, irekitzen ari nintzelako, livesey doktoreak atsegin handiz egin ninduen alboko mahaitik buelta bat ematera, jan nintzenean , bilaketaren kirolaz gozatzeko . Lehen orrialdean idazki zatiak baino ez zeuden, hala nola, eskuan luma bat zuen gizonak zentzugabekeria edo praktikak sor ditzake. Bata tatuaje markaren berdina zen, "billy hezurrak bere dotorea"; orduan "hezur jaunak, bikotea", "zurrumurru gehiagorik ez", "palmondo tekla lortu zuen", eta beste traste batzuk, gehienetan hitz bakanak eta ulergaitzak ziren. Ezin nuen galdetu nor zen "got itt" hori eta "itt" zer lortu zuen galdetzen. Laban bat bizkarrean ez bezala.

"ez dago instrukzio handirik", esan zuen livesey doktoreak, pasatu ahala.

Hurrengo hamar edo hamabi orrialdeak sarrera sail bitxi batez bete ziren. Lerroaren mutur batean data bat zegoen eta bestean diru kopuru bat, kontu-liburu arruntetan gertatzen den bezala; baina azalpen idatziaren ordez, bien arteko gurutze kopuru desberdina baino ez da. Ekainaren 30ean, esate baterako, hirurogeita hamar kiloko zenbateko bat zor zitzaion norbaiti, eta ez zen sei kausa besterik azaldu kausa azaltzeko. Kasu batzuetan, ziur, toki baten izena gehituko litzateke, "offe caraccas" gisa; edo latitudea eta longitudea saiatzea, " ° ′ ″ , ° ′ ″ "gisa

Erregistroak ia hogei urte iraun zuen, banandutako sarrera kopurua handituz joan zen neurrian, eta amaieran osotasun handia egin zen, bost edo sei gehiketa okerren ondoren, eta hitz hauek erantsi ziren "hezurrak, bere pila . "

"ezin dut burua edo buztana egin", esan zuen livesey doktoreak.

"gauean bezain argia da", oihukatu zuen agintariak. "hau da bihotz beltzaren hound kontuaren liburua. Gurutze hauek hondoratu edo lurreratu dituzten ontzien edo herrien izenak dira. Zenbatekoak beldurraren zatia da, eta anbiguotasunari beldur zitzaion tokian, zerbait argiago gehitu duela ikusten duzu." karaokeak, orain, ikusten duzu, hementxe izan zen zorigaiztoko ontzi bat kostaldetik itsasontzian. Jainkoak lagundu zion gizakia arima pobreak - korala aspaldidanik.

"eskubidea!" esan zuen medikuak. "ikusi zer den bidaiari izatea. Ondo! Eta zenbatekoak handitzen dira, sailkapenean gora egin ahala."

Liburukian ezer gutxi zegoen, baina hutsik dauden hostoetan oharrak zeuden toki batzuk izan ziren amaierara, eta frantsesa, ingelesa eta espainiera moneta balio arruntera murrizteko taula bat.

"gizon thrifty!" egin zuen oihu medikuak. "ez zuen iruzur egin."

"eta orain", esan zuen ezkertiarrak, "bestearentzat".

Papera zorrotadun hainbat lekutan zigilatu zuten zigiluaren bidez; kapitainaren poltsikoan topatu nuen akuilua. Sendagileak arreta handiz zabaldu zituen zigiluak, eta irla bateko mapa erori zen, latitudea eta longitudea, hotsak, muinoen eta badien eta sarreren izenak, eta ontzi bat aingura segurura eramateko behar zen partikularra bere ertzak. Bederatzi kilometro luze eta bost inguru zituen, itxurakoa, esan liteke, zutik dagoen dragoi gantzua bezala, eta bi portu eder zituen, eta erdialdean dagoen muino batek "espioi-beira". Geroagoko zenbait gehigarri agertzen ziren;

baina, batez ere, hiru tinta gorri gurutze — uhartearen iparraldean bi, bata hego-mendebaldean, eta, azken horren ondoan, tinta gorri bera, eta esku txiki eta txukun bat, kapitainaren oso desberdinak. Karaktere toterioak, hitz hauek: "altxorraren zati handi bat hemen".

Atzeko aldean informazio bera ere idatzi zuen:

"zuhaitz altua, espioi-beirazko sorbalda, nne-ko puntua du

"eskeleto irla ese eta abar.

"hamar metro.

"barra zilar iparraldeko cachean dago; ekialdeko koskorraren joeraren arabera aurki daiteke, arroka beltzaren hegoaldean hamar fathom.

"erraz aurki daitezke besoak, hareharrian, iparraldeko sarrerako lurmuturrean. Hau da, eta laurden bat.

"jf"

Dena zen, baina laburra zen eta, ulertezina, plazerrez bete zuen plazer eta medikua zuzenekoz.

"livesey", esan zuen eskultoreak, "berehala utziko duzu praktika penagarria. Bihar hasiko naiz bristolerako. Hiru aste barru, hiru aste! - bi aste ... Hamar egun ... Ontzirik onena izango dugu jauna eta ingalaterrako selekzio hautagarriena. Hawkins kabina-mutil gisa etorriko dira. Kabina-mutil ospetsua egingo duzu, txingorra. Zu, livesey, ontziaren medikua zara, almirantea naiz. Eta ehiztaria. Haize mesedegarriak izango ditugu, pasabide bizkorra, eta ez da zailtasun txikiena tokia aurkitzeko eta dirua jateko, sartzeko. Inoiz jolasteko ahateari eta ihesari aurre egiteko.

"trelawney", esan zuen medikuak, "zurekin joango naiz; eta fidantza emango diot, beraz, hala egingo dut, eta negozioaren kreditua izango da. Beldur naiz gizon bakarra".

"eta nor da hori?" oihukatu zuen kuadrilla. "izena txakurra, jauna!"

"erantzun zuen medikuak", zure hizkuntza ezin duzu eutsi. Ez gara paper hau ezagutzen duten gizon bakarrak. Ostegun gauean ostatuan eraso zuten lagun hauek, palak ausartak eta etsiak, ziur ... Eta gainerakoak biltegian itsasoratu nintzen, eta gehiago, ausartzen naiz esaten, oso urrun, bata eta bestea direla, diru hori lortuko dutela loturik. Ez dugu gutako inor bakarrik joan behar itsasora iritsi arte. Bitartean, elkarrekin lotuko naiz; alaitasuna eta ehiztaria hartuko dituzu bristolera zoazenean, eta, lehenik eta behin, inork ez du aurkitu dugunaren arnasik hartu behar ".

"livesey", itzuli zuen ezkertiarrak, "beti zaude horretan. Hilobia bezain isila egongo naiz".

Ii zatia

Itsas sukaldaria

Kapitulua vii

Bristolera joaten naiz

Gizakiak itsasoari begira prest gaudela pentsatu zuen baino
luzeagoa izan zen, eta gure lehen egitasmoetako bat (ezta
medikuaren alboan, bere ondoan edukitzea ere), nahi
genuen bezala gauzatu ahal izan zen. Medikuak londonera
joan behar izan zuen medikua bere praktikaz arduratzeko;
kuadrilla gogorra zen bristolen lanean; eta aretoan bizi
nintzen erredukzio zaharraren ardurapean, zaintzailea, ia
preso, baina itsasoko ametsak eta uharte eta abentura
bitxien aurreikuspen xoragarrienak. Ordua bildu nuen
mapan zehar, ondo gogoan nituen xehetasun guztiak.
Sutearen ondoan etxekoandrearen gelan eserita, uharte
horretara hurbildu nintzen nire gogoz, ahalik eta norabide
guztietatik; bere gainazaleko hektarea bakoitza arakatu
nuen; milaka aldiz igo nuen espioi-beira deitzen duten
muino altu horretara, eta goitik ikusteak zoragarri eta
aldakorrenak gozatu zituen. Batzuetan uhartea basatiekin
lodia zen, norekin borrokatu genuen; batzuetan ehizatzen
gintuzten animalia arriskutsuez beteta; baina nire zaletasun
guztietan ez zen deus gertatzen gure benetako abenturak
bezain bitxia eta tragikoa.

Asteak igaro ziren arte, egun on batera iritsi zen livesey
doktoreari zuzendutako gutuna, gehigarri honekin, "bere
falta izanez gero, tom redruth-ek edo abere gazteek irekita".
Agindu hau betetzen ari ginela, edo, hobe esanda, aurkitu
genuen; izan ere, zuzendaria inprimatu besterik irakurtzen
ari zen esku eskasa zen. Hurrengo berri garrantzitsuak:

"aingura zaharra, bristol, martxa, -.

"animatu bizi: aretoan zauden edo oraindik london zauden
ez dakidanez, hau bitan bidaltzen dut bi lekuetara.

"ontzia erosi eta egokituta dago. Itsasontzian dago. Itsasorako prest dago. Inoiz ez duzu imajinatu goleta gozoago bat - haur batek itsasoan jo lezake - berrehun tona; izena, hispaniola.

"nire adiskide zaharraren bidez lortu nuen, maltzurki, bere burua frogatu duen garaipen harrigarrienean zehar. Nire lagunak hitzez hitz eskalatu zituen lagun miresgarriak, eta beraz, esan dezaket, bristolean egin zuten guztiak, haizea lortu bezain laster." bidaiatu dugun portua ... Altxorra esan nahi dut.

"birkokatzea", esan nuen i, gutuna eteten duenean, "doktoreari ez zaio gustatuko. Zuzendaria hitz egin da azken finean."

"beno, nor da hobea?" oihukatu zuen zaintzailea. "nahiko rum bat joan ezkero ez da medikuaren zuzenekoarekin hitz egingo, pentsatu beharko nuke".

Hartan, iruzkinak egiten saiatu nintzen eta irakurri nuen zuzen:

"maltzurki berak aurkitu zuen hispaniola, eta miresgarrienaren kudeaketari esker lortu zuen hutsik egiteagatik. Badago gizon bristola modu lotsagabean aurreiritzirik gabeko gizon klase bat. Denetara joaten dira izaki zintzo honek diruagatik edozer egingo zuela deklaratzera; hispaniola berari eman zitzaion, eta absurdeki altua saldu zidan, kalumniarik gardenenak ere ez ziren inor ausartzen ontziaren merituak ukatzera.

"orain arte ez zegoen trabarik. Langileak, ziur egon - zurrumurruak eta zer ez - gogaikarriak ziren motelak, baina denborak sendatu egin nau. Asaldatu nau tripulazioa.

"gizonen partaide borobil bat nahi nuen, bertakoak, bucanoak edo frantses gaiztoak, eta deustuaren kezka nuen dozena erdi baino gehiago aurkitu arte, fortunaren trazadurarik aipagarrienak ekarri zidan arte. Behar nuen gizona.

"kaian zutik nengoen, istripu soilaz hitz egin nuen berarekin hitz egitean. Marinel zaharra zela aurkitu nuen, etxe publikoa gordetzen zuela, bristolean zeuden itsasgizon guztiak, osasuna galdu zuela jakin nuen, eta sukaldari bat nahi zuen sukaldari gisa berriro itsasora joateko. Goiz hartan han zegoen han, gatz usaina ateratzeko.

"ikaragarri ukitu ninduen, halaxe izan zinen" eta, erruki hutsetik, ontziko sukaldariari lotu nion tokian. Zilarrezko joana luzea deitzen zaio eta hanka bat galdu du; baina gomendio gisa hartu nuen , bere herrialdeko zerbitzuan galdu zuenetik, izurrite belarraren azpian. Ez dauka pentsiorik, bizi. Imajina ezazu bizi dugun adina higuingarria!

"ondo, jauna, pentsatu nuen sukaldari bat bakarrik topatu nuela, baina aurkitu ditudan tripulazio bat zen. Zilarrezko eta nire artean egun batzuetan imajinatu genuen gatz zahar gogorrenen konpainiarekin elkartu ginen. Ez da begiratzeko nahiko polita. Idazkariak, beren aurpegiaren arabera, izpiritu ahulenaren arabera. Zigorrarekin borrokan aritu gintezkeela diot.

"joan luzeak jadanik ihardun nituen sei edo zazpietatik bi kentzen zizkidan. Momentu batean erakutsi zidan garrantzizko abentura batean beldur izan behar genuen ur gezako paleta modukoak zirela.

"osasun eta izpiritu bikainenetan nago, zezena bezala jaten, zuhaitz bat bezala lo egiten, baina ez dut momentu bat gozatuko nire lore zaharrak kapastan zehar zapaldu arte entzutera. Itsasora zintzilik! Altxa ezazu altxorra! Burua biratu didan itsasoa. Orain, bizi, etorri post; ez galdu ordubete, errespetatzen nauzu.

"utz ezazu txingorra gazteak bere ama ikustera, guardia bat lortzeko asmoz, eta biak abiapuntu etortzen dira bristolera.

"john trelawney.

"ps - ez dizut esan zoragarri hori, nork, bide batez, consort bat bidali ondoren, abuztuaren amaiera aldera bueltatzen ez bagara, belaontziko maisu zoragarria topatu zuen - gizon gogorra , damu egiten dut, baina, beste alde guztietatik, altxor bat. Zilarrezko john luzeak gizonezko oso trebea sortu zuen lagun batekin, gezia izeneko gizon batentzat. Badut itsasontzi bat pipiak, livesey; beraz, gauzak gizakiak joango dira. Gerra moda ontzi hispaniola ontzi ona.

"ahaztu egin zait esan dizut zilarra substantzia gizona dela; nire jakitean badakit bankari kontua duela, inoiz sekula bukatu ez dena. Bere emaztea uzten du ostatua kudeatzeko; eta koloreko emakumea denez. Bachelors pare bat bezala, eta aitzakia izan daiteke emaztea dela, osasuna bezainbeste, erreketeari bidaltzen diola.

"jt

"pps-hawkins am bere gauarekin egon liteke.

"jt"

Eskutitz horrek ekarri zidan ilusioa piztu dezakezu. Erdi egon nintzen neure ondoan, eta gizon bat mespretxatzen badut, tom redruth zaharra zen, ezin izan baitzuen kezkatu eta deitoratu. Jokalari azpiko edozein gaztek pozik aldatuko zuten berarekin lekua; baina hala ere ez zen plazerraren plazerra, eta plazerren plazera denen artean legea bezalakoa zen. Inor ez zen birrintze zaharra ere ausartuko ote zen errieta egitera ere.

Biharamunean, biok, "almirante zintzoa" oinez abiatu ginen eta han nire ama osasuntsu eta gogo onez topatu genuen. Kapitaina, hainbeste egonezina izan zena, gaiztoak arazoengatik gelditu zen lekura joan zen. Kuadrilla guztia konpondu zuten, eta areto publikoak eta ikurra berriro margotuta zeuden eta altzari batzuk ere gehitu zituzten - batez ere, tabernako amarako aulki eder bat. Ikasgai gisa mutil bat ere aurkitu zuen, desagertuta nengoen bitartean laguntza nahi ez zuelako.

Mutil hura ikusi nuenean, lehenengo aldiz, nire egoera ulertu nuen. Abenturaren une hartan pentsatu nuen nire aurretik, ez nituen etxetik alde egiten; eta malkoen lehen erasoa izan nuen, nire amaren alboan hemen geratuko zen arrotz gaizto hau ikusita. Beldur naiz mutil hori txakur baten bizitzan eraman dudala; izan ere, lan berria zen heinean, ehun aukera egokitu zitzaizkidan berari egokitzeko eta behera jartzeko, eta ez nintzen gutxi irabazten.

Gaua igaro zen, eta hurrengo egunean, afaldu ondoren, redruth eta biok berriro oinez eta errepidean ginen. Jaio nintzenetik amari eta leizeari agur esan nion, baita "almirante benbow" maitea ere ... Margotu zutenetik, ez zen hain maitea. Azken pentsamenduetako bat kapitainari zegokion, hainbestetan hondartzan zehar ibili baitzen kapelaz jantzirik, sabelezko masailarekin eta letoizko teleskopio zaharrarekin. Hurrengo momentuan izkina jiratu genuen eta nire etxea kanpoan zegoen.

Postak ilunabarrean jaso zigun "royal george" ertzean. Ametsa eta zaldun zorrotz baten artean ezkondu nintzen, eta mugimendu bizkorra eta gaueko aire hotza gorabehera, gauza asko egin behar izan nuen lehengotik, eta, ondoren, lorategi bat bezala lo egin nuen, behera eta behera. Etapa ondoren etapa; izan ere, azkenean esnatu nintzenean zulotxo bat zegoen, eta begiak ireki nituen hiriko kale bateko eraikin handi baten aurrean zutik gindoazela eta egunak denbora luzea apurtuta zuela.

"non gaude?" galdetu nuen.

"bristol", esan zuen tomek. "behera etorri."

Jauna. Trelawney-k bere kaiola baino urrunago zegoen ostatu batean zuen bizilekua, lana goleta gainean jartzeko. Hortxe ibili behar izan genuen, eta gure bidea, nire gozamenerako, mendi bazterretan eta tamaina eta estamentu eta nazio guztietako itsasontzi ugarien ondoan zegoen. Batean, marinelak kantuan ari ziren beren lanean; beste batean, gizonak nire buruaren gainean zeuden, armiarmarenak baino lodiagoak ez ziren hariak zintzilikatuta. Bizitza osoan itsasertzean bizi izan nintzen arren, ordura arte ez nintzen sekula itsasora egongo. Tarren eta gatzaren usaina zerbait berria zen. Oso irudi zoragarrienak ikusi ditut, guztiak ozeanoaren gainean zeuden. Gainera, marinel zahar asko ikusi nituen, belarrietan eraztunak zeramatzatela, eta xuxurlekuak lokarrietan zeramatzatela, txerri-ilarak zeramatzatela, eta haien pasealeku zakarra eta malkartsua; eta errege edo artzapezpiku asko ikusi izan banu ezin nintzateke gehiago poztu.

Eta ni itsasora noa; itsasontzira itsasontzira, itsasontzi pikoitsuekin eta txerri-isatsarekin jantzitako itsasontzietara;

itsasora, uharte ezezagun batentzat eta lurperatutako altxorraren bila.

Amets zoragarri hartan nengoen bitartean, bat-batean ostatu handi baten aurrean iritsi ginen eta topagune antzera topatu genuen, guztiak itsas ofizialez jantzirik, oihal urdinez estalita, atea zetorrela irribarre batekin aurpegian eta marinel baten ibilbidea da.

"hemen zaude!" oihu egin zuen; "eta medikua bart etorri zen londresetik. Bravo! Ontziaren konpainia osatuta zegoen."

"oi, jauna", oihukatu nuen, "noiz itsasoratuko gara?"

"nabigatzen!" dio. "biharamunean itsasoratzen gara".

Kapitulua viii

"espioi-beira" ren seinalean

Gosaria egin nuenean, kuadrillak john zilarrari zuzendutako ohar bat eman zidan, "espioi-edalontzia" zantzuan, eta esan zidan erraz topatuko nuela lekua kaietako lerroari jarraituz eta begirada argia mantenduz. Zeinuetarako letoizko teleskopio handia duen taberna txiki batentzat. Aukera honekin poztu nintzen itsasontzi eta itsasontzi batzuk ikusteko aukerarekin, eta jende eta gurdiak eta balak jendetza handi baten artean hartu nuen bidea, izan ere, kaia bere lekuen artean zegoen, harik eta auzoa aurkitu nuen arte.

Aisialdirako leku txiki samarra zen. Ikurra margotu berria zen; leihoek gortina gorri garbiak zituzten; zorua garbituta zegoen. Alde bakoitzean kale bat zegoen eta bi ateetan ate irekia zegoen. Logela handi eta baxua oso argia zegoen, tabako kea lainotuta zegoen arren.

Bezeroak gehienbat itsasoko gizonak ziren eta hain ozenki hitz egin zuten ezen atea zintzilikatu nuen, ia sartzeko beldur.

Itxaroten nengoela, gizon bat alboko gela batetik irten zen eta begirada batean ziur egon behar zela joana zen. Ezkerreko hanka moztuta zegoen aldamenean, eta ezkerreko sorbaldaren azpian makulua eraman zuen, trebezia zoragarriarekin kudeatuz. Oso altua eta sendoa zen, urdaiazpikoa bezain handia zuen aurpegia, arrunta eta zurbila, baina adimentsua eta irribarrea. Hain zuzen ere, izpiritu alaitsuenetan zirudien, txarangak mahaien artean mugitzen ari zelarik, hitzarekin edo zapatila sorbalda gainean gonbidatuen mesederako.

Orain, egia esateko, squire trelawney-ren gutunean john luzearen lehen aipamenetik hasita, beldurra hartu nion buruan, hainbeste denbora luzez ikusi nuen marinel bakarra zela. "benbow" zaharra. Baina nire aurretik gizonari begirada bat nahikoa zen. Kapitaina, txakur beltza eta itsua ikusi nituen eta pentsatu nuen banan-banana nolakoa zen ... Pentsatu nuen, oso izaki oso ezberdina, lur jabe garbi eta atsegin honetatik.

Kemea berehala ausartu nintzen, atalasea zeharkatu eta zuzen ibili nintzen bera zegoen gizoneraino, makurtu zuen bezeroari hitz egiten.

"zilarrezko jauna, jauna?" galdetu nion, oharrari eutsiz.

"bai, nire mutila", esan zuen; "nire izena da, ziur. Eta nor izan zaitezke?" eta kuadrillaren gutuna ikusi zuenean ia hasiera bat ematen zuela iruditu zitzaidan.

"oh!" esan zuen oso ozenki eta eskua eskainiz: "ikusten dut. Gure kabinako mutil berria zara; pozik nago zu ikustean."

Eta eskua hartu zidan bere esku irmo handian.

Orduan, urruneko bezeroetako bat bat-batean igo eta aterantz abiatu zen. Haren ondoan zegoen eta kalean atera zen une batean. Baina bere presak erakarri ninduen eta begi onez ikusi nuen. Aurpegia zuen gizakia zen, bi atzamarrak nahi zituena, "almirante zubira" iritsi baitzen.

"oihu egin nuen", gelditu ezazu! Txakur beltza da!

"ez zait axola nor den bi koplak", oihukatu zuen zilarrak, "baina ez du puntuaziorik ordaindu. Erabaki, korrika eta harrapatu ezazu."

Ateratik gertu zegoen beste bat jauzi egin eta bila hasi zen.

"almirante-ilea izango balitz, puntuazioa ordaindu beharko du", egin zuen oihu; eta gero, nire eskua alde batera utziz, "nor esan zenuen?" galdetu zuen. "beltza zer?"

"txakurra, jauna", esan nuen i. "trelawney jaunak ez al dizkizu bukanoei buruz esan? Hura izan zen horietako bat."

"beraz?" oihu egin zuen zilarrak. "nire etxean! Ben, korrika eta lagun iezaiozu. Zabala horietako bat, bera al zen? Berarekin edaten ari zinen, morgan? Hona hemen urratsa".

Morgan deitu zuen gizona —hainbat marroi ile bizkorreko ile marroi zaharra— oso gizon zoragarria egin zuen aurrera.

- orain, morgan - esan zuen john luzeak, oso zorrotz—, ez zenuela inoiz begiak txakur beltz hartan begiratu, ez al duzu orain?

- orain, morgan - esan zuen john luzeak, oso zorrotz—, ez zenuela inoiz begiak zikin beltz gainean jarri, zakur beltza baino lehen?

- ez, jauna - esan zuen morganek, agur batekin.

"ez zenekien bere izena, ezta?"

"ez, jauna".

"botereen arabera, tom morgan, zuretzako ona da!" —esan zuen lurjabeak. "horrelakoarekin nahastu izan bazintu, inoiz ez zenuke beste etxean oin bat jarriko. Horretarako etzan zaitezke. Eta zer esaten zizun?"

"ez dakit ondo, jauna", erantzun zuen morganek.

"deitzen al diozu buru horri sorbaldetan edo begi bedeinkatu bat?" oihukatu zuen joanek. - ez dakizu behar bezala, ez? Beharbada ez al zaizu behar bezala ezagutzen norekin ari zinen hitz egiten, etorri? Orain, zertaz ari zen jaurtitzen ... Ontziak, ontziak, ontziak? Zer zen? "

"keel-hauling-a talkin ginen", erantzun zuen morganek.

- keila eramaten ari zinen, eta oso gauza aproposa ere bai, eta zuk jar zaitezke. Itzul zaitez zure lekura lubber, tom. "

Eta gero, morgan bere eserlekura itzultzean, zilarrezkoa gehitu zitzaidan, isilpeko xuxurla, oso lausoa zen, pentsatu nuen bezala:

"oso gizon zintzoa da, tom morgan, oso ergela. Orain," berriro jarraitu zuen ozenki, "ikus dezagun ... Txakur beltza? Ez, ez dakit izena, ez. Oraindik ere mota bat dut uste dut, bai, ikusi dut swab. Hura etorri zen eskale itsu batekin. "

"hala egin zuen, ziur egon zaitezke", esan nuen i. "ezagutzen nuen itsu hori ere. Bere izena zorabiatua zen".

"zen!" oihukatu zuen zilarrak, nahiko hunkituta. "amu! Hori zen bere izena. Ah, marrazo itxura zuen, hala egin zuen! Orain txakur beltz hori behera erortzen bagara, kapitanen trelawney-ren berri egongo da! Ben, korrikalari ona da; itsasgizon gutxi batzuk baino hobeto ibiltzen dira. Ahal bezain ongi, bere eskutik botata eskua beharko luke! Keil-hauling hitz egin zuen, ala?

Esaldi horiek ateratzen ari zen bitartean tabernara makurtu eta behatzen ari zen taberna gainean, mahaiak eskutik helduta, eta ilusio moduko bat ematen zuen, bailey epaile zahar bat edo arku kaleko korrikalaria konbentzituko zuena. Nire susmoak zorroztasun handiz piztu zitzaizkidan "espioi edalontziaren" txakur beltza topatzeagatik eta sukaldaria estu ikusi nuen. Baina oso sakon eta prest zegoen eta niretzat ere azkarra zen, eta bi gizonek arnasa hartu zutenean, jendetza batean pista galdu zutela eta lapurrak bezala uxatuta daudela aitortu zuten. Fidantzarik gabe joan da joan zilarrezko luzearen errugabetasunagatik.

"ikusi hemen, orain, ogitarrak", esan zuen, "hona hemen benetako gauza zoriontsua ni bezalako gizon bat, orain, ez al da? Ez dago cap'n trelawney ... Zer pentsatu behar du? Hemen daukazu seme nahasi hau. Holandarra nire etxean eserita, nire ronaz edaten! Hona etortzen zara eta arrunt esaten didazu, eta hemen uzten diogu irrist egin bieza nire zoriontsu argien aurretik! Orain, ogitxoak, justizia egiten didazu txanoarekin ' n. Zu zara mutila, baina pintura bezain adimentsua zara. Lehen aldiz sartu zinenean ikusten dut orain, hona hemen: zer egin nezake egur zahar honekin? Baitzegoen marinel aberatsa alboan izango nuela, eskutik helduta, eta astindu ninduen astindu zaharren batean, eta orain ...

Eta orduan, bat-batean, geldutu egin zen, eta masailezurra erori zitzaion zerbait gogoan izango balu bezala.

"puntuazioa!" lehertu zen. Hiru zurrumurru dira! Zergatik, astindu nire bizkarrak, ez nuen nire partitura ahaztuko!

Eta, banku baten gainean erorita, barre egin zuen malkoak masailetan behera joan arte. Ezin nuen bat egiten lagundu, eta elkarrekin barre egin genuen, zuritu ondoren, taberna berriro jo arte.

"zergatik naiz! Zein naiz! Esan zuen azkenean masailak ezabatuz. "zu eta biok ondo joan beharko genuke, txoriburuak, nire maitalea hartuko dut ontziaren mutila izendatu beharko nuke. Baina, etorri, orain gelditu zaitez. Hau ez da horrela egingo. Dooty ez da dooty, jaunak. Nire kapela zaharra jantzi eta zurekin batera joango naiz, eta hau salatu dut. Izan ere, gogoan izan zaitez, larru gazteak, eta ez zu eta ez biok atera beharko nukeenarekin. Kreditua deitzea bezain ausarta. Ez eta zu ere ez, diozu; ez da smart, gurekin bikain bat ere ez. Baina nire botoiak moztu! Hori oso ona izan da nire puntuazioari buruz ".

Eta berriro barre egiten hasi zen, eta hain bihotzez, ezen txantxa berak bezala ikusi ez bazuen ere, berarekin bat egin behar izan nuen berriro.

Pasealekuan egin dugun ibilaldi txiki honetan bere lagunik interesgarriena egin zuen, pasatzen genituen itsasontzi desberdinak kontatu zizkidan, haien zurruntasuna, tonala eta nazionalitatea, aurrera zihoan lana azalduz. Karga, eta hirugarren bat itsasorako prest; noizean behin itsasontzien edo itsasgizonen pasadizo txiki bat kontatu edo esaldi nautiko bat errepikatu, primeran ikasi nuen arte. Hemen ikusi nuen itsasontzien lagun onenetarikoa zela.

Ostatura iritsi ginenean, kuadrilla eta medikua bizi ziren elkarrekin eserita, ale laurdena bukatzen baitzuen brindisa topatu ondoren, goleta itsasontzira joan aurretik, ikuskatzeko bisitan.

Luze johnek istorioa kontatu zuen lehenetik azkenera, izpiritu handiarekin eta egiarik perfektuena. "horrela izan zen, orain, ez al zen, txingorra?" behin eta berriro esango nuke, eta nik beti atera nezakeen erabat.

Bi jaunak damutu egin zen txakur beltza ihes egin zuela, baina denok ados egon ginen ez zela ezer egin behar, eta konplitu ondoren, johnek bere makila hartu eta alde egin zuen.

"esku guztiak lau arratsaldean!" oihukatu zuen plazerra haren atzetik.

"ai, ja," oihukatu zuen sukaldariak pasabidean.

"ondo, zuzen," esan zuen livesey doktoreak, "ez dut fede handirik zure aurkikuntzetan, gauza orokor gisa, baina hau esango dut ... Joaten zait zilarrezkoa."

"gizon hori tronpeta perfektua da", adierazi zuen plazerrak.

"orain," gehitu du medikuak, "gurekin etorri ahal izango da, agian ez?"

"ziur egon daitekeela", esan zuen ezkertiarrak. "hartu zure txapela, txingorra, eta itsasontzia ikusiko dugu".

Kapitulua ix

Hautsa eta besoak

Hispaniola ateratzeko modua zegoen eta guk beste irudi askoren barrenen inguruan eta beste itsasontzi batzuen inguruan jo genuen, eta haien kableak batzuetan gure gelaren azpian sartuta geunden, eta beste batzuetan gainetik geunden. Azkenean, ordea, albo batera egin genuen bira eta atsegin egin ginen senidearen laguntzaz abiatu ginenean. Gezia, marinel zahar marroia, belarritakoetan belarriak eta zurrunbiloa. Bera eta kuadrila oso lodi eta atseginak ziren, baina laster ikusi nuen gauzak ez zirela gauza bera jaunarekin. Tralawney eta kapitaina.

Azken hau itxura zorrotz handiko gizona zen, itsasontzian zegoen guztiarekin haserrea zirudiena, eta laster esan zigun zergatik, marinel bat jarraitzen zigun kabinan sartu ginenean.

"kapitaina smollett, jauna, zurekin hitz egiteko gogoa", esan zuen.

"beti kapitainaren aginduetara nago. Erakutsi", esan zuen adituak.

Kapitaina, bere mezulariaren atzean zegoena, berehala sartu zen eta atea itxi zuen atzean.

- ondo, kapitaina smollett, zer esan behar duzu? Ondo da, espero dut; ontzi itxurakoa eta itsasokoa?

"ondo, jauna", esan zuen kapitainak, hobeto hitz egin, uste dut, delitua egiteko arriskuan dagoela. Ez zait gustatzen gurutzaldi hau; ez zaizkit gizonak gustatzen eta ez zait nire ofizialari gustatzen. Hori da motza eta gozoa ".

"agian, jauna, ez duzu ontzia gustuko?" —galdetu zidan galdegileak, oso haserre, ikusi nuen moduan.

"ezin dut horretaz hitz egin, jauna, saiatu ez den arren", esan zuen kapitainak. "lanbide azkarra dela dirudi; ezin dut gehiago esan."

"agian, jauna, agian ez duzu zure enpresariari gustatuko?" esan zuen ezkadiarrak.

Baina hemen medikuak zuzenean moztu zituen.

"egon pixka bat", esan zuen, "egon pixka bat. Ez duzu horrelako galderarik erabili, gaizki sentitzeko. Kapitainak gehiegi esan du edo gehiegi esan du, eta lotu behar dut bere hitzen azalpena behar. Ez duzu, diozu, gurutzaldi hau bezala. Orain, zergatik?

"zigor aginduak deitzen diogunarekin konprometitu nintzen, itsasontzi honetara joateko gonbita egin zezakeen jaunaren bila", esan zuen kapitainak. "orain arte hain ona da. Orain, gizakiaren aurretik gizakiek baino gehiago dakit. Badakit ez dela feria hori deitzen?"

"ez", esan zuen livesey doktoreak, "ez dut".

"hurrengoa", esan zuen kapitainak, "altxorraren ondoren goazela ikasten dut; entzun ezazu nire eskutik, gogoan zaitut. Orain, altxorra lan zorabiagarria da; ez zait gustatzen altxorraren bidaiarik, eta ez dut haiek bezala, batez ere, sekretuak direnean eta noiz (barkamena eskatuz, jauna), sekretua loroari esan zaio ".

"zilarrezko loroa?" -galdetu zion kuadrillak.

"hitz egiteko modua da", esan zuen kapitainak. - ados, esan nahi dut. Nire ustez, inork ez dakizu zertaz ari zaren, baina nire modua esango dizut ... Bizitza edo heriotza eta gertuko ihesa.

"hori guztia argi dago, eta ausartuko naiz esatera", erantzun zuen livesey doktoreak. "arriskua hartzen dugu, baina gu ez gara guk uste bezain arduragabeak. Hurrengoa, tripulazioa ez duzula gustatzen diozu. Ez al dira itsasgizon onak?"

"ez zaizkit gustatzen, jauna" itzuli zen kapitain smollett. "eta uste dut nire eskuak aukeratzea izan beharko nukeela, horretara joaten bazara".

"behar zenuke" erantzun zion medikuak. "nire lagunak, beharbada, berarekin eraman zaitu, baina arina, nahigabea izan zen. Ez al zaizu gustatzen gezurra?"

"ez dut, jauna. Uste dut itsasgizon ona dela, baina tripulazioarekin librea da ofizial ona izateko. Bikotekide batek bere buruari eutsi beharko dio; ez luke gizonekin edan behar masaren aurretik".

Esan nahi du edaten zuela? Oihukatu zuen kuadrilla.

- ez, jauna - erantzun zion kapitainak; "bakarrik ezagutzen du."

- ondo, orain, eta laburra eta luzea, kapitaina? Galdetu zion medikuak. "esaiguzu zer nahi duzun".

"ondo, jaunak, erabakita zaude gurutzaldi hau egitera?"

"burdina bezala", erantzun zion ezkertiarrak.

"oso ona", esan zuen kapitainak. "orduan, pazientziaz entzun didazu, frogatu ezin nituen gauzak esaten, entzun iezadazu beste zenbait hitz. Hautsak eta besoak sartzen ari dira lehengo eskuetan. Orain, leku ona duzu kabinaren azpian zergatik ez dituzu hor sartzen? Lehen puntua. Orduan zeure lau pertsona ekartzen dituzu zurekin, eta haietako batzuk aurrerantz zuzendu behar direla esaten didate. Zergatik ez dizkizu baratxuriak hemen kabinaren ondoan eman? . "

"gehiago?" galdetu du andereñoak. Trelawney.

"beste bat", esan zuen kapitainak. "jada ez da gehiegi jo".

"urrunegi" adostu zuen medikuak.

"neuk entzun dudana esango dizut", jarraitu zuen kapitain smollettek; "uharte baten mapa duzula; mapan gurutzeak badaudela, altxorra non dagoen erakusteko, eta uhartea dagoela ..." eta orduan zehaztu zuen latitudea eta longitudea zehazki.

"ez dut inoiz hori esan", oihukatu du squireak, "arima batera".

"eskuek badakite, jauna", itzuli zuen kapitainak.

"livesey, hori izan behar zenuke zu edo trikimailuak", oihukatu zuen instrukzioak.

"ez dio axola nor izan zen", erantzun zion medikuak. Eta ikusi nuen ez berak ez kapitainak ez ziotela jaramonik egin jaunari. Trelawney-ren protestak. Ez eta ni ere, ziur, hiztun hain soltekoa zela; hala ere, uste dut arrazoi zuela eta inork ez zuela uhartearen egoera kontatu.

"ondo, jaunak," jarraitu zuen kapitainak, "ez dakit mapa hori duen, baina esango dut sekretuan gordeko dudala niregandik eta gezi jauna. Bestela, dimisioa uzteko eskatuko nizuke. "

"ikusi dut", esan zuen medikuak. "gai hau ilun mantentzeko eta itsasontziaren poparen garnizioa egitea nahi duzu, nire lagunaren pertsona propioak eta taula gainean dauden beso eta hauts guztiak hornituta. Besteak beste, beldurra duzu beldur. "

"jauna", esan zuen smollett kapitainak, "erasoa emateko asmorik gabe, nire hitzak ahoan sartzeko eskubidea ukatzen zait. Ez da kapitain bat, jauna, justifikatuta egongo itsasoan joatea hori esateko nahikoa balitz. Gezi jaunaren kasuan, oso zintzoa iruditzen zait; gizon batzuk berdinak dira; denak dakidana izan daiteke, baina ontziaren segurtasunaz eta gizon guztiaren bizitzaz arduratzen naiz. Nire ustez ez dago ondo, eta neurri batzuk hartzeko eskatzen dizut, edo utz dezatela nire lekua bertan behera uzteko. Hori da ".

"kapitaina smollett", hasi zen medikuak, irribarre batekin, "inoiz entzun al dituzu mendiaren fabrika eta sagua? Barkatu egingo didazu, ausartuko naiz esaten, baina fabula hori gogoratzen duzu ... Nire pelukua joko dut hau baino gehiago esan nahi zenuen.

"medikua", esan zuen kapitainak, zu zarela inteligentzia. Hona etorri nintzenean deskargatu nahi ninduten. Ez nuen pentsatu jaun batek hitz egingo zuenik.

"ez nuke gehiago egingo", oihukatu du agintariak. "bizitza ez balitz hemen ikusi behar izan ninduen erakundera. Hala da, entzun zaitut. Nahi duzun bezala egingo dut, baina zure ustez okerragoa naiz".

"hori nahi duzun bezala, jauna", esan zuen kapitainak. "nire betebeharra betetzen duzula aurkituko duzu".

Eta horrekin batera eszedentzia hartu zuen.

"errubia", esan zuen medikuak, "nire ideia guztien aurka, uste dut lortu duzula zurekin bi gizon zintzoak taularatzea - gizon hori eta john zilarrezkoa".

"zilarrezkoa nahi baduzu", oihukatu du squireak, "baina umileria jasanezin horri dagokionez, bere jokabidea ingelesez, modu desegokian eta ingelesez pentsatzen dut".

"ondo", esan zuen medikuak, "ikusiko dugu".

Oholtza gainera igo ginenean, gizonak jadanik armak eta hautsak hartzen hasi ziren, beren lana egiten ari ziren bitartean, kapitainak eta jaunak. Gezia buru gainean zegoen.

Moldaketa berria nire gustukoa izan zen. Goleta osoa berriro egina zegoen; sei ataka zulatu ziren estolderia nagusiaren atzetik zetozenak, eta kabina multzo hori galerara eta aurrez aurre soilik lotzen zen portuko alboetan. Izan ere, hasiera batean, kapitainak, mr. Gezia, ehiztaria, poza, medikua eta kuadrillak sei toki hauek okupatu behar zituzten. Orain redruth eta biok horietako bi lortu behar genituen eta andereñoa. Gezia eta kapitaina lagunak zeuden oholtzan lo egin behar zuten, alde bakoitza handitu zitzaion arte biribilgune bat deitu ahal izan zenuen arte. Oso baxua zegoen oraindik, noski, baina bazegoen lekua bi hamaka kulunkatzeko, eta bikotekidea ere pozik zegoen itxurarekin. Nahiz eta agian triptikoari buruz zalantza izan zuen, baina hori bakarrik da asmatzen, izan ere, entzungo duzun bezala, ez genuen aspalditik bere iritziaren onura.

Lanean gogor ari ginen lanean hautsak eta zutoinak aldatzen, azken gizona edo bi, eta joera luzea haiekin batera, itsas bazter batean irten zirenean.

Sukaldaria tximino baten gisa sortu zen astakeriarentzat, eta, zer egiten ari zen ikusi bezain laster, "beraz, lagunak!" esan zuen, "zer da hau!"

"hautsak aldatzen ari gara, jack", erantzun du batek.

"zergatik, botereek", oihu egin zuen john luzeak, "hala egiten badugu, goizeko marea galduko dugu!"

"nire aginduak!" esan zuen kapitainak laster. "beherago joan zaitezke, nire gizona. Eskuek afaria nahi dute".

"ai, ai, jauna", erantzun zuen sukaldariak; eta, bere aurrealdea ukituta, berehala egin zuen desagertu bere galeraren norabidean.

"hori ona da, kapitaina", esan zuen medikuak.

"oso litekeena, jauna", erantzun zuen kapitain smollettek. "erraza da, gizon hori ... Erraza da", jarraitu zuen hautsak aldatzen ari ziren lagunak; eta gero, bat-batean, letoizko luzea eramaten genuen biraka aztertzen ari ninduen behatuz. "hemen, ontziko mutila", oihukatu zuen, "konturatu zaitez!" zurekin sukaldariari eta lan pixka bat lortzeko ".

Eta, orduan, presaka nengoela, medikuari esan nion, oso ozenki esaten:

"ez dut gogoko ontzirik."

Zirraragarria iruditzen zaidala pentsatzen dut eta gorroto nuen kapitaina sakonki.

X kapitulua

Bidaia

Gau hartan izugarrizko zurrunbiloan egon ginen gauzak bere lekuan gordetzen, eta kuadrillaren lagunak, mr. Itsusiak eta antzekoak, bidaia ona eta itzulera segurua nahi dutenean abiatuz. Sekula ez genuen gauean "almirante benbow" lanaren erdia nuenean; eta txakurrak nekatuta nengoen, egunsentia baino apur bat lehenago, txalupak pipa jo zuen, eta tripulazioa kapast tabernako gizonekin hasi zen. Bi aldiz nekatuta egongo nintzateke, baina ez nintzateke bizkarrezurra utziko, oso berria eta interesgarria iruditu zitzaidan ... Komando laburrak, txistuaren nota gogorrak, gizonak ontzien linternaren lekuetaraino bere tokiraino. .

"orain barbakoa

"oihu egin zuen", oihu egin zuen beste batek.

"ai, lagunak", esan zuen johnek, geldirik zegoela, makurtu zuen besoa azpian, eta berehala airean eta hitzetan ondo ezagutzen nituen:

"hamabost gizon hildako bularrean" -

Eta, ondoren, tripulazio osoak korua atera zuen:

"yo-ho-ho eta ron botila!"

Eta hirugarrenean "ho!" tabernak bota aurretik haien borondatez.

Momentu zirraragarri hartan bigarren momentuan "almirante benbow" zaharrera itzuli ninduen, eta kapitainaren ahotsa entzuten ari nintzen koruan. Baina laster aingura motza izan zen; laster zintzilikatzen zen arkuetan tantaka; laster itsasontziak marrazten hasi ziren, eta lurra eta itsasontziak alde batetik bestera joaten ziren, eta aurretik hispanoolaren lohi ordu bat harrapatzeko etzanda egon ahal izateko, hispaniolak altxorraren uhartera abiatu zuen bidaia.

Ez dut bidaia zehatz-mehatz erlazionatuko. Nahiko oparoa izan zen. Itsasontzia ontzi ona zela frogatu zuen, tripulatzaileak itsasgizonak ziren eta kapitainak bere lana ondo ulertu zuen. Baina altxorraren irlaren luzera iritsi baino lehen, bizpahiru gauza gertatu ziren, ezagutu beharrekoak.

Jauna. Gezia, lehenik eta behin, kapitainaren beldurrak baino okerrago agertu zen. Gizonen artean ez zuen agindurik eta jendeak gustura egiten zuena egin zuen. Baina hori ez zen inolaz ere txarrena izan; izan ere, itsasoan egun bat edo bi igaro ondoren, oholtza gainean agertzen hasi zen begi latzekin, masail gorriekin, mihia laztanduz eta mozkorraldiaren beste arrastoekin. Noizean behin agindu zuen azpian lotsagabeki. Batzuetan erori eta bere burua mozten zuen; batzuetan egun osoan etzan zen lagunaren albo batean. Egun bat edo bi batzuetan ia samurra izango zen eta lanera gutxienez modu pasatuan joaten zen.

Bitartean, ezin genuen inoiz edaria non atera. Hori zen ontziaren misterioa. Ikus ezazu nahi dugun moduan, ezer ezingo genuke hori konpondu, eta aurpegira galdetu genionean, bakarrik barre egingo zuen, mozkortuta egongo balitz, eta sobera balego, ukatu solemnerik inoiz dastatu zuela ura.

Ez zen alferrikakoa bakarrik ofizial gisa eta gizakien artean eragin txarra zuen, baina argi zegoen abiadura horretan bere burua hiltzea berehala, beraz inor ez zen asko harritzen, ezta pena handia ere, gau ilun bat buruan zuela. Itsasoa, desagertu egin zen eta ez zen gehiago ikusi.

"borda!" esan zuen kapitainak. "ondo, jaunek, horrek liskarretan jartzeko arazoak aurrezten ditu".

Baina han ginen, bikotekiderik gabe, eta beharrezkoa zen, jakina, gizonetako bat aurrera egitea. Itsasontzia, lana anderson, itsasontzian zegoen gizonik atseginena zen, eta izenburu zaharra mantendu bazuen ere, bikotekide gisa aritu zen. Jauna. Trelawney-k itsasoa jarraitu zuen, eta bere ezagutzak oso erabilgarria egiten zuen, askotan erlojua eguraldi errazetan eramaten zuelako. Eta coxswain, israeldarren eskuak, itsasgizon zaindua, zaharra eta eskarmentuduna zen, ia ezer ez zelarik fidagarria izan zitekeena.

John zilarrezko luzearen konfidantea zen eta, beraz, bere izena aipatzeak gizonezkoek deitzen zuten bezala ontziaren sukaldariaz hitz egitera bultzatzen nau.

Zerbait bazegoen bere sukaldaritza lanetan zihoala norbaitek seguru bat bezala

Itsasontzian, makillajea lepoaren inguruan zeramatzala, bi eskuak ahalik eta askeenak izateko. Zerbait izan zen makilaren oina zakarrontzi baten kontra zintzilikatzea ikustean, eta, haren aurka, ontziaren mugimendu guztiei amore emanez, bere sukaldaritzarekin jarraitu ahal izango zuen, itsasertzean. Oraindik arraroagoa zen eguraldi gogorrenean oholtza zeharkatzen ikustea. Lerro bat edo bi apainduta zeukan espazio zabalenetara joateko (john belarritako luzeak deitzen zitzaizkion) eta leku batetik bestera entregatuko zuen, makurra erabiltzen, orain lokarriaren alboan zehar. Beste gizon bat ibil zitekeen moduan. Harekin batera itsasoratu ziren gizon batzuek errukia erakutsi zuten hain txikia zela ikustean.

"ez da ohiko gizona, barbakoa", esan zidan agintariak. "bere eskola ona izan zuen bere gaztetan. Liburu bat bezala hitz egin dezake buruan; ausartak ere bai ... Lehoi bat ez zen ezer joaten luzearekin! Ikusi nuen lau atzematen zituela eta buruak kolpatzen zituela".

Tripulazio guztiek errespetatu zuten eta are gehiago obeditu zioten. Bakoitzarekin hitz egiteko modua zuen eta denek zerbitzu jakin bat egiten zuten. Niretzat zale txarrekoa zen eta beti poztu ninduen galera horretan, pin berri bat bezain garbi mantentzen zuena; platerak zintzilikatuta zeuden, eta bere loroa kaioletan.

"zatozte, txingarrak", esango zuen; "zatoz eta hara jo ezazu johnekin. Inork ez diozu ongi etorria, semea. Eseri zaitez eta entzun ezazu albistea. Hona hemen cap'n flint ... Nire parrot cap'n flint deitzen dut, buccaneer ospetsuaren ostean ... Hona hemen cap'n flint-ek gure v'yage-ra arrakasta iragarri zuen. Ez al zinen, kapitan? "

Eta loroak azkartasun handiz esango luke: "zortzi pieza! Zortzi pieza! Zortzi pieza!" harik eta arnasarik gabe ez zenuen arte galdetu arte, johnek bere lepoa kaiolara bota zuen arte.

"orain, txori hori", esango luke, "berrehun urte ditu, txakurrak, betiko bizi dira gehienetan, eta inork gaiztotasun gehiago ikusi badu deabrua bera izan behar da. Ingalaterrarekin itsasoratu da ... Txano handia ingland, pirata. Madagascar-en, malabar-en, surinam-en eta probidentzia eta portobello-n egon da. Hegazkineko plaka ontzien arrantzara joan zen. Han dago zortzi pieza ikasi zituen eta ez da harritzekoa. ; emeak hirurehun eta berrogeita hamar mila! Hautxoak! Indietako erregeordetzara joaten zen goa-etxetik, bera zen, eta berari begiratzeagatik, baba bat zela pentsatuko zenuen, baina hauts egiten zenuen ... Ez zenuen. Ez al zara, kapitan? "

"stand it to going to", loroak garrasi egingo zuen.

"ah, artisau eder bat da", esango luke sukaldariak, eta azukrea poltsikotik emango zion, eta orduan txoria tabernetan zurituko luke eta zin egingo luke, maltzurkeriaren sinesmena pasatuz. "han", gehituko du johnek, "ezin duzu zelaia ukitu eta ez zaitezela muxurtuko, mutila. Hona hemen su urdina zinatzen ari den nire hegazti errugabe zahar pobre hau eta zuhurrena ere bai. Hori bera ere gezurtatuko duzu. Hitz egiteko modua, kapeluaren aurrean ". Eta johnek bere abagunea ukitu zuen modu solemne batez, horrek gizakien onena zela pentsarazi zidan.

Bitartean, kuadrilla eta kapitaina olerkaria nahiko urrun zeuden elkarren artean. Kuadrillak ez zuen hezurrik gaiari buruz; kapitaina mespretxatu zuen. Kapitainak, bere aldetik, ez zuen sekula hitz egin, eta gero zorrotz eta labur eta lehorra zen, eta ez zuen hitz bat alferrik galtzen. Izkinan sartuta, tripulazioari buruz gaizki zegoela jabea zen; horietako batzuk nahi bezain gogorrak zirela eta guztiak nahiko ondo portatu zirela. Ontziari dagokionez, izugarrizko fantasia hartu zion. "haizea baino gertuago egongo da gizonak bere emazte ezkondutakoa izateko eskubidea du, jauna." esango nuke, "esaten dudana da, ez garela berriro etxera joan eta ez dut" gustatzen zait itsasontzia ".

Sukaldaria, hortik aurrera, birarazi egingo zen eta oholtza gainera igo eta martxa egingo zuen, kokotsa airean.

"gizon hori gutxi gorabehera gehiago", esango zuen, "eta lehertu egin beharko nuke".

Eguraldi gogorra izan genuen, hispaniolaren nolakotasunak bakarrik frogatu zituena. Ontziko gizon guztiak kontent zeuden, eta gogorra izan behar zuten bestela izan baziren, izan ere, uste dut ez zegoela inoiz itsasontzien konpainia hain hondatua izan, noah itsasora jarri zenetik. Grog bikoitza aitzakia gutxien ari zen; egun bitxi batzuetan zurrumurrua zegoen, adibidez, gizonak edozein gizonen urtebetetzea zela entzun bazuen; eta beti sagar barrika bat gerrian gurpilduta, zaletasuna zuen edozeinek laguntzeko.

"inoiz ez nuen ongi etortzen hori oraindik", esan zion kapitainak livesey medikuari. "hondatu ardatz eskuak, deabruak egin. Hori da nire ustea".

Baina ona izango da sagar kupeletik, entzungo duzunez, izan ez balitz, ohartarazpenik izan ez bagenu eta guztiak traidoreen eskutik hiltzea gerta liteke.

Horrela sortu zen.

Gerora geunden uharteko haizea lortzeko lanbideak egiten, ez zitzaigun arruntagoa utzi. Orain, egunez eta gauaz begiratzen ari ginen. Kanpoko bidaiaren azken eguna zen, konputaziorik handienarena; gau hartan noizbait edo, azkenean, bihar eguerdia baino lehen, altxorraren irla ikusi beharko genuke. Hego-hego-mendebaldera abiatu ginen eta haize bizkorra etengabe eta itsaso lasaia izan genuen. Hispaniolak etengabe jaurti zuen eta gero bere bizkarrezurra bustitzen zen behin eta berriro. Dena marrazten ari zen eta urruti zegoen; denak izpiritu ausartenean zeuden, orain gure abenturaren lehen zatia amaitzera hain gertu geundelako.

Eguzkia hartu eta gero, nire lan guztia amaituta zegoenean eta hamaiketakoa egiten ari nintzela, sagar bat gustatu behar zitzaidala iruditu zitzaidan. Korrika joan nintzen bizkarrean. Erlojua aurrera begira zegoen irlara begira. Helmugako gizona belako luff ikusten ari zen eta bere buruari txistuka ari zitzaion, eta hori zen itsasoko swish arkuetatik eta itsasontziaren alboen inguruan izan ezik.

Gorputzean sagar upelean sartu nintzen eta sagar bat gutxi geratzen zitzaidan; baina, iluntasunean eserita, zer zen uraren soinua eta itsasontziaren kulunkatzearekin, loak hartu nuen, edo hori egiteko unean nengoen, gizon astun bat talka estu batekin eseri zenean. Arabera. Upelak astindu egin zuen sorbaldak kontra makurtu bitartean, eta gizonak hitz egiten hasi zenean salto egiteko zorian nengoen. Zilarrezko ahotsa zen, eta, dozena bat hitz entzun baino lehen, ez nintzateke nire burua mundu guztiari erakutsiko , baina han egon nintzen, dardarka eta entzuten, beldurraren eta jakin-minaren muturrean; izan ere, dozena bat hitz horietatik ulertzen nuen itsasontzian zeuden gizon zintzo guztien bizitzak nire menpe nengoela bakarrik.

Xi kapitulua

Zer entzun nuen sagar upelean

"ez, ez nik", esan zuen zilarrak. "flint zen cap'n; ni hil nintzen buruzagia, nire egurrezko hankaren gainean. Hanka galdu nuen hankaz gora, pew zaharrak bere argiak galdu zituen. Zirujau maisua izan zen, unibertsitatean kanporatu ninduenak, unibertsitatetik eta guztiak ... Latinez ontzia, eta zer ez, baina txakur bat bezala zintzilikatuta zegoen, gainontzekoak bezala eguzkia lehortuta, corso gazteluan. Hori zen gizonezkoena, hau da, ontzietara izenak aldatzera zihoan, errege-fortuna eta abar. Orain, itsasontzia zer zen bataiatu zuen, beraz, utz itzazu, esaten dut. Kasandra-rekin izan zen, malabarretik etxera seguru guztiak eraman gintuzten, inglandiak indietako erregeordetza hartu ondoren; hala zen, muxu zaharrarekin, flint-en ontzi zaharra, odol gorriarekin odol gorria ikusi dudanez, urrez hondoratzeko moduan moldatu naizen bezala.

"ah!" oihu egin zuen beste ahots batek, taulako eskuko gazteenarenak, eta miresmenez beterikoa, "artaldiaren lorea zen, usain dago!"

"davis ere gizon bat zen kontu guztien arabera", esan zuen zilarrak. "ez nintzen inoiz berarekin bidaiatu; lehenengo, ingelesez, eta gero flint-ekin, hori da nire istorioa; eta orain nire kontura, hitz egiteko moduaz. Bederatziehun kaxa seguru hartu nituen, ingalaterratik eta bi mila suge ondoren. Hori ez da txarra gizonaren aurretik mastan ... Bankuan seguru ez da orain irabazten, aurrezten ari da, agian horretan egon zaitezke. Non daude ingeleseko gizon guztiak orain? Ez dakit. Non dago flint? Zergatik, gehien itsasontzian daramazu eta pozik harrapatu dut duff-a, hori eskatzen hasi aurretik, zenbait pertsona zahar, ikusmena galdu eta agian lotsagarria izan zitekeela, hamabi ehun kilo gastatzen ditu urtean, jaun batek bezala parlamentua. Non dago orain? Hilda dago orain eta gorrotoen azpian; baina bi urte lehenago nire egur ikaragarriak! Gizona gosez zegoen, erregutu zuen, eta lapurtu egin zuen, eta eztarriak moztu eta gosez hil zuen. Eskumenak! "

"beno, ez da asko erabiltzen, azken finean", esan zuen itsasgizon gazteak.

- ez du asko erabiltzen tontoentzat, zuri jar diezaiokezu ... Hori, ez da ezer! "baina orain, hemen begiratzen duzu; gaztea zara, baina pintura bezain adimentsua zara. Begiak zure gainean jartzen ditudanean ikusten dut eta gizon bezala hitz egingo dizuet".

Imajina dezakezu nola sentitu nintzen sentitu nuen maltzur zahar hau beste bati zuzentzen zitzaidanean bere buruarekin ohitura zuen hitz berean. Uste dut, gai izan banintz, kupeletik hil egingo nuela. Bitartean, korrika jarraitu zuen, gutxi entzun zela pentsatuz.

"hemen zortea jaunen ingurukoa da. Zakarrak bizi dira, eta kulunkatzeko arriskua dute; baina borroka-oilarrak bezala jaten eta edaten dute. Gurutzaldi bat egiten denean, zergatik ehunka kilo sartzen dira beren poltsikoetan ehunka kiloren ordez. Orain gehienak zurrumurru ona eta zurrunbiloarekin joaten dira eta kamisetetan berriro itsasora joaten dira, baina ez da hori topatzen. Hori guztia alde batera uzten dut, batzuk hemen, beste batzuk han, eta ez da gehiegi inolako arrazoirik susmagarriagatik. Naiz berrogeita hamar, markatu duzu;. Behin back crucero honetatik jaun konfiguratzeko i serio denbora nahikoa, ere, dio you ah, baina i bizi izan ditudan bitartean erraza;. Inoiz ukatu neure buruari o 'ezer bihotza desioak, eta lo egin eta egun guztian edertasunarekin lo egin nuen, baina itsasoan. Nola hasi nintzen mastaren aurrean, zu bezala! "

"ondo", esan zuen besteak, "baina beste diru guztia desagertu egin da, ez da? Ez duzu aurpegia agertu bristolen aurrean honen ostean".

"zergatik, non pentsa dezakezu?" -galdetu zuen zilarrak, irribarrez.

"bristol, banku eta lekuetan", erantzun zion lagunak.

"izan da", esan zuen sukaldariak; "aingura pisatu genuenean izan zen. Baina nire missis zaharrak oraingoz baditu. Eta 'espioi-beira' saltzen da, errentamendua eta borondate ona eta estolderia; eta neska zaharra nirekin topo egin behar nuke. Esango nizuke non, zuregan fidatzen naiz, baina jeloskor lagunen artean egin behar da.

"eta konfiantza dezakezu misietan?" -galdetu zion besteak.

"zorioneko jaunak", itzultzen zuen sukaldariak, "normalean ez dira gutxi haien artean fidatzen direnak, eta ondo daude, agian etor zaitezke. Baina nirekin badut bide bat, badut. Lagun batek bere kablea irristatzen duenean ... Ezagutzen nauen moduan, esan nahi dut: ez da mundu berean egongo john zaharrarekin. Bazen beldurrik eta bazterreko beldurrik ere zegoen; baina beraren berarengan niri beldur zitzaion. Eta harro. Lurrean zeuden tripulatzaile gogorrenak, flint ziren; deabruari berari beldur izango zitzaion harekin itsasora joatea. Beno, diotsuet, ez naiz gizon harroa, eta zure burua zein erraza ikusi zenuen konpainia mantentzen dut, baina ni buruzagia nintzenean, arkumeek ez zuten hitz egiteko zintzur zaharren ontziola. Ah, ziur egon zaitezke zure burua johnen ontzi zaharrean ".

"beno, esaten dizut" erantzun zuen mutilak, "ez nuen lanaren laurdena erdi bezala hitz egin nuen zurekin hitz egiteko, john, baina orain nire eskua dago."

"eta zinez mutil ausarta zinen, eta zu ere smart", erantzun zuen zilarrak, eskuak hain bihotzez astinduz, "zuriko jaun baten aurpegi finagoa ez nuela sekula begiak itxi."

Ordurako haien terminoen esanahia ulertzen hasia nintzen. "fortune" jaun batek "pirata arrunt bat baino gehiago ez zirela esan nahi zuten, eta entzun nuen eskena txikia izan zen esku zintzoetako baten ustelkeriaren azken ekintza ... Itsasontzian utzitako azkena. Baina, segituan, lasaitu egingo nintzen, zilarrezko txistu bat emanez, hirugarren gizon bat altxatu zen eta alderdiaren ondoan eseri zen.

"dick's plaza", esan zuen zilarrak.

"oh, badakit dick karratua zela", itzuli zuen coxswain-en ahotsa, israelek. "ez da ergela, dick da". Eta bira eta bihurritu zuen. "baina, begiratu hemen", jarraitu zuen, "hona hemen zer nahi dudan jakin, barbakoa. Zenbat denbora geratzen zaigu geldirik eta bedeinkatutako txalupa bezala? Koskorra da; nahikoa luze iraindu nau, trumoiak! Kabina horretara sartu nahi dut. Nik, beren ozpin eta ardoak nahi ditut, eta hori ".

"israel", esan zuen zilarrak, "zure burua ez da kontu handirik, ezta inoiz ere. Baina entzuten duzu, uste dut; gutxienez belarriak nahikoa handiak dira. Orain, honakoa esan dut: atzera egingo duzu aurrera eta gogor biziko zara, eta bigun hitz egingo duzu, eta mantendu egingo zara, hitza eman arte; eta horrela jar zaitezke, semea. "

"beno, ez dut esaten ez?" oihukatu zuen coxswain. "zer esaten dut, noiz da hori esaten dut"

"noiz! Botereek eraginda!" oihu egin zuen zilarrak. "beno, jakin nahi baduzu, esango dizut noiz. Kudeatu dezaket azken unea; eta orduan izan da. Hemen lehen itsasontzi bat da, cap'n smollett, gure ontzi bedeinkatua nabigatzen du. Hemen duzu hau squire eta doctor mapa bat eta horrelakoak - ez dakit non dagoen, ez al dut gehiago? Esaten dizu. Beno, esan nahi dut kuadrilla honek eta medikuak gauzak aurkituko dituela eta lagunduko digula itsasontzian, botereen arabera, orduan ikusiko dugu. Guztien artean ziur banago, holandar bikoitzeko semeak, cap'n smollett berriro ere erdira joango ginateke berriro jo aurretik. "

"zergatik, itsasontzian gaude hemen, pentsatu beharko nuke", esan zuen mutilak.

"fokuak 'esku guztiak gara, esan nahi duzu", egin zuen zilarra. "ikastaro bat gidatu dezakegu, baina nor jarriko duzu? Hori da jaun guztiek banatu zutena, lehenik eta behin. Nire bidea izango banu, cap'n smollett-ek lanera berriro eramango nituzke behintzat; orduan, guk ez zenuke kalkulu baliotsurik eta ur koilarakada bat egun batean, baina badakizu zer motatakoa den. Uhartean bukatuko dut, lausoa taula gainean egongo dela eta pena bat da. Inoiz zoriontsu mozkortu arte. Nire alderdiak zatitu, bihotz gaixo bat daukazu gustatuko zaizun!

"erraza da, john luze", oihukatu zuen israelek. "nor da gurutzat"?

Zergatik, zenbat itsasontzi garaikidek uste al duzu orain itsasontzian ikusi dituztela? Zenbat ontzi lehortzen ari dira eguzkian eguzki kaian? Oihukatu zuen zilarra; "eta hori guztia presaka eta presaka eta presaka. Entzuten nauzu? Gauza bat edo bi ikusi ditut itsasoan. Badut. Zure bidea jarraitu eta haizerantz joateko baliatuko bazinete, sartuko zinateke gurditxoak izango zenituzke ... Baina ez zu! Badakit. Bihar aho zabalik edukiko duzu rum eta zintzilikatuko zara.

"denek zekien txantxeta moduko bat zinen, john; baina badira beste batzuk zu bezala gidatu eta gidatzeko gai", esan zuen israelek. "asko gustatu zitzaien, gustatu egin zitzaien. Ez ziren hain goi eta lehorrak, nolanahi, baina beren jarioa hartu zuten, lagun bikainak bezala".

"beraz?" esan zuen zilarrak. "beno, eta non daude orain? Mundu honetakoa zen, eta eskale gizon bat hil zen. Flint izan zen, eta rum savannah hil zen. Ah, tripulazio gozoa ziren, ziren! Ony, non daude? Haiek?"

"baina" galdetu du dickek, "guk noiz egiten dugun guk, zer egin behar dugu nolabait?"

"hor dago niretzat gizona!" oihukatu zuen sukaldariak, miresgarri. "hori da negozioa deitzen dudana. Beno, zer pentsatuko zenuke? Jarri marroiak bezala? Ingalaterrako bidea izango zen. Txerriki horren antzekoa moztu edo moztu?"

"billy zen gizona horretarako", esan zuen israelek. "hildako gizonek ez dute ziztatzen", esan du. Ondo dago, orain hil da, bere burua; orain daki horren luzea eta laburra; eta noizbait esku gogorren bat iritsiko balitz, dirua zen. "

"ondo zaude", esan zuen zilarrak, "zakarra eta prest". Baina markatu hemen: gizon erraza naiz ... Nahiko jentea naiz, esaten dizu; baina oraingoan larria da. Dooty dooty da, adiskideak. Nire botoa ... Heriotza. Parekidetasunean nagoenean eta nire autobusean ibiltzen naizenean, ez dut etxera etortzen etxera etortzen diren abokatu horietako bat, ikusi gabe, deabru otoitzetan bezala. Esan; baina iritsiko da unea, zergatik utz itzazu!

"john", oihukatu zuen coxswain, "gizona zara!"

"hala esango duzu, israel, ikusten duzunean", esan zuen zilarrak. "aldarrikapen bakarra egiten dut: aldarrikatu dut. Txahalaren burua bere gorputzetik zintzilikatuko dut esku horiekin. Dick!" gaineratu zuen, "salto egin behar duzu, mutil gozo bat bezala, eta niri sagar bat atera, nire pipa bezala bustitzeko".

Baliteke hor nagoen beldurra! Indarrak aurkitu banituen jauzi egin eta korrika egin behar nuen; baina nire gorputzek eta bihotzak gaizki nahastu naute. Dick hasi zela altxatzen entzun nuen, eta batzuek gelditu egin zela dirudi eta eskuetako ahotsek oihukatu zuen:

- ai, gorde hori! Ez al duzu urkada hori xurgatzen, john. Utz ditzagun rum.

"dick", esan zuen zilarrak, "zuregan konfiantza dut. Badut gako bat kaxan, gogoan. Badago giltza; panel bat betetzen duzu eta altxatzen duzu."

Izututa nengoen, ezin izan dut nire buruari pentsatu hau izan behar dela jauna. Geziak suntsitu zuen ur sendoak lortu zituen.

Pixka bat baina desagertu egin zen, eta israelek sukaldariaren belarrian mintzatu zen zuzen. Harrapatu ahal izango nituen hitz edo bi, baina hala ere berri garrantzitsu batzuk bildu nituen; izan ere, helburu berari lotzen zitzaizkion beste txatarrak ez ezik, klausula oso hau entzuten zen: "ez da horietako beste gizon batek barre egingo". Hortaz, oraindik gizon fidelak zeuden taula gainean.

Dick itzuli zenean, hirukoteak bata bestearen atzetik pannikin hartu eta edan zuen - bat "zortea" egiteko; beste bat, hona hemen antzinako haizearekin, eta zilarrezko berak esaten zuen, abesti moduko batean, "hona hemen geure buruari, eta eutsi zure luff, sari ugari eta duff ugari".

Orduan, distira moduko bat erori zitzaidan upelean, eta, gorantz begira, ilargia altxatu zela aurkitu nuen, eta zuri distiratsua zuritzen ari zen aurpegiaren luff gainean, eta ia aldi berean ahotsa. Begiratokian oihuka hasi zen, "lurra ho!"

Kapitulua xii

Gerra kontseilua

Oinen estropada handia zegoen oholtza gainean. Jendea
kabinetik eta fokutik ateratzen ari zela entzuten nuen; nire
kupeletik kanpo istantean sartu eta aurpegiaren atzetik
murgildu, poparen aldera bikoitza egin nuen, eta oholtza
zabaletik irten nintzen, ehiztari eta medikuaren zuzeneko
katean eguraldiaren arrantzara sartzeko.

Han esku guztiak bilduta zeuden. Lainoaren gerrikoa ia aldi
berean altxatu zen ilargiaren itxurarekin. Gugandik hego-
mendebaldera, bi muino baxuak ikusi genituen, pare bat
kilometrora, eta haien atzetik hirugarren eta goi muino bat
gorago, bere gailurra lainoan lurperatuta zegoen oraindik.
Hirurak irudi zorrotzak eta konikoak ziruditen.

Ia amets batean ikusi nuen, izan ere, oraindik ez nuen
berreskuratu aurretik minutu bat edo bi baino lehenago
nuen beldur izugarritik. Eta, ondoren, kapitainaren
smollett-en ahotsak entzun nituen aginduak ematen. Haize
hurbiletik pare bat puntura jarri zen hispaniolara, eta
ekialdean uhartea garbitzeko balioko zuen ibilbidea egin
zuen.

"eta orain, gizonezkoak", esan zuen kapitainak, guztiak
etxerako zorian zeudenean, "inoiz ikusi al duzu lurrik
aurretik?"

"baditut, jauna", esan zuen zilarrak. "han sukaldari nintzen
dendari batekin ureztatu dut".

"ainguraketa hegoaldean dago, uhartetearen atzean, gogoz?" galdetu zion kapitainak.

"bai, jauna, deitzen diote eskeleto uhartea. Piratentzako leku nagusia izan zen behin, eta taula gainean geneukan esku batek bere izen guztiak ezagutzen zituen. Aldapa horrek lehen mendixka deitzen duen nororaino; hiru daude errenkadan dauden muinoak hegoalderantz doaz - nagusia, nagusia eta mizzen, jauna, baina nagusia - hori da "handia", hodeia gainean duena - normalean espioi deitzen diote, noiz mantendu zuten begirada baten ondorioz. Ainguraketa garbitzean zeuden; izan ere, han ontziak garbitu zituzten, jauna, barkamena eskatuz. "

"hemen daukat taula", esan zuen smith kapitainak. "ikusi lekua bada".

Joanak begiak luze erretzen zituen taula hartzen zuen bitartean, baina, paperaren itxura berrian, etsipena hartzera kondenatuta nengoen. Hori ez zen billy hezurren bularrean aurkitu genuen mapa, kopia zehatza baizik, gauza guztietan osatua (izenak, altuerak eta soinuak), gurutze gorrien eta idatzitako oharren salbuespen bakarrarekin. Zurrumurrua bere haserrealdia izan behar zuenez, zilarrak ezkutatzeko gogoa zuen.

"bai, jauna", esan zuen, "hau da lekua, ziur eta oso ederki marraztuta. Nork egin zezakeen hori, galdetzen dut? Piratak ez ziren gehiegi ezjakinak, uste dut. Horra hor:" kapitainaren katuaren aingura "- izenez deitu zidan ontzigileak. Korronte indartsua hegoaldera doa, eta mendebaldeko kostalderaino joatea ezinezkoa da. Ondo zeunden, jauna", esan zuen, "zure haizea eraman eta segi uhartearen eguraldia. Gutxienez, halako batean sartzea eta zaintzea zen zure asmoa, eta ur horietan ez dago leku hoberik. "

"eskerrik asko, nire gizona", esan zuen smith kapitainak. "geroago laguntza eske eskatuko dizut. Joan zaitezke".

Harrituta utzi ninduen johnek uhartearen inguruko ezagutzak, eta beldur nintzen erdi beldur nintzen niregana hurbiltzen ikusi nuenean. Ez zekien, ziur, sagar barrikaren kontseilua entzuten nuela, eta hala ere, bere krudelkeria, bikoiztasunaren eta boterearen halako izugarria hartu nuen, urduritasun bat ezkutatu nezakeenean eskua nire beso gainean jarri zuen.

"ah", esan zuen, "hona hemen leku gozoa, uharte hau ... Mutiko bat leku goxo aldera heldu ahal izateko. Bainatu eta zuhaitzak igoko dituzu eta ahuntzak ehizatuko dituzu. , eta zure ahuntza bezalako mendietan gora egingo duzu. Zergatik, gazte egiten zait berriro. Egurrezko hanka ahazten joango nintzen. Gauza atsegina da gazte izatea eta hamar behatz izatea, eta zuk. Baliteke horretan murgiltzea. Azterketa pixka bat egin nahi baduzu, john zaharrari galdetu besterik ez dio egin eta mokadu bat jarriko diozu batera eramateko. "

Eta sorbaldaren gainean modurik onenean jarri ninduen bitartean, aurrera egin eta beherantz joan zen.

Kapitaina, kuadrila eta medikua livesey ziren laurdeneko mahaian elkarrekin hizketan, eta nazkatuta nengoen nire istorioa kontatzeko, ez nituen aho zabalik eten. Ahalik eta aitzakiaren bat topatzen nuen bitartean nire pentsamenduei buruz ari nintzen bitartean, doktoreak livesey bere aldamenera deitu ninduen. Behean utzi zuen pipa, eta tabakoarentzako esklabu izateak ekarri egin behar nion; baina hitz egiteko eta entzuteko aukerarik izan ez bezain pronto, berehala lehertu nintzen: "doktorea, utz iezadazu hitz egiten. Eraman kapitaira eta ezkutatu kabinara, eta gero egin niregandik itxaropenren bat. Ikaragarria dut. Albiste. "

Medikuak pixka bat aldatu zuen itxura, baina hurrengo momentuan bere burua maisua izan zen.

"eskerrik asko, jim", esan zuen, nahiko ozen; "hori zen jakin nahi nuen guztia", galdera bat egingo balitzait bezala.

Eta horrekin orpoa piztu eta beste biak elkartu ziren. Pixka bat hitz egin zuten eta, inor ez zela hasi, edo bere ahotsa altxatu, edo txistuka aritu zen arren, aski garbia zen livesey doktoreak nire eskaera komunikatu izana, entzun nuen hurrengo gauza kapitainak agindua eman ziola. Anderson-era lanera, eta esku guztiak oholtza gainean hodituta zeuden.

"nire jaunak", esan zuen smollett kapitainak, "esan behar dizut zuri. Ikusi dugun lurralde hau nabigatu dugun lekua da. Trelawney jauna, oso esku irekia den jauna izanik, guztiok bezala badakit, hitz bat edo bi besterik ez dizkidazu galdetu, eta baietz esan nion ontziko gizon bakoitzak bere eginbeharra bete zuela, nahikoa gora eta behera, sekula ez dudala eskatzen hobeto egiten, zergatik, biok eta biok. Medikuak kabina azpian zoaz zure osasuna eta zortea edateko, eta grog zerbitzatu beharko zaituzte gure osasuna eta zortea edateko. Esango dizut zer pentsatzen dudan: ederki uste dut eta pentsa ezazu nik bezala, itsas alaia emango diozu egiten duen jaunari. "

Animazioa etorri zitzaion, kontua zen, noski, baina hain gaizki eta bihotz handiz atera zen, ezen aitortu nuen nekez sinetsi nezakeela gizon horiek gure odolaz ari zela.

"animatu bat gehiago cap'n smollett-entzat!" —oihu egin zuen johnek, lehenak iraungi egin zenean.

Eta hori ere borondatez eman zen.

Horren gainean, hiru jaunek behera egin zuten, eta handik gutxira, jim hawkins kabinan nahi zutela esan zitzaion.

Hiru mahai inguruan eserita aurkitu nituen, ardo botila bat eta mahaspas batzuk aurretik, eta medikua kanpoan erretzen ari zen, pelukua zuloan zuela eta hori, banekien, ikaratuta zegoela seinale. Popa leihoa irekita zegoen, izan ere, gau bero bat zen eta ilargia ontziaren estalpean ikusi ahal izango zen.

"orain, txingarrak", esan zuen ezkertiarrak, "zerbait esan behar duzu. Hitz egin".

Eskaintzen nengoen bezala egin nuen, eta ahal nuen neurrian zilarrezko elkarrizketaren xehetasun guztiak kontatu nituen. Inork ez ninduen eten arte, ez nuen hiruretako inork mugimendu bat bezainbeste egin, baina begiak aurpegiaren gainean mantendu zituzten hasieratik azkenera arte.

"jim", esan zuen livesey doktoreak, "eser ezazu".

Eta haien ondoko mahaian eseri naute, ardo edalontzi bat bota didate, eskuak mahaspasekin bete ditut, eta hirurok, bata bestearen atzetik, eta bakoitzak arku batekin, nire osasun ona eta haien zerbitzua edan dit ni, nire zorte eta kemenagatik.

"orain, kapitaina", esan zuen ezkertiarrak, "arrazoi zenuen eta oker nengoen. Astoaren jabe naiz eta zure aginduak itxaroten ditut".

"ni ez dut asto bat gehiago, jauna", itzuli zuen kapitainak. "ez dut sekula entzun mutilkeriarik suposatzen zuen tripulazioren bat, baina aurretik zantzurik erakusten zuena, buruan begia zeukan edonork tratu txarrak ikusi eta pausoak emateko. Hala ere, tripulazio honek" nahastu nau. "

"kapitaina", esan zuen medikuak, "zure baimenarekin, zilar hori da. Oso gizon nabarmena".

"oso ondo begiratuko zuen lorategiko arma batetik, jauna", itzuli zuen kapitainak. "baina hau eztabaida da; horrek ez du ezer ekarriko. Hiru edo lau puntu ikusten ditut, eta trelawney jaunaren baimenarekin izendatuko ditut".

"zu, jauna, kapitaina zara. Hitz egitea dagokizu", esan zuen jaunak. Trelawney, grandly.

"lehen puntua" hasi zen mr. Smollett, "jarraitu behar dugu ezin dugulako atzera egin. Hitza piztuko banintz, berehala igoko lirateke. Bigarren puntua, denbora aurretik dugu, gutxienez, altxor hau aurkitu arte. Esku fidelak dira. Orain, jauna, lehenago edo beranduago kolpeak etorri behar dira, eta proposatzen dudana zera da, denbora agerian uztea, gutxien espero dutenean. Kontea hartzen dut etxeko etxeko morroiekin, jauna?

"neure buruari bezala", adierazi zuen plazerrak.

"hiru", esan zuen kapitainak; guk zazpi egiten ditugu, ogitxoak hemen kontatuta. Orain, esku zintzoen inguruan?

"seguruenik trelawney bere gizonak", esan zuen medikuak; "zilarrezko argia piztu aurretik bere burua biltzen zuenak".

"ez", erantzun zuen ezkertiarrak, "eskuak nirea zen".

"esku fidagarriak nituela pentsatu nuen", gehitu zuen kapitainak.

"eta pentsa ingeles guztiak direla!" lehergailua leher egin zuen. "jauna, nire bihotzean aurki nezake itsasontzia pizteko".

"ondo, jaunak", esan zuen kapitainak, "esan dezaketen onena ez da asko. Mesedez, saiatu behar dugu, eta begirada argia mantendu behar duzu. Gizon batekin saiatzen ari da, badakit. Etorri kolpeak, baina ez da horrelakorik lortzen gure gizonak ezagutzen ditugun arte. Haizea jo eta txistu egin; hori da nire ustez. "

"ni hemen", esan zuen medikuak, "inork baino gehiago lagun gaitzake. Gizonak ez dira berarekin lotsati eta ohartzen ari da."

"elorri, fede preziatua jartzen dizut zuregan", gehitu zuen epaileak.

Honekin nahiko etsita sentitzen hasi nintzen, erabat babesgabe sentitu bainintzen; eta hala ere, zirkunstantzia tren bitxi batzuen bidez, segurtasuna iritsi zitzaidan. Bitartean, hitz egin nahi genuen bezala, hogeita sei besterik ez genituen guk fidatu ahal izango genituen eta zazpi horietatik mutil bat zen, beraz gure adineko gizonak sei eta hemeretzi izan ziren .

Iii zatia

Nire kostaldeko abentura

Kapitulua xiii

Nola hasi zen nire kostaldeko abentura

Uhartearen hurrengo goizean oholtza gainera etorri nintzenean erabat aldatu zen. Haizeak eten egin bazituen ere, gauean bide asko egin genituen eta orain kilometro erdi inguruan etzanda zegoen ekialdeko kostaldeko hego-ekialdeko kostaldera. Gris koloreko basoek gainazalaren zati handi bat estaltzen zuten. Tinta hori, hain zuzen ere, beheko lurretan hondar horia isuriak eta pinu familiako zuhaitz altu askok hautsi zuten, besteak gailenduz - batzuk bakarka, batzuk zurrunbiloetan; baina kolore orokorra uniformea eta tristea zen. Muinoek landarediaren gainetik gora egiten zuten harkaitz biluzik. Denak forma ezezagunean zeuden, eta irlako espioitza, hiru edo laurehun metroko altuena zen uharteko altuena, era berean, konfigurazio ezezagunena zen, ia alde guztietatik gora eta, bat-batean, goialdean moztu zuen oinezko bat bezala. Estatua jartzeko.

Hispaniola itsasontzien azpian ari zen boteatzen. Zurrumurruak malkoetan malkoka ari ziren, gurdia hara eta hona zihoan eta itsasontzi osoa keinuka ari zen, keinuka eta saltoka ari zen saltokian bezala. Atzera begira estutu behar nuen eta mundua gogor hasi zitzaidan begien aurrean; bidea egiten ari nintzenean marinel nahiko ona nengoen arren, geldirik egon eta botila bat bezala jaurti nuenean inoiz ikasi nuen gauza bat edo beste ez nintzela geldirik egon, goizez batez ere, urdail huts batean.

Beharbada horixe izan zen ... Beharbada irlaren itxura zen, baso gris eta malenkoniatsu eta harri zuri basatiak eta hondartza aldapatsuan bista eta zurrumurruak ikusi eta entzun ahal izango genituen surfa, behintzat eguzkia izan arren distiratsua eta beroa distira zuen, eta itsasertzeko hegaztiak arrantza eta negarra ari ziren gure inguruan, eta pentsatuko zenuen edonor poztuko zela lurrean hain luze egon ondoren lurrera iristea, nire bihotza hondoratu zen, esan bezala, nire botak sartu eta, lehen begirada horretatik, gorroto nuen altxorraren irla pentsatzea.

Goizeko lan lazgarria izan genuen gure aurrean, ez baitago haize zantzurik, eta itsasontziak atera eta tripulatu behar ziren, eta itsasontzia hiru edo lau kilometro egin zuen irlaren ertzetik eta igarobide estua gora. Eskeleto uhartearen atzean. Boluntario egin nuen txaluparen batean, han ez nuen, noski, negoziorik. Beroa bero-bero zegoen eta gizonak gogor egin zuten lanaren aurrean. Anderson nire ontziaren agintean zegoen, eta tripulazioa mantendu beharrean txarrena bezain ozen egin zuen.

"ondo da", esan zuen zin eginez, "ez da betikoa".

Oso seinale txarra zela pentsatu nuen, izan ere, egun horretara arte gizonak beren negozioari buruz gogoz eta gogoz joan ziren, baina uhartearen ikusmoldeak diziplinaren sokak erlaxatu egin zituen.

Bide osoz, john luzeak gidariari eutsi eta itsasontzia lotu zuen. Igarotzea eskuko palma bezala ezagutzen zuen; eta kateetako gizonak grafikoan behera baino ur gehiago zegoen arren, johnek ez zuen behin ere zalantzarik izan.

"hormarekin izorratze handia dago", esan zuen, "eta pasarte hau zulatu egin da, hitz egiteko moduan, laba batekin".

Aingura grafikoan zegoen lekura sortu genuen, itsasbazterretik kilometro heren batera, penintsula bat aldean eta eskeleto uhartea bestean. Behealdea harea garbia zen. Gure ainguraren zurrunbiloak hegazti hodeiak bidali zituen baso gainean negarrez eta negarrez, baina minutu bat baino gutxiagotan berriro ere behera egin zuten, eta dena berriro isildu zen.

Lekua erabat lurreratuta zegoen, basoetan lurperatuta, zuhaitzak ur ertzetik zetozenak, ertzak batez ere lauak, eta mendi gailurrak urrutian zetozen anfiteatro moduko batean. Bi ibai txiki, edo hobe esanda, bi zingira hustu ziren urmaela honetara, deitzen zenuen moduan eta itsasbazterreko alde horretako hostoek distira pozoitsu moduko bat zuten. Itsasontzitik ezin genuen etxetik edo magaletik ezer ikusi, nahiko zuhaitz artean lurperatuta baitzegoen; eta bidelagunaren fitxa izan ez balitz, uharteak itsasoetatik sortu zirenetik han ainguratuta egon den lehena izan ginateke.

Ez zen airearen arnasik mugitzen, ezta soinurik ere, surfeko hondartzetan eta kanpoaldeko arrokaren parean kilometro erdi bat zegoen. Ainguraren gainean zegoen usain berezi bat; azazkal hosto usaina eta zuhaitz enborrak usteltzen zituen. Medikua sniffing eta sniffing ikusi nuen, arrautza txarra dastatzen zuen norbait bezala.

"ez dakit altxorraren berri", esan zuen, "baina nire pelukua han egingo dut sukarra hemen".

Gizonen jokabidea txalupetan larria izan bazen, itsasontzian etorri zirenean zinez mehatxagarria bihurtu zen. Oholtza gainean etzan ziren, elkarrekin hizketan. Agindu txikiena begi beltz batekin jaso zuen, eta arduraz eta arduraz betetzen zuen. Esku zintzoek ere infekzioa harrapatu behar izan zuten, ez baitzegoen inor gizon bat bestea konpontzeko. Mutilkeria, arrunta zen, zurrunbilo trumoi baten antzera.

Eta ez zen arriskua hautematen genuen kabina-alderdia bakarrik. Aspaldiko joana gogorra zen lanean taldean ibiltzea, bere burua aholku onetan gastatzea eta, adibidez, inork ezin zuela hobeto erakutsi. Nahiko borondatez eta gizalegez gainditu zuen bere burua ; guztiei irribarre egiten zien. Eskaera bat emango balitz, john bere muturrean egongo zen istant batean, alaiarekin: "ai, jauna!" munduan; eta beste ezer egin ezin zenean, kantu bat mantendu zuen bata bestearen atzetik, gainontzekoen atsekabea ezkutatzeko moduan.

Arratsalde ilun haren ezaugarri ilun guztien artean, john luze baten antsietate hori okerrena agertu zen.

Kontseilua egin genuen kabinan.

"jauna", esan zuen kapitainak, "beste agindua arriskatzen badut, ontzi osoa gure belarrietara iritsiko da lasterka. Ikusten duzu, jauna, hementxe dago. Erantzun zakarra jasotzen dut, ala ez? Berriro hitz egiten dut, pikak bi astindu izango ditu; ez badut, zilarrak ikusiko du horren azpian zerbait dagoela, eta jokoa martxan dagoela. Orain, gizon bakarra dugu konfiantza ".

"eta nor da hori?" -galdetu zion kuadrillak.

"zilarra, jauna", itzuli zuen kapitainak; "zu eta biok bezain kezkagarria da. Gauzak zorabiatu ditzakegu. Hau da gogorra; laster hitz egingo zuen hemendik aukera izango balu, eta egin behar dudana proposatzea da aukera ematea. Utzi diezaiogun aukera gizonak arratsalde batean, denak joaten badira, zergatik, itsasontzian borrokatuko dugu. Ez badute inor joaten, ondo, kabina mantentzen dugu eta

jainkoa eskubidea defendatuko dugu. Batzuk joan ezkero,
nire hitzak markatzen dituzu, jauna, zilarrak arkumeak
bezain leun ekarriko ditu berriro.

Hala erabaki zen; kargatutako pistolak gizon ziur guztiei
zerbitzatzen zitzaizkien. Ehiztaria, poza eta errukia gure
konfiantzan hartu ziren, eta hark espero ez zuena baino izpi
gutxiago eta albiste hobea jaso zuten. Orduan, kapitaina
oholtza gainera joan zen eta tripulazioari zuzendu zitzaion.

"nire mutilak", esan zuen, "egun beroa pasatu dugu eta
denak nekatuta eta mota guztietatik kanpo daude.
Alderantziz, inork ez du minik egingo; itsasontziak uretan
daude oraindik; txangoak hartu ditzakezu eta askok
arratsaldera joateko aukera izango dute arratsaldean. Pistola
botako dut eguzkia baino ordu erdi lehenago ".

Uste dut bekam xumeek lurrak izan bezain laster
altxorraren distira hautsiko zutela pentsatu behar zutela;
izan ere, denak zur eta lur irten ziren une batean, oihartzuna
hasten zuen alaia urruneko muino batean, eta berriro ere
hegaztiak bidali zituzten, ainguraren inguruan.

Kapitaina argitsuegia zen bidean. Gordetu zuen ikusmena
une batean, zilarra utziz festa antolatzeko, eta iruditzen
zitzaidan hala egin zuela. Oholtza gainean egon bazen ere,
egoera ulertzen ez zuela pentsatu zuen. Eguna bezain
arrunta zen. Zilarra zen kapitaina, eta kuadrilla matxino
ahaltsua zuen. Esku zintzoak, eta laster ikusi nuen
egiaztatuta zegoela horrelako taula batean, oso lagun
ergelak izan behar zutela. Edo, hobe esanda, egia izan zela
uste dut, esku guztiak erdeinuzkoen adibideaz gaitzetsi
zirela, batzuk bakarrik, batzuk gutxiago; eta batzuk,
nagusietan lagun onak izanik, ezin ziren ez aurrera eta ez
gehiago eraman. Gauza bat da inozoa eta burugabea izatea,

eta beste bat ontzi bat hartu eta hainbat gizon errugabe hiltzea.

Azkenean, ordea, festa osatuta zegoen. Sei bekadun zeuden itsasontzian, eta gainerako hamahirurak, zilarrezkoak barne, ekiten hasi ziren.

Orduan izan zen nire bizitzak salbatzen hainbeste laguntzen zuten nozio zoroen lehena. Sei gizonek zilarrezkoa utziz gero, argi dago gure alderdiak ezin zuela itsasontzia hartu eta borrokatu; eta sei bakarrik geratzen zirenez, berdin da kabinako festak ez zuela nire laguntza beharrik gaur egun. Laster itsasora joatea bururatu zitzaidan. Lasai batean irrist egin nuen alboko gainean eta kurbatu egin nuen gertuko itsasontzian, eta ia une berean itzali egin zen.

Inork ez ninduen konturatu, brankan arraunak bakarrik esanez: "zu zara, jim? Mantendu burua behera". Baina zilarrak, beste itsasontzitik, zorrotz begiratu zuen eta deitu ninduen hori ni nintzela jakiteko; eta une horretatik aurrera egin nuena damutzen hasi nintzen.

Tripulatzaileek hondartzara joaten ziren lasterka, baina, bertan nengoen itsasontzia, hasieran nagoela eta, aldi berean, arinagoa eta hobe tripulatua izanda, bere konpartsaren aitzinetik jaurti zuten, eta arkuak itsasertzaren zuhaitz artean jo zuen. Adar bat harrapatu eta neure buruari ihes egin eta hurbilen zegoen lurrean murgildu nintzen, zilarrezko eta gainerakoak ehun metrora atzean zeuden bitartean.

"jim, jim!" oihu egiten entzun nuen.

Baina uste duzu ez duzula jaramonik egin; saltoka, ahatetxo eta zeharkatzen ari nintzenean, zuzenean korrika joan nintzen sudurraren aurretik, jada ez nuen lasterka egin arte.

Kapitulua xiv

Lehen kolpea

Oso pozik nengoen joana luzea eskaini zidalako, ni
gozatzen eta nire inguruan neroni begira nengoela
interesatzen nintzen. Sahatz, arbolaz eta bitxiz betetako
padura bat zeharkatu nuen. Zuhaitz outlandish eta
zingiratsuak; eta orain hondartza zabal eta zabalagoko
landare baten gonaren gainetik irten zen, kilometro gutxira,
pinu batzuekin eta zuhaitz ugarirekin, ez haritzaren hazkura
ez bezala, hosto zurbila, sahatsak bezala. Zabalduaren
muturrean muino bat zegoen, bi gailur bitxi eta bitxi,
eguzkipean distiratsu.

Esplorazioaren poza sentitu dut lehenengo aldiz. Uhartea
bizirik zegoen; utzi nituen ontzien lagunak, eta nire aurrean
ez zen ezer bizi bruta eta hegazkin mutuak. Hara eta
norantz bira egin nuen zuhaitzen artean. Han eta hemen
zeuden lore landareak, niretzat ezezagunak; han eta hemen
sugeak ikusi nituen, eta batek burua harri erpin batetik
altxatu eta niri tontorra egin nion, zaratarekin ez zegoela.
Gutxik uste nuen etsai hilgarria zela eta zarata zurrumurru
famatua zela.

Gero, haritz itxurako zuhaitz luze hauetara iritsi nintzen:
hariztiak bizi edo hosto iraunkorrak, gero deitu behar
zitzaizkidala entzun nuen: hareharriak zurrunbiloak bezala
hazten ziren, sastrakak bihurritu egiten ziren, hosto
trinkoak, halakoak bezala. Maleta hareatsuetako baten
goialdetik hedatzen zen, handitzen joan zen heinean, gero

eta altuago, haize zabal eta zabalera ertzeraino iritsi zen arte, eta, horren bidez, ibai txikietatik hurbilena ainguraraino sartu zen. Padura eguzki indartsuan zegoen baporean, eta espioi-kristalaren zirriborroak dardara irristatzen zuen.

Bat-batean, zalaparten artean zalaparta moduko bat egiten hasi zen; ahate basati bat zurrunbilo batekin zihoan, beste bat jarraian, eta laster paduraren azalera osoan hegazti hodei handi bat zintzilik zegoen eta airean inguratzen zuten. Behin-behinean epaitu nuen nire ontziko batzuek hesiaren ertzetatik gertu egon behar zutela. Ezta engainatu ere, laster entzun nuen giza ahotsaren tonu oso urrunak eta baxuak, belarria ematen jarraitu ahala gero eta ozenago eta gero eta hurbilago.

Horrek beldur ikaragarria sortu zidan eta hurbilen zegoen haritz azalaren azpian arakatu nintzen eta hanka okertu nintzen, sagua bezain isila entzuten.

Beste ahots batek erantzun zuen; eta gero, zilarrezkoa zela ezagutzen nuen lehen ahotsak berriro ere istorioa hartu zuen eta denbora luzez jarraitu zuen korronte batean, beste batek behin eta berriro eten zuenean bakarrik. Serio hitz egin eta ia gogor hitz egin behar zuten soinuagatik, baina ez zen nire hitz berri bat entzun.

Azkenean hiztunek eten egin behar izan zutela zirudien, eta agian eseri egin ziren, ez baitziren gertuago marrazten utzi ere, hegaztiak beraiek lasaiago hazten hasi ziren eta zingirako lekuetara joan ziren berriro.

Eta orain nire negozioa ahazten ari nintzela sentitzen hasi nintzen; etsipen hauekin topo egin bezain tontoa izan nintzelako, egin nuen gutxien beren udaletan entzutea izan zen, eta nire betebehar arrunta eta nabaria da kudeatu ahal izan nuen bezain hurbil marraztea, mesede onaren azpian. Zuhaitzak okertu.

Hizlarien norabidea nahiko zehatza izan zitekeen, ez bakarrik ahotsaren soinuaz gain, oraindik ere intrusen buruen gainean alarma zintzilik zuten hegazti bakarrenen jokaeraz.

Lau-laurdenetan arakatzen ari nintzen, etengabe baina poliki-poliki egin nuen beraiengana, harik eta azkenean burua hostoen artean dagoen zabalera batera igo nuenean, maldak alboan duen berde txiki batean isuri eta isuri nintzen. Luze john zilar eta tripulazioko beste bat aurrez aurre egon ziren elkarrizketan.

Eguzkia gainezka zegoen. Zilarrak bere kapela haren ondoan bota zuen lurrera, eta bere aurpegi leun eta leuna, beroarekin distiratsua, beste gizonarengana hurbildu zen.

"mate", esaten ari zen, "zuretzako urre hautsa pentsatzen duzulako da - urrezko hautsa, eta zuk jar zaitezke! Zelaia bezala hartu izan ez banindu, uste izango nuke hemen egongo nintzela ... Abisua? Dena bukatu dezakezu: ezin duzu egin eta ez alda dezakezu; hitz egiten ari naizela lepoa salbatzeko da, eta basamortuko batek jakin ez balu, non nago, tom? "non nago?"

"zilarra", esan zuen beste gizonak - eta aurpegian gorria ez zela ikusi nuen, bele bat bezain zakar hitz egiten zuen, eta bere ahotsak ere astindu zuen, soka mutur bat bezala ... "zilarrezkoa", dio. Zaharra zara, eta zintzoa zara, edo izena du; eta dirua ere baduzue, marinel pobreak ez dituena; eta ausarta zara, edo nahastuta nago. Eta esango diozu ez nazazu lur jota sorta batera eramaten utziko? Ez zuri! Jainkoa ikusten dudan bezain laster, eskua galduko nuke. Nire eskua piztuko banu ... "

Eta orduan bat-batean zarata batek eten zuen. Esku zintzoen bat aurkitu nuen ... Horra, une berean, beste baten berri iritsi zitzaidan. Paduraren urrunean, bat-batean, haserrearen oihua bezalako soinua agertu zen, eta gero beste bat atzeko aldean, eta gero haserre luze eta luze bat. Espioi-beiraren harriek behin baino gehiagotan oihartzun zuten; padurako hegaztien tropa osoa berriro igo zen, zerua aldibereko zurrunbiloarekin ilunduz; eta heriotza oihu hura oraindik burmuinean jotzen nuen bitartean, isiltasunak berriro ezarri zuen bere inperioa, eta hegazti berreskuraleen zurrumurruak eta urrutiko haizeen hegalak arratsaldeko mingainak soilik asaldatu zuten.

Tomek soinura jauzi egin zuen, zaldi bat bezala ezproian; baina zilarrak ez zuen begirik keinurik egin. Non zegoen, makila gainean etzanik, bere laguna suge modura udaberrian zetorrela begira.

"john!" esan zuen marinelak eskua luzatuta.

"eskuekin!" oihukatu zuen zilarrezkoa, lorategi batera jauzi, iruditu zitzaidan bezala, entrenatutako gimnasta baten abiadura eta segurtasunarekin.

"eskuak, nahi baduzu, jo zilarrezkoa" esan zuen besteak. "nire beldur izan daitekeen kontzientzia beltza da. Baina, zeruaren izenean, esan iezadazu zer zen hori?"

"hori?" itzuli zilarrez, irribarrez, baina inoiz baino gerrago, begiak pin-puntu hutsa zuen aurpegi handian, baina beirazko kristal bat bezala distiratsu. - hori? Oh, uste dut alan egongo dela.

Eta tom gaixo honetan heroi bat bezala piztu zen.

"alan!" egin zuen oihu. "utzi arima benetako itsasgizon bati!" eta zuretzako, zilarrezkoa, aspaldidanik nirea izango zara, baina ez zara gehiago nire semea. Zakur bat bezala hiltzen banaiz hil egingo naiz dooty. Alan hil duzu, hil al nauzu, ahal izanez gero, baina desafiatzen zaitut ".

Eta horrekin batera, ausartak sukaldariari zuzenean bizkarra eman eta hondartzarantz abiatu zen. Baina ez zegoen urrutira joateko. Oihu batekin john-ek zuhaitz baten adarra bereganatu zuen, makulua ardatutik atera eta ahozko misil hori airera botako zuen. Tom gaiztoa jo zuen, batez ere, eta indarkeria ikaragarriarekin, bizkarraren erdian sorbalden artean. Eskuak hegan egin zuen, gaskoi moduko bat eman eta erori egin zen.

Asko zauritu ala gutxi izan, inork ez du inoiz kontatuko. Nahikoa bezala, soinua epaitzeko, bizkarra hautsita zegoen tokian. Baina ez zuen denborarik eman berreskuratzeko. Zilarrezko, tximino gisa arin, hanka edo makulurik gabe, haren gainean zegoen hurrengo unean eta bi aldiz lurperatu zuen labana, babesik gabeko gorputz horretan sartuta. Nire larruaren tokitik ozenka entzun nuen kolpeak jo ahala.

Ez dakit ondo bideratzen den desagertzea, baina badakit hurrengo aldian mundu osoa niregandik urrundu egin zela nire laino zurrunbiloan; zilarra eta hegaztiak eta espioi-kristalezko mendi garaia nire biribilen inguruan biraka eta biribil gailentzen ari ziren, eta kanpaiak soinu mota guztiak eta belarrira oihuak.

Nire buruari berriro etorri zitzaidanean munstroa bere buruarekin lotu zuen, makila besapean, kapela buruan. Bere aurrean tom semea geldirik zegoen sward gainean. Baina hiltzaileak ez zuen batere garbirik. Odola zikinduta duen labana garbitzen ari zen bitartean belar zurrunaren gainean. Beste guztia aldaezina zen, eguzkia errukirik gabe jarraitzen zuen padura zurrunbiloaren eta mendiaren gailur garaiaren gainean, eta neure burua konbentzitu nezakeen hilketa egiazki eginda zegoela eta giza bizitza krudelki moztu egin nuenetik, nire begien aurrean.

Baina orain johnek eskua poltsikoan sartu zuen, txistu bat atera zuen eta haren gainean aire berotuaren kontra zihoan hainbat eztanda modulatu ziren. Ezin nuen noski seinalearen esanahia esan, baina bere beldurrak berehala piztu nituen. Gizon gehiago etorriko lirateke. Deskubritu ahal izango nuke. Jende zintzoaren bi hiltzen zituzten dagoeneko; tom eta alan ondoren, agian ez naiz hurrengoan etorriko?

Berehala hasi nintzen ni estutzen eta berriro arakatzen, zer abiadura eta isiltasun egin zezakeen egurraren zati irekiagorantz . Horrela egin nuen bezala, bukailari zaharraren eta bere adiskideen artean kazkabarrak entzuten nituen eta arrisku soinu honek hegoak ematen zizkidan. Zurrumurrua utzi bezain pronto, inoiz ez nuen lasterka egin, lasterka egin nuen hegaldiaren norabidea gogoan, hiltzaileengandik gidatu ninduen bitartean, eta korrika joan ahala, beldurra nire gainera hazi zen, eta hazi zitzaidan arte zalaparta moduko bat bihurtu zen

Hain zuzen ere, inor gehiago gal al liteke i? Pistolak tiro egin zuenean, nola ausartu behar nuke zubietar horien artean itsasontzietara jaisten, haien krimenetik erretzen? Ez al litzateke lepoa mihiztatzen bezala ikusi nire burua lehena? Ez al litzateke nire absentzia bera nire alarmaren froga izango, eta beraz, nire ezagutza hutsala? Dena amaitu zen, pentsatu nuen. Agur hispaniola, agur esklaboari, medikuari eta kapitainari. Ez zitzaidan ezer geratzen gosez hiltzea edo heriotza mutilatzaileen eskutik.

Hori guztia esaten nuen bitartean korrika jarraitzen nuen eta, oharrik egin gabe, bi tontorrekin muino txikiaren oinera gerturatu nintzen eta haritz basoak hazi ziren uhartearen zati batera iritsi nintzen. Gero eta bereiziagoak, eta baso-zuhaitzak ziruditen beren adiera eta dimentsioetan. Haiekin nahastuta pinu sakabanatu batzuk zeuden, berrogeita hamar, batzuk hirurogeita hamar metroko altuera. Aireak, gainera, paduraren ondoan behera baino freskoago usaintzen zuen.

Eta hemen alarma berri batek geldiarazi ninduen bihotz tristearekin.

Kapitulua xv

Uharteko gizona

Aldapatsua eta harritsua zen muinoaren ertzetik, legar zimu bat desegin zen eta erori egin zen eta zuhaitzen artean lotu zen. Begiak instintiboki norabide horretan jiratu nintzen eta pinu baten enborretik at bizkor handiz figura bat jauzi ikusi nuen. Zer zen, hartza, gizona edo tximinoa, orain kontatzen nuen. Iluna eta lotsatia zirudien; gehiago ez nekien. Baina agerraldi berri honen beldurrak geldiarazi ninduen.

Orain, bazirudien bi aldeetatik moztuta nengoela: nire atzetik hiltzaileak, nire aurrean ez zekiena. Eta berehala hasi nituen ezagutzen ez nituen arriskuak nahiago. Zilar bera ez zen hain zoragarria basoko izaki honekin kontrastean, eta orpoa piztu nuen, eta nire atzetik sorbalda gainean zorrotz begiratuz, nire pausoak atzera egiten hasi nintzen itsasontzien norabidean.

Berehala agertu zen irudia, eta zirkuitu zabala eginez, buruari ekin nion. Nazkatuta nengoen, baina noiz edo noiz altxatu nintzen bezain freskoa nengoen, alferrik nengoen aurkariarekin horrelako borrokan aritzea zela pentsatzen nuen. Enborretik enborretik izakia orein bat bezala ibiltzen zen, gizona bi hanketan korrika, baina inoiz ikusi ez nuen inor ez bezala, korrika joan ahala ia bikoitza zegoen. Hala ere gizona! Jada ezin izango nuen horrelakorik izan.

Kanibalei buruz entzun nuena gogoratzen hasi nintzen. Laguntza eske nengoen. Baina gizakia zelako izate hutsak nolabait lasaitu ninduen eta zilarrezko beldurra neurri batean berpizten hasi zen. Geldirik nengoen, beraz, ihes egiteko metodoren baten bila nenbilen, eta pentsatzen ari nintzen bitartean, nire pistolaren oroitzapenak gogora etorri zitzaizkidan burura. Defendatu gabe nengoela gogoratu bezain laster , ausardia berriro bihotzean piztu zitzaidan, eta aurpegia finkoki uharteko gizon honetarako kokatu eta beregana abiatu nintzen.

Oraingoan ezkutatuta zegoen beste zuhaitz baten enborraren atzean, baina gertutik ikusi ninduen, izan ere bere norabidean mugitzen hasi nintzenean berriro agertu zen eta nirekin pauso bat eman zuen. Gero, zalantzarik izan zuen, atzera egin zuen, berriro aurrera atera zen, eta, azkenean, nire harridurarako eta nahaspenez, bere burua belaunetara bota eta eskuak eskuekin lotu zituen.

Hartan berriro gelditu nintzen.

"nor zara?" galdetu nuen.

"ben gunn", erantzun zuen eta bere ahotsak zakarra eta
latza zirudien, blokeo herdoildua bezala. "pobre naiz gunn,
naiz; eta ez dut hiru urte hauetan kristau batekin hitz egin"

Orain ikusi nuen ni bezalako gizon zuria zela eta bere
ezaugarriak ere atseginak zirela. Larruazala, agerian zegoen
lekuan, eguzkiak erretzen zuen; bere ezpainak beltzak
ziren, eta bere begi xumeak aurpegi hain ilunean
zirraragarriak zituen. Ikusi edo piztu nituen agintari
guztietatik, bera zen zurrumurruen buruzagia. Itsasontzi
zaharraren mihise eta oihal zaharrez josítako jantzia zuen,
eta aparteko adabaki hau atxikimendu ugarien eta
inkongruenteen sistema batek, letoizko botoiak, makila
zatiak eta zurizko gaskinaren begizkoak biltzen zituen.
Gerri inguruan, letoizko belarrezko gerriko zaharra jantzi
zuen; hori zen osagai bakarra.

"hiru urte!" negar egin nuen. "naufragiatu al zara?"

"ez, lagun", esan zuen, "marmokatuta".

Hitza entzun nuen eta bananeroen artean nahikoa ohikoa
den zigor izugarria zela esan nuen, zeinetan arau-hauslea
hauts pixka batekin eta tirokatu eta uharte bakarti eta
urruneko batean utzi.

"hiru urte zorabiatu egin zen", jarraitu zuen ", eta
ahuntzetan bizi izan zen ordutik hona, baia eta ostrak.
Gizon bat dagoen lekuan, esaten dut, gizakiak beretzat egin
dezake. Baina, ama, nire bihotza nekatuta dago kristau
dietarengatik. Beharbada ez duzu zure inguruan gazta
puskaren bat edukitzea, ezta? Beno, gau askotan egin dut
gazta amestu dut: txigortuta, gehienbat, eta berriro esnatu
naiz, eta hemen nengoen.

"berriz ere itsasontzian lor badezaket", esan nuen, "harriarekin gazta izango duzu".

Denbora guztian jaka nire gauzak sentitzen, eskuak leuntzen, nire botak begira eta, oro har, bere hitzaldiaren tarteetan, haurtzaroko plazer bat erakutsi zuen ikaskide baten aurrean. Baina nire azken hitzetan lotsatu kezkatu egin zen.

"berriz ere itsasontzian sartzen bazara, esaten al duzu?" errepikatu zuen. "zergatik, orain, nork oztopatuko zaitu?"

"ez, badakit", nire erantzuna izan da.

"eta ondo zinen", oihukatu zuen. Orain zer moduz deitzen zara zeure burua, ama?

"jim" esan nion.

"jim, jim", dio, oso pozik, itxuraz. - beno, emazteak, lotsatu egingo nintzateke horren berri izatea bezain zakarra. Orain, esate baterako, ez zenuen pentsatuko ama zintzoa izan nuenik ... Niri begira? Galdetu zuen.

"zergatik ez, ez bereziki" erantzun nion.

"ah, ondo", esan zuen, "baina nik ... Zoragarria izan nintzen. Mutil zibila eta zibila nintzen eta ezin nuen nire katekismoa zuritu bezain azkar esanda ezin zenuela hitz bat bestetik esan. Eta hona zer dator. To, jim, eta hasi zen chuck-farthen belarri bedeinkatuen gainean! Hori hasi zen, baina harago joan zen, eta, beraz, nire amak esan zidan, emakume zurbila dena predikatu zuen. Probidentzia izan zen hemen jarri nauena. Uste nuen guztia hemen egotea irla bakarti honetan eta berriro ere gupidagabea naiz. Ezin nauzu harrapatu hainbeste rum dastatzen, baina zoriontasuna besterik ez da, noski, lehen aukera daukat. Lotuta nago, ona izango naiz eta bidea ikusten dut. Eta, jim "- haren inguruan begiratuz eta ahotsa xuxurlatuz -" aberatsa naiz ".

Orain ziur nago gizaseme pobrea erortzen zela bere bakardadean, eta uste dut sentimendua aurpegian erakutsi behar nuela, izan ere, adierazpen hark errepikatu zuen:

"aberatsa! Aberatsa! Diot. Eta zer esango dizut, gizon bat egingo dut, jim. Ah, jim, zure izarrak bedeinka ditzakezu, zuk izango zara, ni aurkitu nau lehenengoa!"

Eta halako batean itzal jaitsiera aurpegira etorri zen eta bere eskua estutu zuen eskua eta behatzaile mehatxu bat altxatu zuen nire begien aurrean.

"orain, emazteak, egia esan didazu; hori ez da zintzur ontzia?" galdetu zuen.

Honetan inspirazio zoriontsua izan nuen. Aliatu bat aurkitu nuela sinesten hasi nintzen eta berehala erantzun nion.

"ez da flint itsasontzia eta flint hilda dago, baina egia esango dizut, galdetzen didazuen bezala ... Baditu esku artean zintzurrezko eskuak; zortea okerragoa da guretzat".

"ez al da gizon bat ... Hanka batekin?" —jakin egin zuen.

"zilarra?" galdetu nuen.

"ah, zilar!" dio, "hori zen bere izena".

"sukaldaria da eta txirrina ere bai."

Eskumuturrarekin eusten ninduen oraindik, eta, hala ere, nahiko zauri eman zion. "john luzea bidali bazenuen" esan zuen, "txerri bezain ona naiz eta badakit. Baina, non zinen, uste al duzu?"

Gogoak burutu nituen momentu batean eta erantzun modura bidaiaren historia osoa eta geure burua topatu genuen egoera kontatu nion. Interesik handienarekin entzun ninduen eta burutu nuenean buruan min ematen zidan.

"mutil ona zara, jim", esan zuen, "eta zu guztiak zaude sokamutil sokan, ez al zara? Beno, konfiantza besterik ez duzu jartzen ben gunn-en, ben gunn-en gizonak egin behar luke. Uste duzu litekeena dela zure kuadrillak pentsaera liberala izatea. Laguntza kasuetan, lepoko lokarria zegoela diozu?

Nik esan nion gizona gizon liberalena zela squirea.

"bai, baina ikusten duzu", itzuli zen ben gunn, "ez nuen esan nahi gorde beharreko atea eta jantzi jantziak eta horrelako gauzak ez zituela esango; hori ez da nire arrastoa, jim. Esan nahi nuke, seguru asko esango nuke toonera jaisteko, esan mila kilo jada gizona bezain ona den dirua? "

"ziur nago", esan zuen. "bezala, esku guztiak partekatu behar ziren".

"eta pasarte bat etxera?" gehitu zuen, lotsaz beteriko begiradarekin.

- zergatik egin nuen oihu, "kuadrila jauna da. Gainera, besteak kentzen bagenitu, ontzia etxera lan egiten lagundu nahi zenuke".

"ah", esan zuen, "horrela egingo zenuke". Eta oso arinduta zegoela zirudien.

"orain, esango dizut", jarraitu zuen. "hainbeste esango dizut, eta ez gehiago. Flint ontzian nengoen altxorra lurperatu zuenean; bera eta sei batera ... Sei itsasgizon sendoak. Astean astean egon ginen eta gu zutik eta zaharrean egun on bat igaro zen seinalea, eta hona etorri bere kabuz ontzi batean, eta burua zapi urdin batean osatu zuen. Eguzkia jaiki zen eta zuri hilkorra ur ebakiari begira zegoen. Axola zen eta sei hildako guztiak hilda eta lurperatu zituzten. Nola egin zuen, guk ez zigun asmatu gurekin zegoen itsasontzian. Bera izan zen gudua, hilketa eta bat-bateko heriotza, bederen, seiren aurka. Bikotekidea; joana zen, buruzagia zen; eta galdetu zioten non zegoen altxorra: "ah, dio", nahi baduzu joan zaitezke, nahi izanez gero, eta egon zaitez ", dio." baina ontziari dagokionez, gehiagorako kolpea jasoko du! Hori esan zuen.

"beno, beste ontzi batean egon nintzen hiru urteren buruan, eta uharte hau ikusi genuen. 'Mutilak', esan nuen nik, 'hona hemen flint-en altxorra; utz dezagun lurrera eta aurki dezagun." kapoia ez zen oso atsekabetu; baina nire taldekideak gogo onekoak ziren eta lurreratu ziren. Hamabi egunekoa bilatu zuten eta egunero hitz txarragoa izan zuten niretzat, goiz goiz batean esku guztiak itsasontzian joan ziren arte. Zuretzat, benjamin gunn ", diote," hemen musket bat da ", diote," eta pikorra, eta pickax bat. Hemen egon zaitezke eta sugei dirua bila dezakezu zeure buruari ", diote.

"ondo, jim, hiru urte daramatzat hemen, eta ez da kristau dietaren ziztada egun horretatik aurrera. Baina orain, hemen begiratzen duzu; begira nazazu. Gizon itxura al dut masaren aurretik? Ez, diozu" eta ez nintzen, ezta ere, diot ".

Eta horrekin keinuka eta gogor astindu ninduen.

"ezkutatu zure kuadrillako hitzak besterik ez dituzu, jim", jarraitu zuen. "ez zen bera ere ez, hori da hitzak. Hiru urte izan zen irla honetako gizona, argia eta iluna, arina eta euria; eta batzuetan, izan liteke, otoitz bati pentsatzen (diozu), eta batzuetan izan ere, bere ama zaharrean pentsa liteke, beraz, bizirik dagoen bezala (esango duzu), baina gunnen denbora gehiena (horixe esango duzu) - bere denboraren zatirik handiena hartu zuen beste kontu bat. Gero nik emango dizut, nik bezala. "

Eta berriro ukitu ninduen, erarik isilenean.

"gero", jarraitu zuen, orduan igoko zara eta hau esango duzu: gunn gizon ona da (esango duzu), eta ikusmen preziatua konfiantza handiagoa jartzen du - ikusmira preziatua, kontuan hartu hori ... Fortunaren gen'lemen horietan baino jaio den gizon bat, bera berea izan izana ".

"ondo", esan nuen, "ez dut ulertzen esan zenuen hitz bat, baina hori ez dago ez hemen ezta hemen ere; zertarako joan naiz?

"ah," esan zuen, "hori da lotsa, ziur. Beno, nire eskuekin egin dudan itsasontzia dago. Harri zuriaren azpian mantentzen dut. Okerrena txarrena iritsiz gero, ilun ondoren saiatuko ginateke aupa! " lehertu egin zen "zer da hori?"

Ordurako, eguzkiak ordubete edo bi izan behar zuen arren, uhartearen oihartzun guztiak kanoi baten trumoiari oihu egin zioten.

"borrokan hasi dira!" negar egin nuen. "jarrai nazazu!"

Aingura aldera abiatu nintzen korrika hasi nintzen nire izua ahaztuta; bitartean, nire alboan itxi, ahuntz-larruetako marroiak erraz eta arinez jotzen zuen.

"ezkerrera, ezkerrera", dio; "mantendu zure ezkerretara, emaztea zu! Zuhaitz azpian zuekin! Han nire lehen ahuntza hil nuen. Ez dira hona jaisten; orain, beren burua muntatzen ari dira, benjaminen beldurragatik. Eta ez dago cetemery "- esan nahi zuen hilerria. "ikusten dituzu tumuluak? Hona etorri eta otoitz egiten dut, arratsaldeak eta gero, agian igande bat doo izango zela pentsatu nuenean. Ez zen ermita bat, baina itxura kaxkarragoa iruditzen zitzaidan; eta gero, diozu, ben gunn izan zen, "txantxeta ez, ezta biblia eta bandera bat ere, diozu."

Beraz, korrika jarraitu ahala hitz egiten jarraitu zuen, ez zuen erantzunik espero ez eta jaso ere.

Kanoiak jaurtita, tarte handia igaro ondoren, beso txikietako bolei esker.

Beste atseden bat egin nuen eta orduan, kilometro laurden bat nire aurrean, zurrunbilo zurrunbiloa zuriaren gainetik ikusi nuen.

Zatia iv

Estalkia

Kapitulua xvi

Doktoreak jarraitu zuen kontakizuna: itsasontzia nola abandonatu zen

Ordu biak inguru ziren —hiru kanpai itsas esaldian— bi itsasontziak hispaniolatik joaten ziren. Kapitaina, kuadrila eta biok kabinan zeuden gauzak hizketan. Haize-arnasa egon balitz, gurekin itsasontzian geratu ziren sei mutilen gainean erori beharko genuke, kablea irristatu eta itsasora. Baina haizea nahi zen; eta, gure babesgabetasuna osatzeko, ehiztaria etorri zen jim hawkins txalupara batera irristatu zela eta gainontzekoekin batera joan zela.

Sekula ez zitzaigun gertatuko jim hawkins dudarik, baina bere segurtasunagatik kezkatuta geunden. Egoera onean zeuden gizonekin, aukera berdina zirudien berriro ere mutila ikusiko bagenu. Korrika joan ginen oholtza gainean. Zelaia jostorretan zegoen; lekuaren zurrunbilo gaiztoak gaixotu nau; gizon batek sukarra eta disenteria usaintzen bazuen, aingura lotsagarri hartan zegoen. Sei aizkolariak belar baten azpian eserita zeuden, pronostian. Hantxe ikusi ahal izan genituen zurrunbiloak, eta gizon bat bakoitzean eserita, ibaia zeharkatzen duen tokian gogor. Horietako bat "lillibullero" ari zen txistuka.

Itxarotea tentsio bat zen, eta ehiztariak eta biok jolly-boat-ekin itsasora joan behar zela erabaki zen, informazio bila.

Ertzainak eskuinetara makurtuak ginen, baina ehiztaria eta biok zuzen sartu ginen, estazioaren norabidean taula gainean. Itsasontziak zaintzen gelditu zirenak zirrara batean zirudien; "lillibullero" gelditu egin zen eta bikotea ikusi beharko nuke zer egin behar zuten eztabaidatzen. Joan eta kontatu zilarrezko guztia, beste modu batera joan zitekeen; baina haien aginduak zituzten , uste dut, eta lasai egoteko erabakia hartu nuen, eta berriro "arrazoi eman".

Kostaldean bihurgune txiki bat zegoen eta gure artean jarri nintzen. Lehorreratu baino lehen, beraz, sekulako ikuspegia galdu genuen; salto egin eta ihes egin nuen korritzen bezain laster, zetazko zapi handi batekin kapelaren azpian hoztasunarengatik, eta pistoladun giltza bat prest zegoen segurtasunerako.

Ez nuen ehun metro pasatu amildegira joan nintzenean.

Horrela zen: ur garbiaren malgu bat sortu zen korapil baten gainean. Putzuan, malgukia eta malgukia sartuta, egunkariko etxe zurrunbiloa zapaldu zuten, bi puntuko jendea ertz batean eusteko, eta alde guztietatik musketryrako lotura zuten. Honek inguruan espazio zabal bat garbitu zuten, eta orduan sei metroko altuera leunarekin osatu zen gauza, atea edo irekidurarik gabe, denborarik eta lanik gabe indar handiegia izateko eta setiatzaileak aterpetzeko irekia. Egunkariko etxeak modu guztietan zituen; aterpean lasai gelditu ziren eta besteei perdiziak bezala tiro egin zieten. Nahi zuten guztia erloju eta janari ona zen; izan ere, erabateko ezustekoa balitz, baliteke erregimentuaren aurkako lekua edukitzea.

Niri bereziki gustatu zitzaidana udaberria zen. Izan ere, hispaniolaren kabinan leku ona genuen arren, beso eta munizio ugari eta jan beharreko gauzak eta ardo bikainak bazituen, gauza bat ahaztu zitzaigun ... Ez genuen urik. Hori pentsatzen ari nintzen, heriotzaren unean gizon baten oihuak irla gainean zetorrela. Ez nintzen berria heriotza bortitzerakoan ... Bere errege gorenaren jabea naiz zerbitzatu dut, eta zauritu zait neure burua fontenoy-n ... Baina badakit pultsua hautsi eta eraman dudala. "jim hawkins desagertu da", nire lehen pentsamendua izan zen.

Zerbait da soldadu zaharra izan, baina oraindik gehiago medikua izan behar izatea. Ez dago astirik dilly-dally gure lanean. Eta, beraz, berehala bururatu zitzaidan eta denborarik galdu gabe itsasertzera itzuli eta jolly itsasontzian salto egin nuen.

Zorioneko ehiztariak arraun ona atera zuen. Ura hegan egin genuen eta itsasontzia bere ondoan zegoen eta goleta itsasontzian abiatu nintzen.

Denak astindu nituen, naturala zen bezala. Kuadrila eserita zegoen, maindire bat bezain zuria, ekarri zigun kaltea pentsatuz, arima ona! Eta aurreikusitako sei eskuetako bat gutxi zen.

"badago gizon bat", esan zuen smollett kapitainak, bere buruari begira, "lan honetarako berria. Eskua negarra heldu zitzaion, medikua, oihua entzutean. Zamaren beste ukitu bat eta gizon hori gurekin batuko zen."

Kapitainari nire plana kontatu nion, eta gure artean gauzatzeko xehetasunak finkatu genituen.

Erredukzio zaharra jarri genuen galerian kabinaren eta aurreikuslearen artean, hiru edo lau musketaz kargatuta eta babeserako koltxoi batekin. Ehiztariak itsasontzia poparen portuaren azpian sartu zuen, eta joycek eta biok hara eta hona, enborrak, muskak, gailetak, txakur koskorrak, koia bat eta koxkor bat.

Bitartean, kuadrila eta kapitaina oholtzan gelditu ziren, eta azkenak, berriz, itsasontzian harrapatu zuen.

"jaunak," esan zuen, "horietako bi pistola bakoitzeko giltza bat dugu. Seiren batek deskribapenaren seinalea egiten badu, gizon hori hilda dago".

Tratu txarrak jaso zituzten; eta, kontsulta txiki bat egin ondoren, bat eta bestea lehen lagunak behera erori ziren, dudarik gabe, atzeko aldean eramateko pentsatuz. Baina piztuko galeriara itxaroten ari zirela zain ikusi zituztenean, itsasontziari segitu zioten eta burua berriro atera zen oholtza gainera.

"behera, txakurra!" oihukatu zuen kapitainak.

Eta burua berriro itzuli zen, eta ez genuen gehiago entzuten oso bihotz oneko sei itsasgizon hauen denboraz.

Oraingoan, gauzak etorri ahala, ausart ginen bezainbeste kargatutako ontzia genuen. Poza eta biok ataka zurretik irten ginen eta berriro itsasertzera abiatu ginen arraunak eraman gaitzakeen bezain laster.

Bigarren bidai honek nahiko piztu zituen begiraleak itsasertzean. "lillibullero" berriro bota zen, eta puntu txikiaren atzean ikusmena galdu baino lehen, horietako bat itsatsi eta desagertu egin zen. Burua erdi nuen plana aldatzeko eta haien itsasontziak suntsitzeko, baina beldur nintzen zilarrezko eta gainerakoak gertu egon zitezkeela, eta oso ondo galtzea gerta litekeela gehiegi saiatzean.

Lurra ukitu egin genuen lehengo toki berean eta blokeoa hornitzeko lanari ekin genion. Hirurek egin zuten lehen bidaia, oso kargatuta, eta gure dendak palisadaren gainetik bota zituzten. Gero, poza utziz gero, gizon bat ziur egoteko, baina dozena erdi musketekin, ehiztaria eta biok jolly ontzira itzuli ginen eta berriro ere kargatu ginen. Beraz, arnasa hartu beharrik gabe jarraitu genuen, karga osoa eman arte, bi funtzionarioek blokeoa hartu zutenean, eta ni, nire indar guztiarekin, itzuli nintzen hispaniolara.

Bigarren itsasontziaren karga arriskuan jarri behar genuela baino ausartagoa dirudi. Zenbakien abantaila zuten, noski, baina besoen abantaila genuen. Inork ez zuen musket bat zetorren, eta pistolak jaurtitzeko toki barruan sartu baino lehen, geure burua flotatu genuen gutxienez dozena erdi bat kontu eman ahal izan genituen.

Kuadrila poparen leihoan itxaroten nengoen, bere ahulezia guztia beretik joan zen. Pintorea harrapatu eta bizkor harrapatu zuen. Geure bizitzarako ontzia kargatzera erori ginen. Txerri, hauts eta gaileta zen zama, musketaria eta mahai ebakia bat besterik ez zeramatzaten kuadrillarentzat eta ni eta birrindua eta kapitaina. Gainontzeko besoak eta hautsak itsatsi genituen bi horma eta erdi uretan, beraz, gure azpian altzairu distiratsua eguzkitan ikusi genuen hondo garbi eta hondarrean.

Une horretan marea ebakitzen hasi zen, eta itsasontzia ainguraren inguruan zegoen. Ahotsak ahul samar entzun ziren bi kontzerturen norabidean; eta horrek ekialdera ondo zihoazen alaitasun eta ehiztariarentzat lasaitu gintuen, gure alderdia abisatu zuen.

Redruth galeriako bere lekutik atzera egin eta itsasontzira jaitsi zen. Gero ontziaren saskiratokira eraman genuen, kapitain smollett eskuratzeko.

"orain, gizonak", esan zuen, "entzuten al nauzu?"

Aurreikuspenetik ez da erantzunik eman.

"zuri da, abraham grisa ... Hitz egiten ari naiz".

Erantzunik gabe

"grisa", jarraitu du andereñoak. Smollett, apur bat ozenago, "itsasontzi hau utzi eta zure kapitainari jarraitzeko agindu dizut. Badakit gizon ona zara badakit, eta ausartuko naiz esaten ez duzula askok egiten duen bezain txarra. Nire erlojua hemen daukat; hogeita hamar segundo ematen dizkizut sartzeko. "

Eten bat egin zen.

"zatoz, nire adiskide fina", jarraitu zuen kapitainak, "ez zintzilik egon egonaldiak denbora luzez. Nire bizitza eta jaun on horien bizitza arriskuan ari naiz segundo bakoitzean."

Bat-bateko zaratak, kolpe hotseak eta abraham grisa lehertu ziren masailaren labean moztutako labana batekin eta korrika etorri zen kapitainarengana, txakur bat txisturantz bezala.

"zurekin nago, jauna", esan zuen.

Eta hurrengo momentua bera eta kapitaina gu itsasontzian bota gintuzten, eta tiratu eta bidea eman genion.

Itsasontzitik kanpo geunden, baina oraindik ez zegoen gure saltegian.

Kapitulua xvii

Medikuak jarraitu zuen kontakizuna, jolly-boat-en azken bidaia

Bosgarren bidaia hau beste guztiengandik guztiz ezberdina zen. Lehenik eta behin, geunden itsasontzi baten galipot txikia larriki kargatuta zegoen. Bost gizon heldu, eta horietako hiru —hirurkilaria, erredukzioa eta kapitaina— sei metroko altueran zeuden, jada eramateko baino gehiago ziren. Gehitu hauts, txerri eta ogi-poltsak. Armairua hegalka ari zen. Hainbat aldiz ur pixka bat bidali genuen eta nire arropa eta armarriaren isatsak busti ziren ehun ehun metrora joan aurretik.

Kapitainak itsasontzia ebakitzera bultzatu gintuen. Hala ere, arnasa hartzeko beldur ginen.

Bigarrenean, ebobea egiten ari zen. Korronte sendo bat, mendebalderantz, arroan barrena zetorrela, eta gero hegoaldera eta itsasorantz, goizean sartu gintuzten marrak. Nahiz eta matxurak gure gainkargatutako eskulanarentzako arriskua izan, baina okerrena gure benetako ibilbidetik aldendu eta atzean utzitako leku egokitik urrundu gintuela izan zen. Korronteak bere bidea egiten uzten badigu, larrerantz joan behar genuke, non piratak une bakoitzean egon litezkeen.

"ezin dut burua erosterakoan mantendu, jauna" esan nion kapitainari. Gidatzen ari nintzen; bera eta bihozketa, bi gizon freskoak, arraunak ziren. "marea bere burua garbitzen jarraitzen du. Tira pixka bat indartsuago al zenuke?"

"ez itsasontzia igeri egin gabe", esan zuen. - jasan behar duzu, jauna, mesedez, jasan ezazu irabazten ari zaren arte.

Saiatu nintzen eta esperimentu bidez ikusi nuen marea mendebalderaino jarraitu gintuela mendebaldera burua ekialdera zuzendu nuen arte, edo guk geuk egin behar genukeen angelu zuzenetara.

"ez dugu sekula erritmora helduko", esan nuen i.

"gezurra izan dezakegun ikastaro bakarra bada, jauna, gezurra ere egin behar dugu", itzuli zuen kapitainak. "ibaian gora mantendu behar dugu. Ikusten duzu, jauna", jarraitu zuen. "behin lurreratze-azpialdera jaitsi bagara, zaila da esatea nora iritsi behar dugun, kontzertuetan sartzeko aukera izateaz gain; , korrontearen joan-etorriak okertu egin behar du, eta, ondoren, itsasertzean berriro eskegi dezakegu ".

"oraingoa ez da lehenago, jauna", esan zuen gizonak grisa, aulkietan zegoela eserita; "pixka bat arindu dezakezu".

"eskerrik asko, nire gizona", esan nuen i, ezer gertatu ez balitz bezala, guk lasai geure buruak gogoan geuk bezala tratatzeko.

Kapitainak berriro hitz egin zuen eta bere ahotsa pixka bat aldatu zela uste nuen.

"pistola!" esan zuen.

"pentsatu dut", esan nuen i, gotorlekuko bonbardaketa bat zela pentsatzen nuela ziur. "inoiz ezin zuten pistola itsasora eraman, eta hala egingo balute, ezin izango lukete inoiz basoan barrena eraman".

- begira, medikua! Erantzun zion kapitainak.

Bederatzi luzeak erabat ahaztuta genituen; eta horregatik, beldurragatik, bost larru zeramatzaten berari buruz jaka kentzen, itsasontziaren azpian oihal estaliak deitzen zioten bezala. Ez hori bakarrik, baina buruan sartu zitzaidan jaurtiketa biribila eta pistolaren hautsa atzean utzi eta aizkora batekin kolpe batek dena gaiztoen itsasontzian jarriko zuela.

"israel isuriko artillaria zen", esan zuen grisak, garrasi.

Edozein arriskutan, itsasontziaren burua zuzenean jartzen dugu lurreratzera. Oraingoz, korrikan hain urruti geunden, liskarrak ere mantendu gintuen arraunaren abiadura leunean, eta helburuari eutsi ahal izan nuen. Baina okerrena zera izan zen: orain nuen ikastaroarekin batera, gure aldea bihurritu beharrean, hispaniolarantz jo genuen, eta helburu bat eskaini zitzaigun ukuiluko ate gisa.

Ikusten nuen, baita ere, israeldarren esku mariskal aurpegi hori, oholtza gainean jaurtitzen ari zen biribila.

"nor da jaurtiketa onena?" galdetu zion kapitainak.

"jauna, kanpoan eta kanpoan", esan nuen i.

"jauna, jauna, mesedez hautatuko al didazu gizon horietako bat, jauna? Eskuak", esan zuen kapitainak.

Altzairua bezain hotza zen. Bere pistolaren haustura begiratu zuen.

"oihu egin zuen kapitainak," erraza da pistola horrekin, jauna, edo itsasontzia zulatuko duzu. Esku guztiak bere eskuetan jartzeko zain daude. "

Kuadrillak pistola altxatu zuen, arrauna gelditu zen eta beste aldera makurtu ginen oreka mantentzeko, eta dena hain polita zen, ez genuen tanta bat bidali.

Pistola zuten, oraingoan, biraka gainean

Pistola, oraingoan, inguruan biraka zeraman esku gainean,
eta eskuetan zegoen muturra, eskalatzailea zena, zegoen
gehien. Hala ere, ez genuen zorterik izan; izan ere,
trelawneyk tiro egin zuenean, behera korrika joan zen,
baloia bere gainetik txistuka ari zen eta erori zen beste lau
horietako bat izan zen.

Emandako oihuek oihartzun handia izan zuten, itsasontzian
zeuden lagunek ez ezik, itsasbazterreko ahots ugarik ere,
eta norabide horretan begiratuz, beste piratak zuhaitz artean
irten eta itsasontzietan erortzen ari zirela ikusi nuen. .

"hona etorri txisteak, jauna", esan nuen i.

"utzi bidea", esan zuen kapitainak. "ez zaigu axola bere
zingira orain. Lurrean ezin bagaude, dena amaitu da".

"lehiaketako bat soilik ari da zuzentzen, jauna", gehitu
nuen; "beste tripulazioa litekeena da itsasertzetik ibiltzea
gurekin mozteko".

"korrika beroa izango dute, jauna", itzuli zuen kapitainak.
"jakin ezazu, badakizu. Ez zaizkit axola; jaurtiketa biribila
da. Alfonbra-ontziak! Nere andrearen neskameak ezin du
hutsik egin. Esan iezaguzu, galdetu, partida ikustean, eta
ura edukiko dugu".

Bitartean, goranzko joera izan genuen, hain gainkargatuta
zegoen itsasontzira, eta ur gutxi bidaltzen genituen
prozesuan. Orain gertu geunden; hogeita hamar edo
berrogei trazu eta hondartza egin beharko genituzke, izan
ere, ebbak jada hondar gerriko estua agerian zeukan

zuhaitzen azpian. Jada ez zen beldurrik izan behar; jada puntu txikia gure begietatik ezkutatuta zegoen. Itsasgorak, hain krudelki atzeratu gintuena, erreparazioa egiten ari zen eta erasoak atzeratzen ari zen. Arrisku iturri bakarra pistola zen.

"aitortuko banu", esan zuen kapitainak, "beste gizon bat geldituko nuke."

Baina argi zegoen ez zela deus atzeratu behar. Inoiz ez zuten haien eroriko konparadari begiratu, hilda ez zegoen arren, eta ihes egiten saiatzen ari nintzela ikusi nuen.

"prest!" oihukatu zuen kuadrilla.

"eutsi!" oihukatu zuen kapitainak oihartzun azkar batez.

Eta berak eta errebokazioari laguntza eman zion bere gorputz astuna ur azpira bidali zuen. Txostena denboraren une berean erori zen. Hau izan zen entzuten zuen lehena, kuadrillaren jaurtiketa hotsa harengana heldu ez zena. Baloia pasatu zenean, gutako batek ez dakigu zehatz-mehatz, baina iruditzen zitzaidan buruen gainetik egon behar zuela, eta baliteke haizeak gure hondamendian lagundu izana.

Itsasontzia poparen ondoan hondoratu zen, poliki-poliki, hiru ur-tartetan, kapitaina eta biok, bata bestearen parean, oinez begira. Gainontzeko hirurak goiburu osoak hartu zituzten eta berriro ere malkartsu eta malkartsu agertu ziren.

Orain arte ez zen kalte handirik izan. Ez zen bizitzarik galdu, eta segurtasunez ihes egin genezake. Baina gure denda guztiak baziren behealdean, eta, gauzak okertzeko, bostetik bi pistola baino ez ziren geratzen zerbitzuan. Nirea belaunetatik harrapatu nion eta buruari eutsi nion bere buruarekin. Kapitainari dagokionez, sorbalda gainean eraman zuen bandolero batek eta, jakintsua bezala, goiko aldean blokeatu zuen. Beste hirurak itsasontziarekin jaitsi ziren. Gure kezka gehitzeko, ahotsa entzun genuen jada gure ondoan itsasertzean basoetan; eta guk geuk erdi okertu genuen egoitzan moztua izateko arriskua ez ezik, beldurra, ehiztariak eta pozak dozena erdi bat erasotzen baziren, tinko egongo ziren zentzua eta jokabidea. Ehiztaria tinkoa zen, bagenekien; joyce zalantzazko kasua zen: gizon atsegina eta adeitsua jostalari batentzat eta norberaren arropak eskuratzeko, baina gerra-gizonentzako ez zegoen guztiz egokia.

Hori guztia pentsatuta, ahal bezain azkar loratu ginen, jolly ontzi kaskarra eta gure hauts eta hornidura guztien erdia atzean utziz.

Kapitulua xviii

Medikuak jarraitutako narrazioa - lehen eguneko borroka amaitu zen

Abiadura hoberena egiten genuen orain estaziotik banatzen gintuen zur-marratan, eta urrats bakoitzean hurbiltzen ziren bufandarien ahotsak. Laster entzun ahal izan genituen haien aztarna korrika eta adarren pitzadurak maletatxo baten gainean bularra egiten zuten bitartean.

Zorroztasunez eskuila eduki behar genuela ikusten hasi nintzen eta begiratu nuen.

"kapitaina", esan nuen, "trelawney da hildako jaurtiketa. Eman zure pistola; berea ez du alferrik".

Pistolak trukatu zituzten, eta zurrumurru isila eta goxoa, zalapartaren hasieratik egon zen bezala, takoi batean zintzilikatu zen, zerbitzu guztia egokia zela ikusteko. Aldi berean, grisik gabe zegoela ikusita, mahai-tresnak eman nizkion. Gure bihotz guztiak onak zituen eskuan zulatzen ikusteak, bere zurrumurruak jo eta palak airera abesten zuela. Argi zegoen bere gorputzaren lerro guztietatik gure esku berriak bere gatza merezi zuela.

Berrogei pauso urrutiago iritsi ginen egurraren ertzera eta aurrean gure estolda ikusi genuen. Hegoaldearen erdialdean inguratu genuen eta ia aldi berean, zazpi mutilen mutilak (lanpostua eta anderson, itsasontzia, haien buruan) negarrez agertu ziren hego-mendebaldeko ertzean.

Atseden hartu zuten, harrapatu bezain laster, eta berreskuratu aurretik, ezkutari eta biok ez ezik, blokeatzaileko ehiztari eta alaitasuna ere, denbora behar izan zuten su hartzeko.

Lau jaurtiketa sakabanaketa biraka etorri ziren, baina negozioa egin zuten; etsaietako bat benetan erori zen, eta gainerakoak, zalantzarik gabe, zuhaitzetan murgildu eta murgildu ziren.

Kargatu ondoren, palisadaren kanpoaldean ibili ginen eroritako etsaiari begira. Harri-jasota zegoen, bihotzean tiro eginda.

Gure arrakasta onarekin pozten hasi ginen, momentu hartan pistola bat zuhaixkan pitzatu zenean, baloi batek nire belarriaren atzetik gertu jo zuen eta tom redruth gaiztoa jeitsi zen eta bere luzera lurrean erori zen. Kuadrillak eta biok jaurti genuen jaurtiketa, baina guk ez genuen helbururik izan, ziurrenik hautsak alferrik galtzen genituen. Ondoren, berriro kargatu eta arreta piztu genuen tom txiroari.

Kapitaina eta grisa aztertzen ari ziren jada, eta begi erdi batekin ikusi nuen dena amaitu zela.

Uste dut gure itzuleraren boluntarioak berriro ere sakabanatu zituela mutilak, izan ere, molestaziorik gabe sufritu genuen jabe zahar gaiztoa stockaren gainean altxatu eta loganera eraman eta maldaka sartu.

Adiskide zahar gaixoa, ez zuen ezustean, kexan, beldurrean, ezta jabetasunean hitzik ere erabili, gure arazoen hasieratik orain arte, logeletan hiltzen ari ginenean! Troianoa bezala zegoen lorategian bere koltxoi baten atzean; aginduak jarraitu zituen isilean, zorrotz eta ondo; urte askoren buruan gure alderdiko zaharrena zen; eta orain, morroi zaharra eta zerbitzaria, hiltzea zen hura.

Kuadrilla haren ondoan erori zen belaunen gainean eta eskua musu eman zuen, haur bat bezala negarrez.

"ni joango naiz, medikua?" galdetu zuen.

"tom, nire gizona", esan nuen, "etxera zoaz".

"lehena nuke pistolaren aurrean nik", erantzun zuen.

"tom", esan zuen ezkertiarrak, "barkatzen didazu, ez?"

Hau nire begirunea izango da, nigandik zuretzako, squire? Izan zen erantzuna. "hala ere, hala izan, amen!"

Isiltasun pixka bat igaro ondoren, norbaitek otoitz bat irakur zezakeela esan zuen. "ohitura da, jauna", gehitu zuen barkatu. Eta handik gutxira, beste hitzik gabe, zendu zen.

Bitartean, bularrean eta poltsikoetan zoragarriak iruditzen zitzaidan kapitainak, askotariko dendak erakutsi zizkion: kolore britainiarrak, biblia, soka gogorra, boligrafoa, tinta, egunkariaren liburua. , eta tabako kiloak. Izeba luze bat erorita zegoela topatu zuen maldan behera, eta ehiztarien laguntzaz, etxolaren izkinan kokatu zuen, enborrak gurutzatu eta angelua zuzendu zuenean. Gero, teilatura igo, eskua okertu eta koloreak igarotzen zituen.

Parez pare arindu zitzaion. Egunkariaren etxean sartu zen eta dendak zenbatzen hasi zen, beste ezer existituko ez balitz bezala. Baina hark begirada bat zuen tom-en pasadizoarentzat, eta dena amaitu bezain pronto beste bandera batekin agertu zen eta begirunez gorputzean zabaldu zuen.

"ez al zaude, jauna", esan zuen escudearen eskua astinduz. "ondo dago berarekin; kapitainaren eta jabearen betebeharraren ondorioz tiratutako esku batengatik ez da beldurrik. Agian ez da jainkotasun ona izan, baina egia da".

Gero alde batera bota ninduen.

"doctor livesey", esan zuen, "zenbat astetan eta zuek squire partzuergoaren zain zaude?"

Galdera bat zela esan nion, ez asteak, baina bai hilabeteak; hori abuztuaren amaiera aldera itzultzen ez bagina, gure bila bidaliko genuke, baina ez lehenago ezta beranduago ere. "zeure burua kalkulatu dezakezu", esan nuen.

"zergatik, bai", itzuli zuen kapitainak, burua urratuz, "eta probidentzia opariengatik laguntza handia emanez, nahiko gertu ibili ginela esan beharko nuke".

"zer esan nahi duzu?" galdetu nuen.

"pena da, jauna, bigarren karga hori galdu dugu. Hori da esan nahi dut" erantzun zion kapitainak. "hauts eta jaurtiketari dagokionez, egingo dugu. Baina ratioak laburrak dira, oso laburrak, beraz, medikuak bizi direnak, agian aho gehiegirik gabe ari garela".

Eta bandera azpian hilotza seinalatu zuen.

Orduantxe, oihu eta txistu batekin, jaurtiketa biribil bat altxatu zen logotekaren teilatuaren gainetik eta guregandik urrunago joan zen basoan.

"hara!" esan zuen kapitainak. "ezabatu! Jada nahikoa hauts duzu, jaunak".

Bigarren entseguan helburua hobea zen eta baloia kanpalekuaren barruan jaitsi zen, harea hodei bat sakabanatuz, baina kalte gehiago egin gabe.

"kapitaina", esan zuen txirrindulariak, "etxea itsasontzitik oso ikusezina da. Helburua bilatzen duten bandera izan behar du. Ez al litzateke zuhuragoa sartzea?"

"kolpatu nire koloreak!" oihukatu zuen kapitainak. "ez, jauna, ez", eta hitzak esan bezain pronto uste dugu guztiok ados ginela berarekin. Izan ere, zorrotz eta sentsazio oneko pieza bat zen soilik; politika ona zen gainera, eta erakutsi zien gure etsaiei kanonada mespretxatzen genuela.

Arratsalde guztian zehar trumoirik gabe jarraitu zuten. Baloia baloiaren gainetik ihes egin edo erori egin zen, edo harea jaurtitzen zuen maldan; baina sutea hain altua izan behar zela erori zen eta hondar bigunean lurperatu zen. Ez genuen beldurrik aberatsik; eta, logotegiaren teilatuan sartu eta berriro lurrean barrena sartu bazen ere, laster zaldi-joko horretara ohitu ginen eta kilker baino ez zitzaizkion burura etorri.

"gauza on bat dago honi buruz", ikusi zuen kapitainak; "seguru asko, gure aurrean dagoen egurra argia da. Ebaketak denbora ona egin du; gure dendak estalita egon beharko lirateke. Boluntarioak joan eta txerriak ekartzeko".

Grisa eta ehiztaria izan ziren aurrera ateratzen lehenak. Ondo armatuta, kutxatik lapurtu zuten, baina alferrikako eginkizuna frogatu zuen. Mutilistak pentsatu baino ausartagoak ziren edo israelgo artilleriarengan konfiantza handiagoa jartzen zuten; izan ere, lauzpabost lanpetuta zeuden gure dendak eramaten eta haiekin batera ixten ari ziren larruetako batetara, arrauna tira edo horrela. Eutsi tinko korrontearen kontra. Zilarrezko esku-orrietan zilarrezkoa zen eta haietako bakoitzari bere aldizkari sekretu bateko musketatxo bat ematen zitzaion.

Kapitaina bere log-ean eseri zen eta hona hemen sarreraren hasiera:

"alexander smollett, maisua; david livesey, ontziaren medikua; abraham grisa, arotzaren semea; john trelawney, jabea; john hunter eta richard joyce, jabearen morroiak, lur-jabeak" itsasontziaren konpainiarekin fidatzen diren guztiak - hamar egunetan egon ziren dendetan. Arrazoi motzetan, egun honetara iritsi zen eta kolore britainiarrak hegan egin zituzten jatetxeko altxor uhartean. Thomas redruth, jabearen morroia, lur jabea, mutilatzaileek fusilatua; james hawkins, kabina-mutila ... "

Eta aldi berean, jim hawkins pobreari buruz galdetzen nion.

Kazkabarra lurrean.

"norbaitek gaitzesten gaitu", esan zuen ehiztari guardian.

"doktorea! Squire! Kapitaina! Hallo, ehiztaria, hori al zara?" etorri ziren oihuak.

Eta atea korrika joan nintzen denboran hawkins, seguru eta soinuak zirela ikustera.

Xix kapitulua

Jim hawkins-ek abiatutako kontakizuna –garnizioa gordelekuan

Ben gunn-ek bere kolorea gelditu bezain pronto, besotik heldu eta eseri egin ninduen.

"orain", esan zuen, "zure lagunak daude, nahikoa ziur".

"askoz ere seguruena da", erantzun nion.

"dagoela!" egin zuen oihu. "zergatik, horrelako leku batean, inork ez baitu zorionaren menpeko jendeak sartzen, zilarrak jotzaile amorratua hegan egingo du. Ez duzu zalantzarik egiten. Ez, hori da zure lagunak. Kolpeak ere izan dira eta zure lagunek onena izan dutela uste dut, eta hemen daude antzinako biltegian, duela urte eta urte flint-ek egin zuen bezala, ah sekula ez zen inor ikusi, ez zion beldurrik, ez, zilarrezkoa baitzen.

"ondo", esan nuen, "horrela izan daiteke eta horrela izan beharko litzateke; are gehiago, nire lagunekin elkartu eta arrazoi gehiago izateko".

"ez, ama", itzuli da ben, ez duzu. Mutil ona zara, edo nahastuta nago; baina mutil bat zara, dena esan da. Ben gunn da hegan. Rum-ek ez du ekarriko me han, non, zu joan-ez ron ez litzateke, ikus i zure jaio gen'leman arte, eta lortzen du bere ohorezko hitza, eta ez dituzu nire hitzak ahaztu:. 'Preziatuak ikusmena' (hori da esango dezu), "ikusmen preziatua konfiantza handiagoa" - eta orduan ipini zion.

Eta hirugarren aldiz astindu ninduen.

"eta ben gunn-ek nahi duenean badakizu non aurkituko duzun, jim. Egun aurkitu zenuen lekuan. Eta etorriko dena gauza zuri bat edukitzea da. Bakarrik etorriko da. Oh! Eta zu" hau esango dut: "ben gunn", dio, "bere arrazoiak ditu".

"ondo", esan nuen, "ulertzen dudala uste dut. Zerbait proposatu behar duzu, eta kuadrila edo medikua ikusi nahi dituzu, eta aurkitu zaitudan lekuan aurkituko dituzu. Hori al da hori guztia?"

"eta noiz?" esan zuen. "zergatik, eguerdiko behaketatik sei kanpaietara."

"ona", dio i, "eta orain joango al naiz?"

"ez duzu ahaztuko?" —galdetu zuen haserre. "ikuspegi preziatua eta bere arrazoiak diozu. Bere arrazoiak dira; hori da oinarria; gizakiaren eta gizakien artean bezala. Ondo dago", niri eutsi arte ", uste dut joan zaitezkeela, jim eta jim, zilarrezkoa ikusiko bazenu ez zenuke ben gunn saltzera joango? Zaldi basatiek ez zintuzten zuregandik aterako? Ez, esaten duzu. Eta piratak lehorra etorriko balira, jim, zer esango zenuke baina hor goizean irabazle izan?

Txosten ozen batek eten zuen eta kanoiko baloi bat zuhaitzetatik malkartu eta hondarrean sartu zen, ez ginen biok hitz egiten zegoen ehun metrora. Hurrengo unean gutako bakoitzak beste orpo batetara eraman gintuen.

Ordubete ingurura maiz egin ohi ziren txostenak uhartea astindu zuen, eta pilotak basoan erori ziren. Ezkutalekutik ezkutalekura joan nintzen, beti atzematen zitzaidan, edo hala iruditzen zitzaidan, misil beldurgarri haiek. Bonbardaketaren amaiera aldera, nahiz eta oraindik ez nintzen ausartu estoldearen norabidean, pilotak maizen erori zirenean, nolabait hasi nintzen nire bihotza berriro estaltzen; eta ekialdera desbide luze bat egin ondoren, itsasbazterreko zuhaitzen artean jaitsi zen.

Eguzkia iritsi berria zen, itsasoko haizea zurrunbilo eta basoetan erori zen eta ainguraren gainazal grisa zuritzen zuen; marea ere oso urrun zegoen eta hare ugari aurkitu zuten estalita; airea, eguneko beroaren ondoren, jaka zeharkatu nuen.

Hispaniola oraindik zegoen ainguratuta zegoen; baina, ziur aski, bazen gaiztoa zetorren pirateria bandera beltza. Begiratu nuenean flash flash gorria eta beste txosten bat etorri ziren, oihartzunak bidaltzen zizkidala, eta jaurtiketa biribil batek airean txistua jo zuen. Kanoikadaren azkena izan zen.

Denboraldi batez egon nintzen erasoan arrakasta izan zuen zalapartari begira. Gizonak zerbait eraitsi zuten maldategiaren ondoko hondartzan. Jolly-boat txarra izan zen, gero aurkitu nuen. Ibaiaren ahotik gertu, sute itzela zirudien zuhaitz artean, eta puntu horren eta itsasontziaren artean bat etorri zen eta zihoan itsasontzien artean, hain goibel ikusi nituen gizonak, arraunak bezala oihuka. . Baina haien ahotsean soinu bat zegoen iradokitzen zuten rum.

Hala ere, bukaera aldera itzul zitekeela pentsatu nuen. Aingura ekialdera sartzen den isuri txikiko eta hareatsuan nengoen, eta ur erdi eskeleto uhartera lotzen da; eta orain, nire oinetara igo nintzenean, zulo batetik urrunago zegoen distantzia bat ikusi nuen, eta zuhaixka baxuen artetik altxatzen nintzen harri isolatu bat, nahiko altua eta kolore zuria. Ben gunn-ek hitz egin zuen arroka zuria izan zitekeela iruditu zitzaidan, eta egunen batean edo beste txalupa bat nahi zitekeela, eta jakin behar nuela non bilatu.

Ondoren, basoetan ibili nintzen estalduraren atzeko aldea edo itsasertza berreskuratu nuen arte, eta segituan harrera ona egin zieten.

Laster kontatu nion nire istorioa eta hasi nintzen nire bila. Logotipoa pinu-enborrik gabeko enborrez osatuta zegoen: teilatua, hormak eta zorua. Azken hori hainbat lekutan zegoen, oina edo oina eta erdia harearen gainazalaren gainetik. Atarian zegoen atari bat, eta arkupe honen azpian udaberri txikia era bitxi bateko arro artifizialean sartu zen. Ez zen beste ontzi handi bat burdinazko ontzi bat, hondoan kolpatua eta hondoratua "bere errodamenduak," "kapitainak esan zuen bezala, harea artean.

Gutxi geratzen zitzaion etxearen egituraren alboan, baina bazter batean harri-xafla bat zegoen, sutondoan, eta burdin herdoildutako saski zahar bat zegoen sua.

Mahukaren maldak eta galtzadaren barruko alde guztia egurrez garbitu zuten etxea eraikitzeko, eta zurtoinen bidez ikusi ahal izan genuen nolako soro fin eta zoragarria suntsitu zen. Lur gehienak zuhaitzak kendu ondoren garbitu edo lurperatu egin ziren; errekatetik kukurutxotik jaisten zen lekuan, goroldiozko ohe lodi bat zen eta iratza eta zuhaixka txiki batzuk ere berdeak zeuden hare artean. Upategiaren inguruan oso gertu, defentsarako oso hurbil, esan zuten - oraindik ere, zura lore altu eta trinko loratu zen, izeia lurraren aldean, baina itsasora haritz bizidunen nahasketa handia zegoen.

Hitz egin dudan arratsaldeko haize hotzak, eraikin zakarraren zurrumurru guztietatik txirrina jo zuen, eta zorua harea finez betetako euri batez busti zuen. Begietan harea zegoen, harea hortzetan, harea gure afarietan, harea udaberrian kalderetaren behealdean dantzatzen ari zen, porridge irakiten hasi zen mundu guztiarentzat. Gure tximinia teilatuaren zulo karratua zen; ateratzen zen kearen zati bat besterik ez zen, eta gainontzekoak etxeari buruz uxatu ziren, eta eztul egiten eta begia kentzen jarraitu ziguten.

Honi gehitu behar zitzaion gizon berriak grisa, aurpegia lotuta zuela benda batean, mutilagileek urruntzeko lortu zuen ebaki baten truke; eta oraindik burutu gabe zegoen tom tomrut zahar zahar hura horman barrena, gogorra eta zorrotza, zintzilik zegoen.

Geldirik egotea ahalbidetuko bagenu, denok eroriko ginateke bluesean, baina kapitain smollett ez zen sekula horrelakorik izan. Esku guztiak deitu zitzaizkion aurretik, eta erlojuetan banatu gintuen. Medikua, eta grisa, eta i, batentzat; ezkutaria, ehiztaria eta alaitasuna bestearen gainean. Guztiok nekatuta geundela, beste bi egurraren bila bidali zituzten, beste bi hilobi bat erostera bidali zituzten. Medikua sukaldari izendatu zuten, atean sentry jarri nintzen eta kapitaina bera joan zen batetik bestera. Gure izpirituak eta eskua nahi zen lekuan.

Noizean behin medikua ate batera etortzen zen aire pixka bat eta bere begiak ia erretzen zituen, burutik ia erretzen zitzaizkionak, eta hala egiten zuen bakoitzean hitz bat izaten zuen niretzat.

"gizon smollett hori", esan zuen behin, "ni baino gizon hobea da. Eta akordio bat esan nahi dudanean, esan ezazu."

Beste behin etorri zen eta isilik egon zen denbora batez. Orduan, burua albo batera jarri zuen eta niri begiratu zidan.

"hau da ben gunn gizona?" galdetu zuen.

- ez dakit, jauna - esan zuen i. "ez nago oso ziur samurra den ala ez".

"gaiari buruz zalantzarik badago", itzuli zuen medikuak. "hiru urte daramatzan gizonak azazkalak basamortuko irla batean, jim, ezin du zu edo ni bezain maltzur agertu. Ez da gizakien izaerarik. Gazta zoragarria zela esan zenuen. ? "

"bai, jauna, gazta", erantzun nion.

"ondo, jim", esan zuen, "ikusi zure janari xelebrea izateak dakartzan onak. Ikusi dut nire taberna-kaxa, ez al duzu? Eta ez nauzu sekula tabakoa hartzen ikusi. Nire taberna-kaxak parmesanoko gazta zati bat eramaten dut; italian egindako gazta, oso elikagarria. Beno, hori da ben gunn! "

Afaria jan aurretik tom zaharra hondartzan lurperatu genuen, eta haren inguruan gelditu ginen denboraldian buruan biluzik. Su egur pila bat sartu zen, baina kapitainaren zaletasunarekin nahikoa ez zen, eta burua mugitu zuen, eta esan zigun "biharamun hori biziagoa izan behar dugula". Gero, gure txerrikia jan genuenean, eta bakoitzak brandy grog edalontzi gogor bat zuenean, hiru buruzagiak txoko batean elkartu ziren gure irtenbideak eztabaidatzeko.

Dirudienez, zer egin behar zuten jakinda, dendak hain baxuak izan behar gintuzten gu amore eman baino askoz lehenago. Baina gure itxaropenik onena zera zen, zakarrontziak hiltzea, bandera jaitsi arte edo theisisolarekin ihes egin arte. Hemeretzi urtetik hamabostera murriztu ziren, beste bi zauritu ziren, eta bat, gutxienez, pistolaren alboan tiro egin zuen gizona - zauritu larria, hil ez balitz. Haiek pitzadura bat izaten genuen bakoitzean, guk geure bizitza salbatzen genuen, arreta handiz. Eta, horretaz gain, bi aliatu gai genituen: ronea eta klima.

Lehenengoari dagokionez, kilometro erdira geunden arren, gauean berandu oihukatzen eta kantatzen entzun genituen; eta bigarrenari dagokionez, sendagileak makurtu zuen peluka, paduraren lekuan zegoen kanpalekuarekin, eta erremediorik eman gabe, erdia astebete lehenago izango zen bizkarrean.

"beraz", erantsi du, "lehen ez bagaude guztiok tirokatzen, pozik egongo dira goleta-ontzian. Ontzia da beti, eta berriro bukatzeko lor dezakete, suposatzen dut".

"inoiz galdu dudan lehen ontzia", esan zuen kapitain smollettek.

Nekatuta nengoen, zirikatzen zenuen moduan, eta lo egin nuenean, zozketa asko egin ondoren ez zen arte, egurrezko logoa bezala lo egin nuen.

Gainontzekoak aspalditik zeuden, eta jadanik gosaldu eta su-egur pila berriro igo nuen beste erdia arte, zalapartak eta ahots hotsak esnatu nindutenean.

"tregua bandera!" norbaiti esan nion, eta berehala, harritzeko oihu batekin, "zilarrezkoa bera!"

Eta, orduan, jauzi egin nuen eta, begiak igurtziz, horman dagoen labar batera heldu nintzen.

Xx kapitulua

Zilarrezko enbaxada

Nahikoa ziur, bi gizon baziren etxolatik kanpo, eta horietako bat oihal zuria zeraman; bestea, zilarrezkoa bera baino pertsona bat gutxiago, ondo jarrita.

Nahiko goiz zen oraindik, eta atzerrian egon naizela uste dudan goiz hotzena; belardian zulatu zuen hotza. Zerua distiratsua eta hodei gainean zegoen, eta zuhaitzen gailurrak eguzkitsu distiratsuak ziren. Baina zurrumurrua zegoen tenientearekin zegoenean itzalpean zegoen, eta belaunean zorabiatu zuten loraldi gauez arakatu den lurrun zuri baxuan. Elkarrekin sentitutako hozteak eta lurrunak uharteko istorio txarra kontatu zuten. Toki heze, sukar eta osasungaitz bat zen.

"gorde barrua, gizonak", esan zuen kapitainak. "hamar bat hau trikimailu bat da".

Orduan, bukatzailea agurtu zuen.

"nor joan? Stand, edo sua egiten dugu".

"tregua bandera!" oihu egin zuen zilarrak.

Kapitaina atarian zegoen, tentu handiz jaurtitzeko traidoretik kanpora. Buelta eman eta hitz egin zigun.

"doktorea begira dago. Doktorea bizi zaitez, hartu iparraldea, mesedez, ipar ekialdea; grisa, mendebaldea. Beheko erlojua eskuak musketaz kargatzeko. Bizitza, gizonak eta kontuz ibili".

Eta, ondoren, berriro aktibatu zen mutilatzaileengana.

"eta zer nahi duzu zure truke banderarekin?" egin zuen oihu.

Oraingoan erantzun zuen beste gizona.

"kapn zilarra, jauna, taula gainera etorri eta baldintzak egitera", oihu egin zuen.

- kapilar zilarra! Ez dakizu. Nor da? Oihukatu zuen kapitainak. Eta bere buruari gehitzen entzun genioke: "cap'n, da? Nire bihotza, eta hemen promozioa da!"

Luze johnek bere buruari erantzun zion.

"ni, jauna. Mutil pobre hauek aukeratu naute cap'n, zure deserriaren ondoren, jauna" - bereziki "desertioa" hitza azpimarratuz. "bidaltzeko gogoa dugu, etor gaitezke, eta horri buruzko hezurrik ez. Dena eskatzen dizut zure hitza da, cap'n smollett, hemen uzteko salbazioa eta soinua uzteko hemen, eta minutu bat lortzeko. Kanpora pistola tiratu aurretik tiro egin du "

"nire gizona", esan zuen smollett kapitainak, "ez dut zurekin hitz egiteko desirarik txikiena. Nirekin hitz egin nahi baduzu, etorri zaitezke. Hori da. Edozer traidorerik badago, zure aldetik egongo da eta jaunak lagunduko zaitu ".

"nahikoa da, cap'n", oihukatu zuen johnek alai. "nahikoa da zuretzako hitz bat. Ezagutzen dut jaun bat, eta baliteke horri eustea".

Ikusi ahal izan genuen tregua bandera zeraman gizona zilarrari eusten saiatu zen. Ezta zoragarria ere, zaldibiarra kapitainaren erantzuna nolakoa izan zen ikusita. Baina zilarrak barre algara egin zion eta atzeraka jo zuen, alarmaren ideia zentzugabea izan balitz bezala. Gero, abeltzaintzara joan zen, makila bota, hanka altxatu zuen, eta indar eta trebetasun handiz lortu zuen hesia gainetik botatzea eta segurtasunez beste aldera erortzea lortu zuen.

Aitortuko dut sinesgarritzat erabilpen txikienarekin gertatuko nintzela gehiegi hartu nuela; hain zuzen ere, jadanik nire ekialdeko maldategia abandonatu eta kapitainaren atzean gora jaitsi nintzen, atalasean eserita, ukondoak belaunetan zituela, burua eskuetan zuela eta begiak uretan itsatsita zeuzkan. Burdinazko ontzi zaharra hondarrean. Bere buruari txistuka ari zen "etorri, lasai eta mutilak".

Zilarrak sekulako gogorra izan zuen altxorra lortzeko. Zer zen inklinazioaren aldaparekin, zuhaitz zurtoin lodiarekin eta harea leuna, bera eta bere makulua egonaldietan ontzi bat bezain babesgabeak ziren. Baina gizon bati bezala itsatsi zitzaion, eta azkenean lortu zuen kapitainaren aurrean, itxurarik politenean agurtzen zuena. Bere onenean engainatu zuten; beroki urdin izugarria, letoizko botoiekin lodia, belaunetaraino zintzilik zegoena, eta lokarridun kapela fina zegoen buruaren atzeko aldean.

"hemen zaude, nire gizona", esan zuen kapitainak burua altxatuz. "hobeto eseri behar zenuen".

"ez didazu barrua utziko, kaptu?" kexu zen john luzea. "goiz hotz nagusia da, ziur egon, jauna, kanpoan hondarraren gainean esertzea".

"zergatik, zilarrezkoa", esan zuen kapitainak, "gizon zintzoa izan nahi bazenu zure galerara eserita egon zinen. Zure lana da. Zure ontziaren sukaldaria zara, eta orduan ederrak tratatu zinen" edo cap'n silver, mutilatzaile arrunta eta pirata, eta gero zintzilikatu zaitezke! "

"ondo, ondo, kapanoa", itzuli zuen itsas sukaldariak, eserita hondarrean itsatsita zegoela eserita, "berriro ere eskua eman beharko didazu. Hori da toki gozo eta polita. Hemen! Ah, hantxe dago! Goizeko goialdean zuregana, jauna, medikua, hona nire zerbitzua. Zergatik, hantxe zaude denok batera familia zoriontsu bat bezala, hitz egiteko moduan ".

"zerbait baduzu, nire gizona, hobeto esan", esan zuen kapitainak.

"ondo zaude, kapano smollett", erantzun zuen zilarrak. "dooty dooty da, ziur. Beno, orain, hemen begiratu duzu, hori izan zen bart zure zurrumurru ona. Ez dut ukatu laiko ona zenik. Zuetako batzuk oso erabilgarriak ziren muturreko itxurarekin. Eta ez dut ukatuko, baina, nire pertsona batzuek ikutu zuten guztia, agian dardaraztua izan da; agian ni neu hunkitu nau; agian horregatik nago hemen, baina horregatik markatzen nauzu, kaptu, ez du egingo birritan, trumoiak! Sentry-go egin beharko dugu eta rumean puntu bat edo bestea arindu. Agian pentsatzen duzu haizearen begiak ginela orri bat ginela, baina esango dizut sobera nengoela; txakurrarekin nazkatuta zegoen, eta segundu bat esnatu egingo banintz 'ekintza' batek harrapatu zaitu, ez nintzateke hilko harengana iritsi nintzenean, ez. "

"ondo?" dio kapitain smollett, bezain polita.

Zilarrezko guztia esaten zitzaion asmakizuna zen, baina inoiz ez zenuen asmatuko haren tonutik. Niretzako, berriz, ideia izaten hasi nintzen. Ben gunnen azken hitzak etorri zitzaizkidan burura. Suhiltzaileei bisita egin zietela suposatzen hasi nintzen denak elkarrekin mozkortzen ari zirela suaren inguruan, eta hamalau etsai baino ez genituela aurre egin uste nuen.

"beno, hona hemen", esan zuen zilarrak. "altxor hori nahi dugu, eta hori edukiko dugu ... Hori da gure kontua! Bizitzak salbatu bezain laster egingo zenuke, uste dut; eta hori zurea da. Zuk taula bat duzu, ezta?"

"halaxe da" erantzun zion kapitainak.

- bai, badakizu, itzuli egin zuen john luzeak. "ez zaude zertan hain gizon samurra izan; ez dago zerbitzu horretako partikularik eta gerta dakizuke. Zer esan nahi dut, zure koadroa nahi dugu. Orain, ez dut inoiz kalterik ekarri, nire burua" . "

"hori ez da nirekin egingo, nire gizona", eten zuen kapitainak. "badakigu zer egin nahi zenuen, eta ez zaigu axola; oraingoz, ezin duzu hori egin."

Eta kapitainak lasai begiratu zion, eta pipa bat betetzen jarraitu zuen.

"if abe gray ..." zilarra lehertu zen.

"avast han!" oihukatu zuen andereñoak. Smollett. "grisek ez zidan ezer esan, eta ez nion ezer galdetu. Gainera, zu eta bera eta irla osoa uretatik garbi isuri ziren ikusiko nituen lehenik. Beraz, nire buruarentzat horregatik dago nire burua".

Tenperaturaren zurrunbilo txiki hau zilarra hozten zela zirudien. Lehen urreztuta zegoen, baina orain bere burua biltzen zuen.

"nahikoa bezala", esan zuen. "ez nuke mugarik jarriko jaunek ontziaren itxura har dezaketenean, edo ez litekeen bezala. Eta, pipa bat hartzera zoazela jakinda, kaptu hori, doan egingo dut nik bezala. "

Eta pipa bat bete eta piztu zuen; eta bi gizonak isil-isilik egon ziren denbora batez erretzen, aurpegian elkarri begira, tabakoa geldiaraziz, orain zurrupatzeko. Antzezlana bezain ona zen.

"orain", hasi zen zilarrez ", hona hemen. Altxorra eskuratzeko taula ematen diguzu eta itsasgizon txiroak jaurtitzen dituzuen bitartean , eta burua lozorrotzen lo zegoen bitartean. Hori egiten duzu eta aukera bat eskainiko dizugu. Edo gurekin batera itsasontzian etortzen zara, altxorra bidali ondoren, eta orduan ohorezko hitza emanen diot nire maitaleari, ohorezko hitzarekin batera, txalupetan nonbait. Nire eskuak zakarrak eta partitura zaharrak dituztela, haztearen eraginez, hemen egon zaitezke, ahal izango duzu. Dendak banatuko ditugu zurekin, gizona gizonezkoentzat; eta nire maitale amorratua emango dut lehen bezala, ikusten dudan lehen itsasontziari buruz hitz egin eta bidali nazazu biltzera hemen. Orain hori izango duzu hizketan. Lortu ezin zenukeen esku onena, ez zu ... Eta espero dut "bere ahotsa altxatuz" "hori guztia esku hartze honetako eskuek nire hitzak berrituko dituzte, bati esaten zaiona guztiei esaten zaie. "

Kapitain smollett bere eserlekutik altxatu eta kanalizazioko errautsak atera zituen ezkerreko eskuan.

"dena al da?" galdetu zuen.

"azken hitz bakoitza, trumoiaz!" -erantzun zuen johnek. "ukatu hori eta ikusi nauzu azkena baina musket-ball".

"oso ona", esan zuen kapitainak. Orain entzungo nauzu. Banan-banan etorriko ez bazara, armaturik, guztioi punteatuko zaituztete. Ingalaterran bidezko epaiketara eramango zaituztet. Izena alexander smollett da, nire subiranoaren koloreak bota ditut eta denak ikusiko ditut marroi zuriak. Ezin duzu altxorra aurkitu. Ezin duzu itsasontzian itsasoratu; ezin duzu zure artean gizonik moldatu. Ontzia. Ezin gaituzu borrokan. Gris, hor, bost urrundu zaituzte. Zure ontzia burdinetan dago, zilarrezko maisua; hondartzan zaude eta horrela aurkituko duzu. Hemen nago eta esango dizut eta niretzako lortuko ditudan azken hitz onak dira, zeren, zeruaren izenean, bala bat jarriko dut bizkarrean topatuko zaituztenean. , eskua eman, eta bikoitza azkar ".

Zilarrezko aurpegia argazkia zen; begiak haserrearekin hasi ziren. Sua hoditik atera zuen.

"eman eskua!" egin zuen oihu.

"ez nik", itzuli zuen kapitainak.

"nork emango dit eskua?" orro egin zuen.

Gure artean gizonik ez zen mugitu. Ahuleziak hazten hasi zenean, harea arakatu zuen atariko eutsi arte eta bere makila berriro altxatu ahal izan zuen. Gero udaberrian zulatu zuen.

"ez!" oihu egin zuen, "horixe da pentsatzen dudana. Irteera egin baino ordubete lehenago, zurrumurruzko puncheon moduan gordeko dut zure etxe zaharra. Barre egin, trumoia barrez! Ordubete irten baino lehen, beste alde batetik barre egingo duzu. Hiltzen direnak zorionekoak izango dira ".

Eta juramentu ikaragarriarekin abiatu zen, harea lurrean behera, lauzpabost porrot egin ondoren lagunaren truke banderarekin lagundu zuen, eta handik gutxira desagertu zen zuhaitzen artean.

Kapitulua xxi

Erasoa

Zilarra desagertu bezain pronto, kapitainak behatzen ari zela, etxe barrurantz egin zuen bira eta ez zuen gutako gizon bat aurkitu bere postuan, grisa baizik. Haserre ikusi genuen lehen aldia zen.

"laurden!" orro egin zuen. Eta gero, gure tokietara itzultzen ginen heinean, "grisa" esan zuen, "zure izena jarriko dut erregistroan; zure marinel bezala funtzionatu du. Trelawney jauna, harritzen zaitut jauna, medikua, erregearen armarria jantzi duzula pentsatu nuen! Horrela, letra tipoaren zerbitzura zerbitzatzen bazinen, jauna, hobeto egongo zinen zure aulkian. "

Medikuaren erlojua berriro zegoen bere oholtzetan, gainontzekoak okupatuta zeuden ordezko musketak kargatzen, eta aurpegi gorria zuten guztiek ziur egon zaitezke, eta arkakuso bat belarrian, esan bezala.

Kapitainak denboraldi batez isildu zuen. Orduan hitz egin zuen.

"nire mutilak", esan zuen, "zilarrari banda zabal bat eman diot. Zuri-gorrian jarri nuen. Heldu eta ordua irten baino lehen, esan zuen bezala, sartuko gara. Gu gaindituta gaude, ez dugu beharrik" ezetz esango dizut, baina aterpean borrokatzen gara; eta, duela minutu bat, esan behar nuke diziplina batekin borrokatu dugula. Ez daukat zalantzarik inor zikin dezakegula, aukeratuz gero ".

Gero, txandak egin eta ikusi zuen, esan zuen bezala, dena garbi zegoela.

Etxeko bi alde laburretan, ekialdean eta mendebaldean, bi laka besterik ez zeuden; ataria zegoen hegoaldean, beste bi; eta iparraldean, bost. Zazpi gezurrentzako musutxo-borobil bat zegoen; egurra lau pila eratan zegoen, mahaiak esan litezke. Alde bakoitzaren erdialdean bata, eta mahai bakoitzean munizio bat eta lau kargutxo prestatu ziren defendatzaileen esku. Erdian, mahai-tresnak zeuden.

"sua bota", esan zuen kapitainak; "hotza iragana da, eta ez dugu kea begietan izan behar".

Burdinazko saskia gorputzetik atera zuen andereñoak. Aste nagusia eta belarrak harea artean jo zituzten.

"hawkins-ek ez du bere gosaria izan. Jatekoak, lagundu zeure buruari eta itzuli zure postura jateko", jarraitu zuen kapitainak smollett. "bizitza, orain, nire mutila; zuk nahi baino lehenago nahi duzu. Ehiztaria, zerbitzatu esku guztiei marka biribila".

Kapitaina aurrera zihoan bitartean, bere buruan, defentsaren plana osatu zuen.

"doktorea, atea hartuko duzu", jarraitu zuen. "ikusi eta ez ezazu zeure burua zabaldu; mantendu barrura eta su eman atarian barrena. Ehiztaria, hartu ekialdera, han. Poza, mendebaldean zaude, nire gizona. Trelawney jauna, tiro onena zara zu eta zu grisak ipar alde luze hau hartuko du, bost lazoekin; hor dago arriskua. Igo badezakete eta gure portuetan su emango balute, gauzak zikintzen hasiko lirateke. Asko dira kontuak filmatzen; eskua kargatu eta eskuak edukiko ditugu ".

Kapitainak esan bezala, hotza iragan zen. Eguzkia gure zuhaitz gerrikoaren gainetik igo bezain pronto, indar guztiarekin erori zen isurketaren gainean, eta isurketak edan zituen. Laster harea labean jarri zen eta erretxina blokeoaren erregistroetan urtzen zen. Txaketak eta berokiak alde batera bota zituzten; alkandora lepoan irekita eta sorbaldetara altxatu ziren; eta han geldutu ginen, bakoitza bere postuan, bero eta antsietate sukar batean.

Ordubete igaro zen.

"zintzilikatu!" esan zuen kapitainak. "hau tristea bezain tristea da. Grisa, haizea txistu".

Eta, une hartan, erasoaren lehen berriak etorri ziren.

"nahi baduzu, jauna", esan zuen joycek, "inor ikusten banu, su emango al diot?"

"esan nizun!" oihukatu zuen kapitainak.

"eskerrik asko, jauna", itzuli zen poza, gizalege lasai berarekin.

Ez zen ezer jarraitu denboraldian, baina oharrak alerta guztian jarri gintuen, belarriak eta begiak estutuz: musketariak beren eskuetan orekatuta, kapitaina blokeoaren erdian zegoen, ahoa oso estua eta sudurra sorbaldan zuela. Aurpegian.

Segundo batzuk igaro ziren, bat-batean pozak musketik altxatu eta tiro egin zuen arte. Txostena ia hil egin zen eta behin eta berriro errepikatu zen sakabanatzen ari zen bulebarrean, jaurtiketa atzean jaurtituta, antzara kate bat bezala, maldaren alde guztietan. Hainbat balek jaurtiketako etxea jo zuten, baina ez zen inor sartu; eta, kea alde batera utzi eta desagertu zenean, inguruan zegoen basoa eta basoa lehen bezain lasai eta hutsak ziren. Ez zen gihar bat olatu, ez musket-upel baten distirak gure etsaien presentzia traizionatzen zuen.

"jo duzu zure gizona?" galdetu zion kapitainak.

"ez, jauna", erantzun zuen pozak. "ez dut uste, jauna".

"hurrengo gauza onena egia esateko", esan zuen kapitain smollettek. "kargatu pistola, ogitarrak. Zenbat esan behar zenituzke zure alboan, doktorea?"

"badakit zehatz" esan zuen livesey doktoreak. Alde horretatik, hiru tiro jaso ziren. Ikusi ditut hiru distira - bi elkarren ondoan - bat mendebaldetik urrunago.

"hiru!" errepikatu zuen kapitainak. "eta zenbat zuregan, jauna?"

Baina hori ez zen hain erraz erantzuten. Etorriko ziren iparraldetik asko, zazpi, squirearen konputazioak; zortzi edo bederatzi, grisaren arabera. Ekialdetik eta mendebaldetik jaurtiketa bakarra jaurti da. Argi zegoen, beraz, erasoa iparraldetik garatuko zela, eta beste hiru aldeetan etsaien erakustaldi batek baino ez gintuela gogaitu. Baina kapitain smollett-ek ez zuen aldaketarik egin. Hertzainek estoldea zeharkatzen lortuko bazuten, argudiatu zuen, babesik gabeko labarren jabe egingo zutela, eta arratoien antzera tiro egingo zutela geure gotorlekuan.

Ezta pentsatu ere denbora asko falta zitzaigun. Bat-batean, huzza ozen batez, piraten hodei bat iparraldetik basoetara jauzi egin zen eta zuzen joan zen estoldaren gainera. Une berean, sua berriro ireki zen basotik, eta fusil-baloi batek atean zehar abestu zuen, eta medikuaren musketatxo bat jo zuen.

Barnetegiak hesiaren gainean kulunkatu ziren, tximinoen antzera. Squire eta grisak behin eta berriro tiro egiten zuen; hiru gizon erori ziren, bat aurrera makurtzean, bi atzera kanpoaldean. Baina hauetako bat zauritu baino beldurgarriagoa zen, izan ere, pitzatu egin zen berriro ere pitzadura batean, eta berehala desagertu zen zuhaitzen artean.

Bik hauts egin zuten, batek ihes egin zuen, lauek beren defentsa barruan pauso ona eman zuten; baso aterpetxetik zazpi edo zortzi gizonezkoetatik, bakoitzak mosketetaz hornituta, sutondo beroa baina alferrikakoa eusten zuen logeletan.

Une batez lau piratek tumulua irauli eta gure gainean zeuden

Ontziratu ziren laurak aurretik joan ziren eraikinera, korrika zihoazela eta zuhaitzen artean zeuden gizonak oihuka itzuli ziren animatzera. Hainbat jaurtiketa izan ziren, baina hala ere markesen presaka gertatu zen, eta inork ez zuen indarrean agertu. Une batez lau piratek tumulua irauli eta gure gainean zeuden.

Anderson lan-burua, itsasontzia, agertu zen erdiko labarrean.

"at, esku guztiak - esku guztiak!" egin zuen oihu, trumoiaren ahotsean.

Momentu berean, beste piratek ehiztarien muskulua muturretik harrapatu zuen, bere eskutik helduta, saskiratxoa zeharkatu zuen eta, kolpe harrigarri batekin, ikaskide pobrea lurrean jarri zuen. Bien bitartean, heren bat etxetik irten gabe korrika zihoala, bat-batean agertu zen atarian, eta errezela batekin erori zen medikuarengana.

Gure posizioa erabat alderantzizkoa zen. Une batean, estalpean, tiro egiten ari ginela, etsaiaren aurrean; orain estalita geunden eta ezin izan genuen kolpe bat itzuli.

Logeletxea kea zegoen, eta horri segurtasun konparatiboa zor genion. Oihuak eta nahasmena, pistolak jaurtitzen zituzten distirak eta txostenak eta oihu ozen bat entzun ziren nire belarrietan.

"atera, mutilak, atera eta borrokan zaiezte! Mahai-
tresnak!" oihukatu zuen kapitainak.

Mahuka bat moztu nuen pila batetik, eta norbaitek, aldi
berean, beste bat ateratzen zidanean, nekez sentitzen nuen
artilekin ebaki bat eman zidan . Ateetatik atera nintzen
eguzki argitan. Norbait atzean zegoen, ez nekien norekin.
Aurrean, sendagilea asaltoaren atzetik zihoan muinoan
behera, eta, nire begiak haren gainera erori zirenean, bere
zaindaria behera jo zuen, eta bizkarrean zabalduta bidali
zuen aurpegian.

"etxe biribila, jaunak! Etxe inguruan!" oihukatu zuen
kapitainak, eta presaka ere ahotsaren aldaketa sumatu nuen.

Mekanikoki obeditu nuen, ekialderantz jiratu nintzen eta
nire mahai-altxoarekin altxatu nintzen etxeko txokoari
begira. Hurrengo momentuan aurrez aurre egon nintzen
andersonekin. Oihu egin zuen, eta bere zintzilikaria
buruaren gainetik igo zen, eguzki argian keinuka. Ez nuen
beldurrik izateko denborarik izan, baina, kolpeak berehala
zintzilikatzen zuenez, albo batera trice batean jauzi egin
nuen eta hondar bigunean nire oinazea falta zitzaidan,
burua maldan behera jaurti nuen.

Atearengandik lehen aldiz irten nintzenean, beste mutilistak
jada zurituta zeuden palisada gurekin amaitzeko. Gizon
batek, diskoteka gorri batean, mahai gaineko ebakia ahoan
zuela, gailurrera iritsi eta hanka bat zeharkatu zuen. Ondo,
hain laburra izan zen, non berriro oinak topatu nituenean
toki berean nengoela, diskoteka gorria zegoen beste
alderdia erdibidean zegoela, beste bat burua altxadaren
goiko aldean erakusten zuela. Eta hala ere, denbora tarte
horretan, borroka amaitu zen, eta garaipena gurea.

Grisak, nire atzetik jarraituz, galdutako kolpeetik ateratzeko denbora behar izan zuen itsasontzi handiak moztu zituen. Beste bat laztandu egin zuten etxe barrura tiro egitean, eta orain larrituta zegoen, pistola eskuan erretzen ari zela. Hirugarren bat, ikusi nuen bezala, medikuak kolpe batean bota zuen. Jauregia eskalatu zutenen artean, bakar bat ere ez zen geratzen eta bera, mahats- eremua zelaian utzi ondoren, berriro ari zen isiltzen, heriotzaren beldurrarekin.

"sua ... Sua etxetik!" egin zuen oihu medikuak. "eta zu, mutilak, estalita berriro".

Baina bere hitzak ez ziren abiatu, ez zen jaurtiketa jaurtiketarik egin eta azken bordak ihes ona egin zuen eta gainontzekoekin desagertu zen basora. Hiru segundotan ez zen ezer egin erasotzailearenetik, erori ziren bostak, lau barrutik eta palisada kanpoaldean.

Medikua eta grisa eta biok abiadura osoa hartu genuen aterpetxera. Bizirik atera ziren laster musketek utzi zuten lekura, eta une oro sua piztu zitekeen.

Une honetan etxea kea nolabait garbituta zegoen eta garaipenerako ordaindu genuen prezioa ikusi genuen. Ehiztaria bere labe baten ondoan zegoen, harrituta; bere poza, burutik jaurtita, inoiz ez mugitzeko; zentroan eskuinetan kapitainak kapitainari eusten zion, bata bestea bezain zurbil.

"kapitainaren zauritua", esan zuen jaunak. Trelawney.

"korrika egin al dute?" galdetu du andereñoak. Smollett.

"lotuta egon zaitezke", itzuli zuen medikuak; "baina horietako bost ez dira inoiz berriro exekutatuko".

"bost!" oihukatu zuen kapitainak. "zatoz, hobe da. Hiruren aurkako bostek lau eta bederatzi uzten gaituzte. Hasieran genuen baino odol hobeak dira. Orduan zazpiak hemeretzi ginen edo pentsatu genuen, eta oso zaila da."

Harrapariak laster zortzi besterik ez ziren izan, jaunak tiro egin zuen gizonarentzat. Goleta itsasontzian hil zen arratsaldean, zauriaren ondorioz. Baina hori ez zen jakiterik fededunek arte.

Zatia v

Nire itsasoko abentura

Kapitulua xxii

Nola hasi zen nire itsas abentura

Ez zen hegazkin itzultzerik izan, ez basotik beste jaurtiketa bat bezainbeste. Kapitainak esan bezala, egun horretarako «arrazoi guztiak» lortu zituzten, eta guk geuk geure burua eta denbora lasai bat izan genuen zaurituak berreskuratzeko eta afaltzeko. Squire and i kanpoan sukaldatu genuen, arriskua izan arren, eta kanpoan ere nekez esan genezakeen zer ginen, medikuaren gaixoengana iritsi gintuen oihuen beldurragatik.

Ekintzan erori diren zortzi gizonetatik hiruk baino ez zuten arnasa —horretara, ehiztaria eta kapitaina jaurtitzea tokatu zitzaion pirata horietako bat— eta lehenengo biak hildakoak bezain onak ziren; mutilaria, hain zuzen ere, medikuaren labanaren azpian hil zen, eta ehiztaria, ahal genuena egiten, inoiz ez zen mundu honetan kontzientzia berreskuratu. Egun guztian geldi egon zen, etxean bukagailu zaharra bezala, arnasa hartzen; baina bularreko hezurrak kolpearen bidez zapaldu eta garezurrak hautsi egin zituen, eta denbora batean hurrengo gauean, seinale edo soinurik gabe, bere fabrikatzailearengana joan zen.

Kapitainari dagokionez, zauriak larriak ziren, baina ez zen arriskutsua. Inongo organorik ez da izan zauritu. Anderson-en baloia (lehen aldiz tiro egin zuen lana izan zen) sorbalda hautsi eta birikak ukitu zituen, ez zegoen gaizki; bigarrena, berriz, txahaletan gihar batzuk urratu eta desplazatu zituen. Sendatuko zela ziur zegoen, medikuak esan zuen, baina, bitartean, eta asteak igaro arte, ez da ibili behar, ez besoa mugitu, ezta hitz egin ere.

Eztarri gainean egindako mozketa istripu bat izan zen. Livesey medikuak igeltsuekin lotu zuen eta belarriak negoziora eraman ninduen.

Afaldu ondoren, kuadrilla eta medikua kapitainaren alboan eseri ziren, kontsultetan; eta bihotzaren edukiaz hitz egin zutenean, eguerdiko ordu bat pasatxo zenez, medikuak kapela eta pistolak hartu zituen, mahai-zapi batez helduta, koadroa poltsikoan sartu zuen eta musket bat sorbaldaren gainean, palisa zeharkatu zuen. Iparraldean eta abiatu azkar zuhaitzen artean.

Gris eta biok elkarrekin egon ginen blokeoaren mutur muturrean, gure ofizialen belarritik kanpo egoteko, kontsultak egiteko, eta grisak pipa hartu zuen ahotik eta nahiko ahaztu zitzaigun berriro berriro jartzea, beraz, thunderstruck gertakari hartan zegoen. .

"zergatik, belarjaleen izenean", esan zuen, "medikua bizi al dago ero?"

"zergatik ez", dio i. "tripulazio honen azkenari buruz ari da, hartzen dut".

"ondo, ontzi-laguna", esan zuen grisak, "agian ez dago ero, baina ez bada, markatu nire hitzak, naiz".

"hartu dut", erantzun nion, "medikuak bere ideia du, eta ondo banago, beno gunn ikustera joango da".

Arrazoi nuen, gero agertu zen bezala; baina, bitartean, etxea bero-bero zegoen eta palisa barruko hare txiki bat eguerdiko eguzkiarekin lotzen zen, beste pentsamendu bat sartu zitzaidan buruan, inondik ere ez zen hain egokia. Egin behar nuena medikua inbidiatzea zen, basoko itzal freskoan oinez, haren hegaztiak eta pinuen usain atsegina, berriz, plantxan eseri nintzen, arropak erretxina beroari itsatsita eta beste hainbeste nire inguruko odolak eta inguruan zeuden hainbeste hildako txiro, non beldurra bezain indartsua zen lekuaren nazka hartu nuen.

Blokeetxea garbitzen nengoen denbora guztian, eta gero afaltzeko gauzak garbitzen ari nintzenean, nazka eta inbidia hori gero eta indartsuago eta indartsuago mantendu nintzen, azkenean ogi-poltsa baten ondoan nengoela, eta inork ez ninduen ni behatzen, hartu nuen. Lehendabiziko urratsa nire ihesaldira joan eta bi armarriaren poltsikoak gailetaz bete nituen.

Ergela nintzen, nahi izanez gero, eta ziur aski burugabea zen ekintza burugabea egingo nuela, baina erabaki nuen nire esku zeuden neurri guztiekin. Gailetek, ezer gertatuko balitz, gutxienez gosez urrundu eta hurrengo egunera arte mantenduko nituzke.

Hurrengo puntua pistolazko giltza izan zen, eta hauts-
adarrak eta balak jadanik nituela, ondo hornituta sentitu
nintzen.

Buruan nuen eskemari dagokionez, berez ez zen txarra.
Ekialdean aingura itsaso zabalean banatzen duen hareatsura
jaistea zen, iluntzean ikusi nuen harri zuria topatzea eta ben
gunn-ek itsasontzia ezkutatu ote zuen edo ez jakitea, zerbait
merezi zuen egiten, oraindik sinesten dudan moduan. Baina
ziur nengoenean ez nuela inor sartzen utzi behar, nire
asmoa bakarra zen frantsesak hartzea eta ihes egitea inork
ikustean, eta hori egiteko modu txarra izan zen. Baina
mutila nintzen eta gogoa piztu zitzaidan.

Ondo, azkenean gauzak erori zirenean, aukera miresgarria
aurkitu nuen. Kuadrilla eta grisa lanpetuta zihoazen
kapitainak bere bandajeekin laguntzen; kostaldea garbi
zegoen; bolatxo bat eman nuen estalki gainean eta zuhaitz
lodienean, eta ikusi nuen nire ausardia aurretik nire
laguntzaileen oihuka nengoela.

Hauxe izan zen nire bigarren zoramena, lehenengoa baino
askoz okerragoa, utzi nituenetik gizon bi soinuak etxea
zaintzeko; baina, lehena bezala, guztiok salbatzeko
laguntza izan zen.

Uhartearen ekialdeko kostaldera zuzen joan nintzen, izan
ere, isurialdeko itsasaldetik jaisten nengoen, ainguraketatik
behatzeko aukera guztiak ekiditeko. Arratsaldeko ordua zen
jada, epela eta eguzkitsua izan arren. Baso altuak botatzen
jarraitu nuen bitartean, urrutitik entzuten nituen surfaren
trumoia ez ezik, hosto zurrunbilo batzuk eta zakarrak
mozteko ohitura baino ohikoagoa zen itsasoko haizea
erakusten zidatenak. Laster aire zurrumurruak iristen hasi
zitzaizkidan, eta urrats batzuk aurrerago irten nintzen

soroaren ertz irekietara eta itsasoa urdin eta eguzkitsua zegoela ikusi nuen horizontera eta surfa erori eta hondarra zehar aparra botatzen.

Sekula ez dut ikusi itsasoaren altxorraren inguruan. Eguzkia gainezka egin dezake, airea arnasik gabekoa izango da, azalera leuna eta urdina, baina hala ere arrabola handi hauek kanpoko kostalde osoan zehar ariko lirateke egunez eta gauean thundering, eta oso gutxitan uste dut ez dagoela leku bat. Gizon bat bere zarataren belarrietatik kanpo egongo zen.

Surfaren alboan ibili nintzen oso ondo pasatu nuen arte, harik eta hegoaldera nahiko urrun nengoela pentsatu nuen arte, zuhaixka lodi batzuen estalkia hartu nuen eta malkartsu malkartean sartu nintzen.

Nire atzean itsasoa zegoen; aurrean, aingura. Itsasoko haizea, lehenago bere ezohiko indarkeriarengatik lehenago piztu izan balitz bezala, jada amaitzen zen; hego eta hego-ekialdeko aire aldakorrek lortu zuten, laino-banku handiak zeramatzala; eta ainguraketa, eskeleto uhartearen azpian, geldi eta erortzen ziren lehen aldiz sartu ginenean bezala. Hispaniola, isildu gabeko ispilu hartan, kamioitik ur-lerrora erretratatu zen. Haren gailurretik zintzilik zegoen lapurtarra.

Alboetako zurrumurruetan, zilarrezko maindireetan zilarrezko bat zegoen; beti aitortu nezakeen ... Gizon pare bat paparretako zurtoinetan makurtuta zegoen, horietako bat txapela gorri batekin - ordu batzuk lehenago ikusi nuen zurrunbiloa. Hankak hankaz gora. Antza denez, hizketan eta barrez ari ziren, nahiz eta distantzia horretan —mila kilometro gora—, noski, ezin nuen entzun zer esanik ez.

Halako batean, garrasi izigarri eta ankerrena hasi zen. Hasieran gaizki nazkatu ninduen, kapitainaren flint-en ahotsa gogoan nuen arren, eta pentsatu nuen txoria bere lumaje distiratsuaz ere bere nagusiaren gainean zintzilik zegoela pentsatu nuenean. Eskumuturra.

Itsasontzia berehala atera eta itsasertzera abiatu zen, eta txano gorria eta bere konpartsak kabina lagunaren azpitik joan ziren.

Eguzkia espioi beiraren atzean igaro zen une berean, eta lainoa azkar biltzen ari zela, iluntzen hasi zen. Arratsaldean itsasontzia topatuko nuela denbora galdu behar ez nuela ikusi nuen.

Harri zuriak, eskuilaren gainetik ikusgai, zortzimila kilometro geroago zegoen oraindik, eta zorabiatu egin zitzaidan saskiratze hartan, arakatzen, maiz laurdenetan, saski artean. Gaua ia heldu zen eskua albo zakarretan jarri nuenean. Haren azpian zurtoin berde izugarri txikia zegoen, ertzek ezkutatuta eta belaun sakonera duen arkaitz lodi bat, han oso ugaria zena; eta dellaren erdian, ahuntz-karpa txiki bat da, ijitoek berenkin eramaten dutena bezala.

Zulora jaitsi nintzen, karparen aldea altxatu nuen, eta ben gunn-en itsasontzia zegoen - etxeko zerbait egonez gero, egur gogorreko marko zakar bat, eta ahuntzaren azala estali zuen ileareekin. Barruan. Oso gauza txikia zen niretzat, eta nekez pentsa dezaket neurri osoko gizon batekin flotatu zezakeela. Ahalik eta gutxien zegoen ezarpen bat zegoen, arkuetan zuzeneko moduko bat eta propultsiorako paleta bikoitza.

Orduan ez nuen koracle bat ikusi, antzinako britainiarrek egin zuten bezala, baina geroztik ikusi dut bat, eta ezin dut benetako gunn-en ontziari buruz ideia txarragoa eman gizakiak egindako lehen korala txarrena bezalakoa esatea baino . Baina ziur asko izan zuen bihotzaren abantaila handia, oso arina eta eramangarria baitzen.

Ontzia aurkitu nuenean, behin baino gehiagotan nahikoa nuela pentsatuko zenuen; baina, bitartean, beste ideia bat hartu nuen, eta hain gogoko izan nuen hura burutuko nuela, uste dut, kapitaina beraren kapitainaren hortzetan. Gauaren estalkiaren azpian irristatu, hispaniolaren zurrumurrua moztu eta irrikaz joan zen haraino joateko. Aspaldi pentsatu nuen mutikoek, goizean atseden hartu ondoren, ez zutela bihotzik gertuago aingurura igo eta itsasorantz; hori pentsatzea oso ondo legoke, eta orain begiraleari itsasontzirik gabe uzten zietela ikusi nuenean, arrisku gutxirekin egin litekeela pentsatu nuen.

Jeitsi nintzen iluntasunaren zain egoteko, eta gaileta oparoa egin nuen. Hamar mila gaueko gaua izan zen nire xederako. Lainoak zeru guztia lurperatu zuen. Eguneko azken izpiak gutxitzen eta desagertzen joan ziren heinean, erabateko beltza finkatu zen altxor uhartean. Eta azkenean kortxea hautsi nuenean, zuloa hartu nuen zulotik irten nintzenean, bi aingura zeuden ikusgai.

Bata itsasbazterreko su itzela izan zen, eta, horren ondorioz, piratak garaituak zingiratsu zeuden. Besteak, iluntasunaren gaineko argi lauso soil batek, aingurutatako ontziaren kokapena adierazten zuen. Korrika zihoan ertzera - bere arkua nire aldera zeraman - taula gainean zeuden argi bakarrak kabinan zeuden; eta ikusi nuena poparen leihotik isurtzen ziren izpi sendoen lainoaren isla baino ez zen.

Ebanak jadanik korrika egin zuen eta hondar zingiratuzko gerri luze batetik pasatu behar nuen, non orkatilan behin baino gehiagotan hondoratu nintzen, atzera egin nuen uretako ertzera iritsi eta pixka bat barrura sartu nintzen , batzuekin indarra eta trebezia, nire bihotza, gogoa beherantz, azalean ezarri.

Kapitulua xxiii

Hegaldiaren marea doa

Coracle -hala berarekin aurretik ezagutzen nuen arrazoi zabala nuen bezala- itsasontzi oso seguru bat zen nire altuera eta pisua zuen pertsona batentzat, itsaso moduko abegikorra eta azkarra; baina kudeatzeko moduko gurutzarik gabeko artisautza izan zen. Egin ezazu nahi duzun bezala, beti baino gehiago egin zuen beti eta biribiltzen zen maniobra onena egiten. Ben gunn-ek berak onartu du "bere bidea ezagutu arte" kudeatu nahi zuela ".

Zalantzarik ez nuen bere bidea ezagutzen. Norabide guztietan jiratu zen, baina joan behar nuena; gehienetan aldamenean geunden, eta ziur nago inoiz ez nukeela itsasontzia itsasgorako egin. Zorte onagatik, gustatu zitzaidan arraunean, marea arrastaka ari zitzaidan; eta hispaniola bertan zegoen bide bazterrean, nekez galduko nukeena.

Lehenik eta behin iluntasuna baino beltzago zegoen zerbait bezala jantzita nengoen, gero bere zurrumurruak eta kaskoa forma hartzen hasi ziren, eta hurrengo momentuan, zirudien (aurrerago, aberatsaren korrontea hazi zen) bere txabolaren ondoan zegoen eta lotu egin zuen.

Txingorra puntadun bezain adoretsua zen eta korrontea hain bizkor estutu zuen. Kaskoan zehar, beltzean, korronte zurrunbilotsua puztu eta mendi-korronte txiki bat bezala ari zen. Beste bat nire itsasoarekin moztu zen, eta hispaniola maldan behera joango zen.

Orain arte hain ona; baina ondoren etorri zitzaidan gogoan, txakurrak, bat-batean moztuta, zaldi jaurtitzaile bezain arriskutsua dela. Hamar eta bat, hispaniola aingurutik mozteko hain zentzugabea banintz, eta koracleak uretatik garbituta botako nituzke.

Horrek sekulako amaiera ekarri zidan, eta zortasunak berriro bereziki mesederik ez banuen, diseinua alde batera utzi behar izan nuen. Baina hego-ekialdetik hegoaldera joaten hasi ziren aire arinak gauean hego-mendebaldera egin zituzten. Meditatzen nenbilen bitartean, puff bat etorri zen, hispaniola harrapatu eta korrontera behartu zuen; eta, nire poztasun izugarriarekin, belarra ahultzen ari zela sentitu nuen, eta eskuak segundo batez ur azpian murgildu nintzen.

Horrekin batera, burua altxatu nuen, kaia atera, hortzak ireki eta bata bestearen atzetik moztu nuen, ontzia bi bakar bakarrik igo arte. Eta lasai lasai gelditzen naiz, tentsioa berriro haize arnas batek piztu behar duenean.

Aurten ahots ozenen soinua entzun nuen kabinetik; baina egia esateko, nire pentsamendua oso osotuta zegoen beste pentsamendu batzuekin, ia ez nuen belarririk. Orain, ordea, beste ezer ez nuenean, arreta gehiago ematen hasi nintzen.

Koxswainen, israelen eskuetan, aitortu nuen lehen urteetan flint-eko artilea. Bestea, noski, diskoteka gorriaren laguna zen. Gizon biak edateko okerrena zen, eta edaten ari ziren; izan ere, entzuten ari nintzen bitartean, horietako batek, mozkortutako oihu batekin, poparen leihoa ireki eta zerbait bota zuen, botila huts bat zela esan zidan. Baina ez ziren aholkuak bakarrik; argi zegoen haserretuta zeudela. Juramentuek kazkabarrak zeramatzaten hegan, eta noizean behin leherketa bat sortzen zen uste nuela kolpeetan amaitu egingo zela uste nuen bezala. Liskarra iragan zen bakoitzean, eta ahotsek behera egiten zuten denbora batez, hurrengo krisia iritsi zen arte, eta, bere aldetik, emaitzarik gabe zendu zen.

Itsasertzean, kanpamentu handiaren distira ikusi nuen itsasertzeko alboko zuhaitzen artean. Norbait marinel abesti zahar tristea eta aberatsa kantatzen ari zen, bertso bakoitzaren amaieran kulunkan eta galeper batekin, eta dirudienez ez zuen amaierarik abeslariaren pazientzia. Behin baino gehiagotan entzun izan nuen bidaian eta hitz hauek gogoratu nituen:

"baina tripulazioko gizon bat bizirik zegoen, zer jarri zuen itsasoan hirurogeita bostekin".

Eta goizean galera ankerrak izan dituen konpainiarentzako aproposegia zela pentsatu nuen. Baina, benetan, ikusi nuenetik, itsasontzi horiek guztiak itsasoan bezain itsusiak ziren.

Azkenean brisa etorri zen; goletak alde egin eta gertuago ilunpetan zegoen; belarra berriro ere ahultzen sentitu nintzen eta ahalegin gogor eta gogorrarekin azken zuntzak mozten aritu nintzen.

Haizeak kortxoaren gainean ekintza gutxi izan zuen eta ia berehala harrapatu nuen hispaniolaren arkuetatik. Aldi berean, goletak bere orpoa pizten hasi zen, poliki-poliki biraka, muturretik amaierara, korrontean zehar.

Zurrunbiloa bezala aritu nintzen, une oro zurituta egotea espero nuen; eta aurkitu nuenean ezin nuela bihotza zuzenean bultzatu, orain zuzen sartu nintzen. Nire bizilagun arriskutsua garbi nuen, eta azkeneko bultzada eman nionean, eskuak malda zurrunbiloetan barrena zetorren kable arin batekin topo egin nuen. Berehala jabetu nintzen.

Zergatik egin behar nuen nekez esan dezaket. Hasiera batean hutsa zen, baina behin nire eskuetan nuenean eta azkar topatu nuenean, jakin-mina hasi zen goiko eskua hartzen, eta kabinako leihotik begirada bat egon behar nuela erabaki nuen.

Eskua kable gainean atera nuen, eta ia gertu zegoela epaitzen nuenean, arrisku infinitua hartu nuen nire altueraren erdira, eta horrela agindu nuen teilatua eta kabinaren barrualdea.

Momentu honetan goleta eta bere kontortxo txikia arrastaka ari ziren lasterretik uretara; hain zuzen ere, jadanik maila lortu genuen kanpineko suarekin. Itsasontzia, marinelek diotenez, ozenki, ugariak ziren zurrumurruak ari ziren etengabe ari zelarik; eta leihoaren zuloaren gainetik begia hartu nuen arte ezin nuen ulertu zergatik ez zuten alarmarik alarmatu. Begirada bat, ordea, nahikoa zen; eta begirada bakarra izan zen giltza ezegonkor horretatik hartu nuenean. Eskuak eta bere laguna lotan hilik zeuden, bata bestearen eztarrian esku bat zuela erakutsi zidan.

Laster bota nuen berriro, laster ere ez, izan ere, larrutik gertu nengoen. Momentuz ezin izan nuen ezer ikusi, baina aurpegi amorratu eta beldurgarri hauek elkarren artean kulunkatzen ziren lanpara kearen azpian; eta begiak ixten ditut iluntasunarekin berriro ere haz daitezen.

Balada amaigabea azkenean iritsi zen, eta kanpalekuko suteari buruzko konpainia txikia hainbestetan entzundako koruan hautsi zen:

"hamabost gizon bularrean ... Yo-ho-ho eta ron botila bat! Edan eta deabruak gainerako guztia egin zuen ... Yo-ho-ho eta ron botila!"

Hispanitatearen kabinan momentu hartan edateko zein deabruak zenbateraino nengoen pentsatzen nengoen, bihotz-bihotzaren bat-bateko harri batek harritu ninduenean. Une berean oihu handia eman zuen eta bere bidea aldatuko zuela zirudien. Bitartean abiadura bitxia izan zen.

Begiak ireki nituen berehala. Nire inguruan zurrumurru txikiak ziren, soinu zorrotz eta zurrunbilotsu batez konbinatuz. Hispaniola bera, oraindik ere zurrunbilo bat neukan geltokian metro batzuk, bere ibilbidea geldiarazten ari zela zirudien eta gaueko beltzaren kontra apur bat botatzen ikusi nuen; ez, luzeago begiratu ahala, ziurtatu nuen hegoaldera ere gurpila zuela.

Sorbalda gainean begiratu nuen eta bihotzak saihetsen kontra salto egin nuen. Han, nire atzean, kanpineko suaren dirdira zegoen. Korrontea angelu zuzenetara biratu zen, eta bere inguruan goleta altua eta dantza txikiarekin batera; gero eta bizkorragoa, gero eta gorabehera handiagoa, gero eta ozenago, itsaso zabaleko estalkietara biraka joan zen.

Nire aurrean golpeak asto bortitza eman zuen, agian hogei graduren buelta emanez; eta ia une berean oihu batek beste bat jarraitu zuen taula gainera. Lagun eskailera gainean oinak entzuten nituen eta banekien bi mozkortzaileek beren liskarrean eten egin zutela eta hondamendiaren sentsazioa piztu zutela.

Lurrean finkatuta nengoen giltzurruna, eta nire izpirituari gomendagarria eman nion. Marraren amaieran, haustura latz batzuen barra batean erori behar nuela ziurtatu dut, non neure arazo guztiak azkar botako baitziren; eta hiltzen jarrai nezakeen arren, ezin nuen jasan nire patua hurbildu ahala.

Beraz, orduak egon behar izaten ditut, etengabe errenkadak zapalduta, noizean behin bustitzen ari diren sprayekin, eta inoiz ez dut hurrengo heriotza espero. Pixkanaka nekea hazi zitzaidan; amorru bat, noizean behin izugarrizko amorrua, erori zitzaidan nire beldurgarrien erdian, loak berehala esku hartu arte, eta itsasoak eragindako bihotzean etxean eta "almirante benbow" zaharrarekin amestu eta amestu nuen.

Kapitulua xxiv

Koralaren gurutzea

Egun zabala izan zen esnatu eta altxor uhartearen hego-mendebaldera botatzen aurkitu nuen. Eguzkia igotzen zen, baina oraindik ezkutatzen zitzaidan espioi beiraren zati handi baten atzean, alde honetatik ia itsasora jaisten zen itsaslabar zoragarrietan.

Burua altxatutako burua eta mihiztutako muinoa nire ukondoan zeuden, muinoa biluzik eta ilunarekin, burua labar berrogeita berrogeita hamar metroko altuera eta harkaitz eroriko masa handiz lotua. Milaka laurden eskas neukan itsasorantz, eta nire lehenengo pentsamendua sartu eta lehorreratzea izan zen.

Nozio hori laster eman zen. Erortutako arroka artean hausturak zur eta lur gelditzen ziren; erreberberazio ozenek, spray astunek hegan egin eta erortzen zirenak, bigarrenetik bigarrenera jo zuten; eta gertuago ausartu banintzen, hiltzera hurbildu nintzen itsasertzean edo neure indarra alferrik kakalardo arrastoak eskalatzera.

Eta ez zen hori guztia, rock mahai lauen gainean arakatzeagatik edo txosten ozenez itsasora erortzen uzteagatik, munstro erraldoi handiak ikusi nituen, barraskilo leunak, zur eta garbi, izugarrizko bihurritasuna baitzuten, horietako bi edo hiru puntu elkarrekin batera, harriak bere zaunkaekin oihartzuna eginez.

Ulertu dut geroztik itsas lehoiak zirela eta guztiz kaltegarriak. Baina haien begirada, itsasbazterreko zailtasunari eta surfean ibiltzeari gehitzen zitzaion, ez zen nahikoa lurreratze horretako nazka emateko. Beharrean sentitzen nintzen itsasoan gosez horrelako arriskuei aurre egitean.

Bitartean, aukera hobea izan nuen, ustez, nire aurrean. Iparraldean, haulbowline burua iparraldean, lurrak bide luzean doaz, eta itsasbeheran harea horia eta luzea utzi ditu. Hegoaldeko iparraldera, berriz, beste lurmutur bat dago: baso-kapoia, koadroan ageri zen moduan, pinu berde altuetan lurperatuta, itsas bazterrera jaisten zena.

Gogoan dut altxorraren uhartearen mendebaldeko kostalde osoan iparralderantz doan korronteaz zer esan zuen zilarrak; eta nire eraginpean nengoela ikusita, nahiago nuen haulbowline burua nire atzean utzi, eta nire indarrak erreserbatu baso goiztiarraren lurrean sartzeko.

Itsaso gainean sekulako malda leuna zegoen. Haizea etengabe eta leuna hegoaldetik jotzen zuen, ez zen inolako kontraesanik egon horren eta korrontearen artean, eta eroriak gora eta behera gelditu ziren.

Bestela izan balitz, aspaldi hil behar nuen; hala ere, harritzekoa da nola erraz eta segurtasunez ibil zezakeen nire itsasontzi txiki eta arina. Askotan, behealdean etzan eta pistolaren gainetik begiratzen ez nuenez, gailur urdin handi bat gertu ikusten ari nintzela ikusten nuen; hala ere, bihotzak itzulera txiki bat ematen du, dantzariek bezala dantzatu eta beste aldean malko batean txori batek bezain arina.

Pixka bat ausart hazten hasi nintzen ondoren, eta arraunean trebetasuna probatzeko eseri nintzen. Baina nahiz eta pisuaren xedapenean aldaketa txiki batek biolentziaren jokaeran aldaketa bortitzak ekarriko. Eta nekez mugitu nintzen itsasontziaren aurretik, bere mugimendu leun eta dantzagarriari berehala emanez, ur-malda malkartsu batetik behera malkartsua bihurtu zitzaidan, eta sudurra kolpatu zuen isurki batekin, sakoneraren alborantz. Hurrengo olatua.

Izutu eta ikaratu nintzen eta berehala jaitsi nintzen nire posizio zaharrera, eta, ondoren, koralak burua berriro topatuko zuela zirudien eta leunago eraman ninduen lehen bezala. Argi zegoen ez zitzaiola interbentzion jarri behar, eta, hala ere, ezin nuela inola ere bere ikastaroan eragin, zer itxaropen utzi nion lurrera iristeko?

Izugarri beldurtuta hasi nintzen, baina nire buruari eutsi diot. Lehendabizi, arretaz mugituz, poliki-poliki kortxoa atera nuen itsasoko txanoarekin; gero ere, pistolaren gainetik begiratuz , arrabolen bidez hain lasai igarotzea nola lortu zuen aztertzea bururatu zitzaidan.

Olatu bakoitza aurkitu nuen, itsasertzetik edo itsasontzien estalki batetik begiratzen duen mendi handi, leun eta distiratsuaren ordez, mundu osorako zelai lehorreko mendixka bezala, gailurrez eta toki eta ibar leunez betea. Koracleak bere buruari utzi dio, alde batetik bestera biratu du eta, horrela nolabait esateko, bere beheko zati haietan zehar joan da eta malda malkartsuak eta olatuaren gailur garaiak saihestu ditu.

"ondo da", pentsatu nuen neure buruari, "arrunta da ni egon behar naizela non egon behar dudan, eta ez nahastu oreka; baina, hala ere, arrunta da arrauna alboan jar dezaketela eta noizean behin , leku leunetan, eman pala edo bi lur aldera ". Aurrez pentsatu baino lehen. Han nire ukondoetan etzan nintzen, saiatu nintzenean, eta behin eta berriro kolpe ahula edo bi ematen zizkidan burua itsasertzera joateko.

Lan nekagarria eta motela izan zen, hala ere, ikusmin handia lortu nuen; eta basoetako lurmuturrera gerturatu ginenez, puntu hori galdu ezinik nagoela ikusi nuen arren, oraindik ekialderako ehun metro egin nituen. Egia esan, gertu nengoen. Zuhaitz politak eta berdeak haizearen inguruan kulunkatzen ikusi nituen eta hurrengo promontorioa huts egin gabe ziurtatu nuen.

Garaia zen, izan ere, orain egarria torturatzen hasi nintzen. Eguzkiaren distira goitik behera, olatuen mila isla, olatu erori eta lehortu ninduen itsasoko ura, nire ezpainak gatzarekin nahastuz, nire eztarria eta nire garuna min hartzeko. Hain gertu zegoen zuhaitzen ikusteak ia irrika handiarekin min ematen zidan; baina korronteak berehala eraman ninduen; eta itsasoaren hurrengo irismena zabaldu ahala, nire pentsamenduen izaera aldatzen zuen ikuspegia ikusi nuen.

Nire aurrean, kilometro erdira, hispaniola itsaso azpian ikusi nuen. Ziur egon nintzela eraman behar nuela, baina urduritasunarekin hainbeste atsekabetuta nengoen, ezen urria baikenekien pentsatu ala ez nintzela alaitu; eta ondorioak atera baino askoz lehenago, sorpresa hartu nuen nire buruaren jabe, eta ezin nuen beste ezer ikusi eta harritzea besterik ez nuen egin.

Hispaniola mainsail eta bi ipurdiaren azpian zegoen, eta mihise zuri ederrak eguzkitan argitzen zuen elurra edo zilarra bezala. Bere burua ikusi nuenean, bere bela guztiak marrazten ari ziren, ipar-mendebaldeari buruzko ikastaroa ari zen prestatzen eta uste nuen gizonak itsasontzian uhartera zihoazela. Orain, gero eta gehiago mendebaldera ekartzen hasi zen, beraz, ikusi nituela eta jazarpenean zihoazela pentsatu nuen. Azkenean, baina, haizearen begietara erori zen bere burua, bere burua hil zuen, eta han geldu zen babesgabe, belarrak dardariz.

"behatzaile baldarrak", esan nion, "oraindik hontzak mozkortu behar dira". Eta kapitainaren smollett-ek saltoka nola ezarriko zituen pentsatu nuen.

Bitartean, goletak pixkanaka-pixkanaka erori zen, eta berriro ere beste atzapar bat bete zuen, minutu bat edo bestera azkar joan zen eta berriro ere hilda agertu zen haizearen begian. Behin eta berriro errepikatu zen hori. Hara eta hona, gora eta behera, iparraldean, hegoaldean, ekialdean eta mendebaldean, hispaniolasailed marradun marratxoek eta marratxoek, eta errepikapen bakoitza hasieran bezala amaitu zen, mihiseria idorrekin. Argi geratu zitzaidan inor ez zela gidatzen. Eta, hala bada, non zeuden gizonak? Hilda zeuden edo mozkortuta zeuden, pentsatu nuen, eta, agian, ontziratu ahal izango banu, ontzia bere kapitainari itzuliko nioke.

Korrontea korapiloa eta goleta eramaten ziren hegoaldera, maila berdinean. Azken belaontzian, hain basatia eta intermitentea zen, eta hainbeste denbora zintzilikatzen zen denboraldian, non zalantzarik ez zuen ezer irabazten, galtzen ez bazuen ere. Jantzen eta padelean esertzen ausartzen banaiz, ziurtatu dut berreskuratzeko gai nintzela. Eskemak abenturazko airea izan zuen eta inspiratu ninduen, eta aurreko lagunaren alboko ur-apurrak pentsamendua gero eta handiagoa zen.

Lortu nuen, ia berehala jaso zuen spray-hodei batek, baina oraingoan nire xedeari itsatsi eta nire indar eta zuhurtasun guztiarekin ez dut inolako kontrolik gabeko hispaniolaren ondoren arraun egiteko. Behin itsaso astun bat itsatsi nuenean, geldutu eta fidatu behar izan nuen, nire bihotza hegazti bat bezala flipatzen ari nintzen, baina pixkanaka gauzaren bidea hartu eta nire korala olatuen artean gidatu nuen, behin eta berriz kolpe bat haren gainean. Arku eta aparra marratxo bat aurpegian.

Orain golegilean azkar irabazten nuen. Altueraren gainean brontzeari distira botatzen ikusi nuen, eta oraindik ez zen arima bere mahai gainean agertu. Ezin nuen aukeratu baina suposatu zuen desertua zegoela. Hala ez bada, gizonezkoak mozkortuta zeuden azpian, han akabatu ditudanak, agian, eta ontziarekin aukeratu nuena.

Aspaldidanik nire esku zegoen gauzarik txarrena egiten ari zen: geldi. Ia hegoaldera abiatu zen, denbora guztian ari zela, noski. Belaoak erori ziren bakoitzean, eta haiek haizerantz berehala eraman zuten. Esan dut hau posible izan dela niretzat okerrena; izan ere, egoera babesgabe hartan, mihisea kanokoaren antzera eta oholtza gainean jaurtitzen eta blokeatzen ari zelarik, ihes egiten jarraitu zuen, ez bakarrik korrontearen abiadurarekin, baina kopuru osoaz. Bere ibilbidea, izugarri handia zen.

Baina orain, azkenean, nire aukera nuen. Brisa erori egin zen, segundo batzuetan oso baxua, eta korrontea pixkanaka biraka ari zen, hispaniolareak poliki-poliki bere zentrotik biratu zuen eta azkenean bere popa aurkeztu zidan, kabinako leihoa irekita zegoen oraindik eta mahai gaineko lanpara oraindik ere piztuta zegoen. Egun. Maindireak pankarta bat bezala zintzilikatu zuen. Geldi zegoen baina oraingoz.

Azken aldian galduta nuen arren, baina orain, ahaleginak bikoiztuz, berriro hasi nintzen jazarpena berritzen.

Ez nintzen harengandik ehun metrora haizea txaloka sartu zenean; portuko estalkia bete eta berriro ere itzalita zegoen, trago bat bezala lokartu eta argaldu.

Nire lehen bultzada etsipenetarikoa izan zen, baina nire bigarren poza zen. Biribilgunera etorri zen arte, nire ondoan egon nintzen arte, oraindik ere erdi bat eta bi heren eta, ondoren, bereizten gaituen distantziaren hiru laurdenak estali arte. Olatuak zuriak zuritzen ari nintzela ikusi nuen. Izugarri altua nire bihotzean dagoen geltokitik begiratu zidan.

Eta orduan, segituan, ulertzen hasi nintzen. Denbora eskasa nuen pentsatzeko, denbora gutxi neuk neure burua gordetzeko. Golde baten gailurrean egon nintzen goleta hurrengoan harrapatu zuenean. Arkupea nire buruaren gainean zegoen. Oinetara abiatu nintzen eta jauzi egin nuen, koraklea ur azpian estanpatuz. Esku batekin hartu nuen jib-boom-a, nire oina egonaldiaren eta giltza artean geldirik nengoela, eta oraindik zintzilikatzen nengoela, kolpe latz batek esan zidan goleroak kargatu zuela eta kolpea jo zuela eta bihotza jo zuela. Erretiroa hartu gabe hispaniolan.

Kapitulua xxv

Jolly roger jotzen dut

Gutxi neukan posizioa irabazi nuen hegazkinari ihes egin zuenean, eta beste pistola baten gainean beste armairuz betetzean. Goleroak bere kera dardarrantz egin zuen atzeko aldean, baina hurrengo momentuan, beste bela batzuk marrazten ari ziren, gerrikoak berriro atzera egin zuen eta gelditu zen.

Hori ia itsasoan bota nau eta orain denbora galtzen ez nuenean, arrastaka arakatu eta oholtza gainean erori nintzen.

Aurrebistaren alboan nengoen, eta marrazten ari zen maillageak sekulako ezkerraldearen zati bat ezkutatu zidan. Ez zen arima bat ikusi behar. Taulak, zurrumurruaz geroztik zuritu ez zirenak, oin askoren inprenta eramaten zuten; eta botila huts bat, lepoa hautsita, oheratu egiten zen burruka bizietan bezala.

Bat-batean hispaniola zuzenean haizea sartu zen. Nire atzean dauden zurrunbiloak ozenki pitzatu ziren; sutea okertu egin da; itsasontzi osoak gaitz gogorra eta hotsa ematen zuen; eta une berean, boom nagusiak barrura erori zen, xafla bloketan keinuka, eta mahaiaren osteko zorroa erakutsi zidan.

Zeuden bi begiraleak, ziur aski; txano gorria bizkarrean, esku polita bezain gogorra, besoak gurutze baten gisa luzatuta, eta hortzak ezpain irekietan zehar; israeldarrek eskuz bastioien kontra jantzita, kokotsa bularrean, eskuak zabalik zeudela oholtza gainean, aurpegia zuriz, haren marroiaren azpian, kandela bat bezala.

Itsasontziak, denbora batez, zaldi maltzur baten antzera jarraitu zuen, belak betetzen ari zela, batetik bestera, orain bestea, eta boom-a biraka ari zen kulunkan ozenari oihuka ozen egin ondoren. Behin eta berriro ere zur-hodei zurrunbilo bat agertuko da zoladuraren gainean, eta ontziaren arkuek kolpe gogorraren kontra, hainbeste eguraldi gogorragoa egin zuten itsasontzi zurrunbilatu hark, nire bihotz samurrarekin. , orain itsas hondora joan da.

Goletaren salto bakoitzean txano gorriak hara eta hona; baina zer zen ikaragarria da ikusi nahi zuena, ez zen bere jarrera eta ez zuen hortzak agerian uzteko grina batere asaldatu. Jauzi bakoitzean ere eskuak gero eta gehiago zetozen bere burua hondoratu eta oholtza gainean finkatzen ari zirela, hankak gero eta urrunago lerratzen ari zirela, eta gorputz osoa poparen aldera okertuz, bere aurpegia pixkanaka ezkutatzen joan zelarik. Me; eta azkenean ez nuen ezer ikusi belarrira eta zurrunbilo baten eraztunetik haratago.

Aldi berean, biak inguruan odol ilunak zipriztintzen zituela ohartu nintzen eta mozkortutako haserrean bata bestea hil zutela sentitzen hasi nintzen.

Ikusten eta galdetzen ari nintzen bitartean, ontzia geldi zegoen une lasai batean, israeldarrak eskuak biribildu ziren eta keinu baxua baliatuz, bere burua lehen aldiz ikusi nuen posiziora itzuli zen. Lotsak, mina eta ahultasun hilgarria kontatzen zituena eta bere masailezurra zintzilikatzeko modua, nire bihotzera joan nintzen. Baina sagar kupelaz entzun nuen hitzaldia gogoratu nuenean, erruki guztiak utzi ninduen.

Hondoratu nintzen oinez nagusira iritsi nintzen arte.

"zatoz itsasontzian, jauna eskuak", esan nuen, ironiaz.

Begiak gogor biratu zituen, baina ezustekoa emateko urrunegi zegoen. Egin zezakeen guztia hitz bat "brandy" bat erabiltzea zen.

Ikusi nuen ez zegoela denborarik galduko, eta boom-a berriro ere oholtza gainean gelditu zenean, popara joan eta lagunaren eskaileretan sartu nintzen kabinara.

Nekez iruditzen zaizun nahasmendu eszenatoki bat izan zen. Leku guztiak azkar blokeatuta zeuden. Solairua lokatzarekin zegoen, non errifak edaten edo kontsultatzen ziren kanpalekuetako paduretan zuritu ondoren kontsultatzera. Zintzilikariak, guztiak zuriz argiz margotuta eta zuriz biribilduta, esku zikinen patroia zeramaten. Dozenaka botila hutsik elkarri keinu egin zitzaien itsasontzia iraultzeko. Medikuaren liburuetako bat mahai gainean zegoen zabalik, ustez, hodien argiak jartzeko hostoen erdia. Horren guztiaren erdian, lanpara oraindik distira kezkatua, iluna eta marroia zen.

Upategira sartu nintzen; upel guztiak desagertu egin ziren, eta botilen artean zenbaki harrigarria moztu eta bota egin zuten. Zalantzarik gabe, akabua hasi zenetik, ezin izan da haien gizon bat sobera egon.

Buruz jakiteko botila bat aurkitu nuen brandyarekin ezkerreko eskuekin; eta niretzat gaileta, fruitu marmelatu batzuk, mahaspas pila bat eta gazta zati bat atera nituen. Hauekin oholtza gainera igo nintzen, nire stock propioa bota nuen lurraren atzean, eta ondo kokatuta zegoen estoldetik atera nuen ur-apurrera, eta ur edari ona eta sakona eduki nuen, eta gero, eta ez arte. Orduan, brandy eskuak eman zizkion.

Botila ahotik hartu baino lehen branka bat edan behar izan zuen.

"bai", esan zuen, "trumoiaren eraginez, baina zerbait nahi nuen!"

Nire txoko berean eseri nintzen eta jaten hasi nintzen.

"asko minik?" galdetu nion.

Marmar egin zuen, edo, hobeto esanda, esango nuke, zaunka egin zuen.

"mediku hori itsasontzian egongo balitz", esan zuen, "bi aldiz emango nuke nahikoa arrazoi; baina ez daukat zorte moduko bat, ikusten duzu, eta hori da nirekin gertatzen dena. , ona eta hilda dago, da ", gehitu du gizonak txano gorriarekin adieraziz. "ez da batere ohartarazi itsasgizonik. Nondik etorri zarela uste duzu?"

"ondo", esan nuen, "itsasontzi hau eskuratzera etorri naiz, esku jaunak, eta mesedez hartuko nauzu zure kapitain gisa gehiago jakin arte".

Nahiko garbi begiratu zidan baina ez zuen ezer esan. Kolore batzuk masailetara itzuli zitzaizkion, baina oso gaixo zegoen eta oraindik ontzia zuritzen ari zen bitartean irristatzen eta finkatzen jarraitu zuen.

"segituan" jarraitu dut, "ezin ditut kolore horiek, esku jaunak; eta, zure esanetan, hobe egingo ditut."

Eta, berriro boom zapaldu nuenean, koloretako lerroetara abiatu nintzen, beren bandera beltz madarikatua bota eta itsasbehera sartu nuen.

Jainkoak gorde! Esan nuen ijitoa; "eta zilarrezko kapitainaren amaiera dago".

Gogotsu eta maltzurki ikusi ninduen, kokotsa bularrean zegoen bitartean.

"uste dut", esan zuen azkenean ... "uste dut, capw hawkins, ongi etorriko zaizu orain itsasora iritsi nahi duzula. Badakigu hitz egingo dugula."

"zergatik, bai", dio nik, "bihotz osoz, esku jaunak. Esan." eta janari onarekin bueltatu nintzen.

"gizon hau" hasi zen, hildakoari buruaz hiltzen ari zelarik ... "o'brien zen bere izena ... Gaizki dagoena" gizon honek eta niri oihalak gainean jarri genizkion, bere atzera itsasoratzeko esanez. Ondo dago, hil egin da orain. Santua bezain hilda dago, eta itsasontzi hau itsasontziz joango naiz, ez dut ikusten. Zalantza bat eman gabe, ez zara gizon hori, orain arte esan dezaket. Orain, begira hemen, janaria ematen didazu eta edaria, eta bufanda bat edo orkatila zahar bat nire zauria lotzeko, hala egiten duzu; eta esango dizut nola itsasoratu; eta hori guztia karratuari buruzkoa da.

"gauza bat esango dizut", dio nik; "ez naiz kapitainaren kidd ainguratzera itzuliko. Ipar hartzera sartu eta lasai egoteko hondartzara joan nahi dut."

"ziur egon zinen", egin zuen oihu. "zergatik, ez dut infernal lubber bat, azken finean, ikusten dut, ezin dut? Saiatu dut nire jaurtiketa, daukat, eta galdu dut, eta haizea duzu. Ipar. Sarrerarekin? Zergatik, ez dut ez dudan josterik, ez nik. Bere exekuzio kaiara ailegatzen lagunduko nizuke, trumoi bidez!

Ondo, nire ustez, zentzuren bat ere bazegoen horretan. Gure negoziazioa lokalean jo genuen. Hiru minututan hispaniolasailing erraz egin nuen haizearen aurrean altxor uhartearen kostaldean zehar, iparraldeko eguerdia ere bueltan emateko itxaropen onarekin, eta berriro ere behera iparraldera sartzeko ur garaiaren aurretik, noiz segurtasunez hondartzan ginela, eta itxaron amildegiak lurreratzeko baimena eman arte.

Gero, mihiztagailua tolestu eta beherantz joan nintzen nire bularrera, eta han nire amaren zetazko zapi leuna eskuratu nuen. Honekin, eta nire laguntzarekin, eskuak izterrean jaso zuen odol odoljario handia lotu zuen. Pixka bat jan ondoren eta trago bat edo beste bi xamarra hartu ondoren, ikusgai biltzen hasi zen, zuzenago eseri zen. , ozenago eta argiago hitz egin zuen, eta beste edozein modutan begiratu zuen.

Haizeak zoragarri balio zigun. Hegazti baten aurrean gaingabetu ginen, uhartearen kostaldea keinuka, eta bista minutu bakoitza aldatzen zen. Laster lurralde garaietan eta bolatoki baxu eta hondartzako lurraldeetan barrena ibili ginen, gutxi gorabehera, nano pinudiez josia, eta laster berriro harago joan ginen eta iparraldean uhartea amaitzen zuen muino harritsuaren izkina biratu genuen.

Izugarri gustatu zitzaidan nire aginte berriarekin, eta eguraldi eguzkitsu argitsuarekin eta kostaldeko ikuspegi desberdinekin pozik nengoen. Orain ur asko eta gauza onak jan behar nituen, eta nire basamortuaren ondorioz gogor astindu ninduen kontzientziak lasaitu egin ninduen konkista handiarengatik. Uste dut ez nintzela besterik nahi izan, besterik gabe, koxkaren begientzat atsegin handiz jarraitu zidaten oholtza gainean eta irribarre bitxiak aurpegian agertzen zitzaizkidan bitartean. Mina eta ahulezia zeukan irribarre bat zen: agure irribarrea; baina bazegoen horrez gain, deserrotzeko ale bat, traidore itzala, artisautzaz aritu zen bitartean, nire lana ikusi eta ikusi nuen.

Xxvi kapitulua

Israeldarren eskuak

Haizea, nahi gintuena, mendebaldera joaten da. Hainbeste erraz egin genezake uhartearen ipar-ekialdeko ertzetik iparraldeko sarreraraino. Bakarrik, ainguratzeko ahalmenik ez genuelako eta itsasoa ez zen ausartzen itsasgora askoz ere urrutirago igaro zen arte, denbora gure eskuetan zintzilikatu zen. Coxswain-ek itsasontzia nola kokatu esan zidan; proba asko egin ondoren, arrakasta lortu nuen, eta biok isilik egon ginen beste otordu baten gainean.

"kap'n", esan zuen azkenean, irribarre deseroso berarekin, "hona hemen nire ontziratzaile zaharra, o'brien; bada, ontzitik joan behar zenuela. Ez dut berez, normalean, eta ez dut inongo errua bere hash kokatzearengatik; baina ez dut uste apaingarririk, orain? "

"ez naiz behar bezain sendoa, eta ez zait lana gustatzen; eta hor dago niretzat", esan dut.

"horra hemen zorigaiztoko ontzia ... Hispaniola, jim", jarraitu zuen keinuka. "gizon indar bat hil da hispaniolan honetan. Ikuspegi bat itsaso itsasoa hilda dago eta zu eta biok bristolera joan ginenetik. Inoiz ez dut zorte zikinik ikusi, ez. Hemen zegoen hemen, oraintxe ... Hilda dago, ez al da? Beno, ez naiz jakintsu, eta irakurri eta irudikatu dezakezun mutila zara, eta, zuzen esateko, hartu ezazu hildako bat bezala hilda dagoela, ala berriro bizirik dator?

"gorputza hil dezakezu, jaunak eskuak, baina ez espiritua; hori ere jakin behar duzu", erantzun nion. "o'brien, badago, beste mundu batean dago eta baliteke guri begira egotea".

"ah!" dio. - ondo da, ez da batere ona, alderdiek hiltzea denbora galtzea izango balitz bezala dirudi. Ikertzaileek ez dute horrenbeste estimatzen, ikusi dudanaren arabera. Probabilitateekin aukera izango dut, jim. Doako hitz egin dut, eta atsegin handiz hartuko dut kabina horretara jaitsi nahi banauzu eta niri ... Ongi, aizkolariak dardarazi! Ez dut izenik topatuko. Eraman iezadazu ardo botila.

Orain, coxswain-en zalantzak naturaltasunik gabeak zirela zirudien; eta ardoari brandi gustatzen zitzaion ideiari dagokionez, ez nuen erabat sinesten. Istorio osoa aitzakia zen. Bizkarreko bizkarra utzi nahi zidan, hain zen arrunta, baina zein helbururekin ezin nuen inolaz ere imajinatu. Bere begiek ez zuten sekula ezagutu nirea; noraezean zihoazen hara eta hona, gora eta behera, orain zerura begira, orain hildako o'brienari begirada sutsu batekin. Denbora guztian irribarre egiten zuen eta mihia modu lotsagabean eta lotsagabean jartzen zuen, haur batek engainuren bat okertu zitzaiola esan zezakeela. Erantzun nion galdetu nion, hala ere, nire abantaila non zegoen kokatzen ikusi nuen, eta hain zakarrez ergelkeria erraz batekin ezin nituen nire susmoak azkenera arte ezkutatu.

"ardoren bat?" esan nuen. "askoz hobeto. Zuria edo gorria izango duzu?"

- ondo da, niretzako ontziratu bera dela uste dut, erantzun zion; "beraz, indartsua da, eta asko da, zer da odds?"

"ondo da" erantzun nion. "portua ekarriko dizut, jaunari eskuak. Baina hori zulatu beharko dut".

Horrekin ahal nuen zarata guztia atera nuen laguna, oinetakoak bota, lasai ibili nintzen galeria zabalduz, aurpegi-eskailera muntatu eta burua atera nuen lehen lagunarengandik. Banekien ez zuela han ikusiko espero nuenik; hala ere, neurri guztiak hartu nituen, eta ziur nire susmo txarrenak ere egia zirela.

Bere eskuetara eta belaunetara igo zen, eta hankak gogor min hartu zuen arren mugitu zenean, izan ere, keinu bat piztu zitzaion entzuten nuen; hala ere, zurrumurru zoragarria zen oholtza gainean. . Minutu erdiren buruan iritsi zen portuko bilatzaileetara, eta soka bobinatik labana luze bat edo, hobeto esanda, kukurutxo bat odolarekin deskoloritu zuen. Momentu batez ikusi zuen, bere masailezurra bota, eskuaz puntua saiatu zen eta bere jakaren barrualdean ezkutatu zuen presaka, berriro atzera egin zuen bere leku zaharrera zintarriaren kontra.

Hori zen jakin behar nuen guztia. Israel mugi zitekeen; orain armaturik zegoen, eta niri kentzeko hainbeste arazo izan bazen, argi nuen biktima izango nintzela. Zer egingo zuen gero, zingira artean ipar isurialdetik kanpamendurainoko kanpalekuraino ailegatzen saiatuko ote zen, edo bere buru luzeari su emango dion ala ez, konfiantza bere lagunak lehenik lagun zitezkeela sinetsita. , esan nuena baino gehiago.

Hala ere, ziur nengoen berarekin fidatzen nintzela ziur nagoela, gure interesak elkarren artean elkartu baitziren, eta goletaren xedea zen. Biok nahi genuen bere katea nahiko segurua zela, leku babestuan, eta horrela iritsi zenean, berriro ere ihes egin ahal izan zuen, behar adina lan eta

arrisku gutxirekin; eta harik eta, nire bizitza zalantzarik
gabe aurreztuko zela pentsatu nuen.

Horrela, negozioa buruan burutzen ari nintzen bitartean ez
nintzen nire gorputzarekin inor gelditzen. Kubara lapurtu,
berriro zapatiletan sartu eta eskua ardo botila batean
ausartan jarri nuen eta orain aitzakia horrekin batera,
berriro agertu nintzen oholtza gainean.

Eskuak etzanda utzi nituen bezala, denak batera sorta
batean bilduta, eta betazalak jaitsi ziren argia jasateko
ahulegia balitz bezala. Gora begiratu zuen, hala ere, etorri
nintzenean, lepoa botilatik bota zuen sarri gauza bera egin
zuen gizona bezala, eta txingor on bat hartu zuen, "hemen
zortea!" gero lasai egon zen pixka bat, eta orduan, tabako
makila bat ateratuz, galdetu zidan.

"moztu ezazu zakarrontzia", dio berak, "ez dut labanik, eta
ez dut ia indarrik, beraz, izan nuen bezala. Ah, jim, jim,
uste dut huts egin ditudala egonaldiak! Moztu nazazu
litekeena izango da azkena, mutila; izan ere, nire etxerako
luzea naiz eta ez dut akatsik izan. "

"ondo", esan nion, "tabakoren bat moztuko dizut, baina ni
izango banintz eta neure burua hain gaizki pentsatuko banu,
nire otoitzetara joango nintzateke, kristau bezala."

"zergatik?" esan zuen. "orain zergatik esaten didazu".

"zergatik?" negar egin nuen. "hildakoei buruz galdetzen
zenidan. Zure konfiantza apurtu duzu; bekatua eta gezurra
eta odola bizi izan dituzu; une honetan zure oinetan etzanda
hil den gizon bat dago; eta galdetzen didazu zergatik!
Jainkoaren erruki , jaunak, horregatik. "

Bero pixka batekin hitz egin nuen, poltsikoan ezkutatuta zegoen dirdi odoltsuaz pentsatzen, eta bere pentsamendu gaiztoekin pentsatzeko pentsatu nuen. Hark, ardoaren zirriborro handia hartu zuen eta ezohiko solemnitateaz hitz egin zuen.

"hogeita hamar urtez", esan zuen, "itsasoak itsasoratu ditut eta ikusi ditut ona eta txarra, hobea eta txarragoa; eguraldi txarra eta zakarra, hornikuntzak agortzen ari dira, labanak joango dira, eta zer ez. Beno, esan dizut, inoiz ez nuen ona onik atera oraindik ere. Lehenik eta behin, nire grina da nire zaletasuna; hildakoek ez dute hozkatzen; nire iritziak dira ... Amen, beraz, izan ere. Orain, hemen zaude ", gehitu zuen, tonua bat-batean aldatuz, "burugabekeria horrekin nahikoa izan dugu. Itsasgorak nahikoa on egin du. Nire aginduak hartu besterik ez duzu, kaputxinoak, eta txapela itsatsiko dugu eta horrekin bukatuko gara".

Dena kontatuta, bi kilometro eskas egin behar izan genituen korrika egiteko, baina nabigazioa delikatua zen, iparraldeko ainguraketa honen sarrera ez zen estua eta ertza bakarrik, baizik eta ekialde eta mendebaldean kokatzen zen, beraz, goleta ondo maneiatu behar zen. Uste dut subalternoa ona eta azkarra izan naizela eta oso ziur nago eskuak pilotu bikaina zela; izan ere, inguruan eta inguruetan ibiltzen ginen ibaiertzak astinduz, ikustea atsegina zen ziurtasun eta egokitasunaz.

Burutik pasatu behar zitzaigun gure inguruan lurra itxi baino lehen. Iparraldeko sarrerako ertzak hego ainguraketarako bezain egurrak ziren, baina espazioa luzeagoa eta estuagoa zen eta, egia esan, ibaiaren estuarioa zen. Gure aurrean, hegoaldeko muturrean, itsasontzi baten hondoa ikusi genuen dilapidazioaren azken etapetan. Hiru mastetako ontzi handia izan zen, baina hain denbora luzean iraun zuen eguraldiaren zauriei eutsi zitzaien alga tantazko sare handiekin zintzilikatzen zela, eta haren ertzean zuhaixka sastrakak sustraitu, eta loraldi loratu egiten zen. Loreekin. Ikusmena triste bat zen, baina ainguraketa lasai zegoela erakutsi zigun.

"orain", esan zuen eskuak, "begiratu; ontzi bat hondartzan sartzeko maskota bat dago. Harea laua eta fina, inoiz ez da katarroa, inguruan dauden zuhaitzak, eta itsasontzi zahar hartan zaindari bat bezala loratzen da."

"eta behin harrapatuta", galdetu nuen, "nola aterako dugu berriro?"

"zergatik, beraz" erantzun zuen; "ibaian itsaso aldera hartzen duzu beste aldean ur baxuan; buelta bat eman ezazu horietako pinu handiei buruz; buelta ezazu, buelta bat eman ezazu kapostanaren inguruan eta etzan zaitez marearen bila. Etor zaitez ur altua, esku guztiak tira lerrora eta atera natur bezain gozoa dator. Orain, mutil, zu gelditzen zara. Orain gertu gaude eta bide gehiegi du bere gainean. Estriborro pixka bat ... Beraz ... Danborrada starboard - larboard pixka bat - danborrada - danborrada! "

Beraz, bere aginduak eman nituen, arnasik gabe bete nituenak; harik eta, halako batean, oihu egin zuen: "orain, ene bihotza, luff!" eta kaskoa gogor jo nuen, eta hispaniola bizkor ibili zen eta zurtoin txikiko maldan behera abiatu zen.

Azken maniobra zirrara honek oztopo handia izan zuen ordura arte gordetzen nuen erlojuan. Oraindik ere hainbeste interesatzen zitzaidan, itsasontzia ukitzeko zain nengoela, erabat ahaztuta nengoela nire buruaren gainean zintzilik zegoen arriskua eta gurditxo zurrunbiloen gainean murgildu eta arkuak baino lehen hedatzen ari zirela. Nire bizitzako borrokarik gabe eroriko nintzateke, bat-bateko atsekabeak nire gainera harrapatu ninduen eta burua piztu zidan. Beharbada, malko bat entzun nuen edo begi hodiarekin mugitzen ari nintzen; agian katu baten antzekoa zen; baina, ziur aski, biribila begiratu nuenean, eskuak zeuden jada nire erdialdera, dirkia eskuinean zuela.

Biek oihukatu egin behar izan genuen gure begiak topatu zirenean, baina nirea izugarrizko oihua zen bitartean, haren amorru garrasia zen, zezen kargak bezala. Une berean bere burua bota eta alde batera jauzi egin nuen arkuetara. Egin nuen bezala, maldan behera zorroztutako maldan behera irten nintzen; eta horrek nire bizitza salbatu zuen uste dut, eskuak bularrean zehar jo zituelako eta, oraingoz, hil egin zuela.

Berreskuratu aurretik, ni harrapatuta nengoen izkututik irten nintzen, oholtza gainean egon behar nuela. Nagusien nagusian aurrera gelditu nintzen, pistola bat atera nuen poltsikotik, xelebrea hartu nuen, nahiz eta jada buelta eman zuen eta berriro etorri zitzaidan zuzenean nire atzetik eta tiradorea atera nuen. Mailua erori egin zen, baina ez zegoen flash ezta soinurik ere; udazkena alferrikakoa zen itsasoko urarekin. Nire utzikeriarengatik madarikatu nintzen. Zergatik ez nuen nire arma bakarrak berriro ere erreprimitu eta berriro kargatu? Orduan ez nintzatekeen izan behar haragi hau baino lehenago ardi iheslari soil bat.

Zaurituta zegoen, zoragarria zen zein abiadura bizian mugitu zitekeen, bere ile zurruna aurpegian erortzen zitzaiola eta aurpegia bera bezain gorri eta amorruarekin. Ez nuen denbororarik izan nire beste pistola probatzeko, ezta ere, joera handiz, ziur nengoen alferrikakoa izango zela. Gauza garbi ikusi nuen: ez nintzen bakarrik bere atzera egin behar, edo bizkor arkuetan sartuko ninduen, popean ia kaskatuta neukan momentuan. Behin harrapatuta, eta odolez tindatutako bederatzi edo hamar hazbete eternitatearen alde honetan nire azken esperientzia izango litzateke. Eskuak palmondo gainean kokatu nituen nagusiaren gogoaren gainean, eta itxaroten nengoen bakoitzean.

Ikusi nahi nuela gelditu egin zela ikustean, eta une bat edo bi pasatu zitzaizkion bere aldetik eta besteei buruz egindako mugimenduak. Maiz jolastu izan nuen jokoa izan zen etxean, muino beltzeko kobazuloetan; baina inoiz ez zara ziur egon, orain bezain bihotz bezain latza. Hala ere, esaten dudanez, mutilen jokoa zen, eta pentsatu nuen nire buruari eutsi ahal niola, zauritutako izterrezko marinel zahar baten aurka. Hain zuzen ere, nire ausardia oso altua hasi zen, non pentsaera ausart batzuk utzi nituen neure buruari, gertakariaren amaiera izango zenari buruz; eta , denbora luzez, kanpora bota nezakeela ziur nengoen, azken ihesaldi baten itxaropenik ez nuen ikusi.

Eta horrela, gauzak horrela zihoan bitartean, bat-batean hispaniola kolpeka gelditu zen, hondarrean une batez lurrean gelditu zen eta, ondoren, kolpe bat eman ondoren, portuaren alborantz abiatu zen, oholtza berrogeita bost graduko angeluan egon arte. Eta ur puncheon bat zurrumurruaren zuloetara bota, eta oholtza eta gurdiaren arteko igerileku batean etzan.

Gu biok bigarren batean kapipulatuta geunden eta biok ia elkarrekin jaurti genuen txapelaren bila, hildako txano gorria, besoak oraindik zabalik, gogor jota gure ondotik. Hain gertu geunden, nire burua coxswain-en oinaren kontra etorri zitzaidan hortzak okertzen zituen pitzadura batekin. Kolpea eta dena, lehen oinetan nengoen berriro, eskuek hildakoen gorputzarekin parte hartu baitzuten. Itsasontziaren bat-bateko jotzeak ez zuen bizkarrezurra martxan jartzeko lekurik bihurtu; ihes egiteko modu berri bat aurkitu behar nuen, eta hori zela eta, nire etsai ia ukitzen ari zitzaidan. Pentsatu bezain laster, zorabialdoen erraietan sartu, eskuz esku hartu eta ez nuen arnasarik marraztu gurutze-lerroetan eserita nengoen arte.

Pentsatu bezain laster, mizzen arbasoetan murgildu nintzen

Galdetu zidaten gorde nintzen; dirkek ez ninduen oin erdi bat beherago nire hegaldiaren atzetik jarraitu; eta israelen eskuak ahoa zabalik eta aurpegia nirea altxatuta zeuden, harritzeko eta etsitzeko estatua ezin hobea.

Neure buruari une bat eman diodanean, ez dut denborarik galdu pistolaren koskorra aldatzeko, eta, ondoren, zerbitzurako prest egotea eta ziurtasuna bi aldiz ziur egoteko, bestearen karga atera eta kargatzen jarraitu dut. Berriz hasieratik.

Nire enplegu berriak sekulako kolpea eman zidan; dadoa bere aurka zihoala ikusten hasi zen, eta zalantza izpi baten ondoren ere bere buruaz beste egin zuen sastraketaraino, eta, zurrumurrua hortzekin, poliki-poliki hasi zen muntaia egiten. Denbora kostatu zitzaion eta keinuak hanka zauritua haren atzetik eramatea; eta lasai amaitu nituen nire moldaketak igoeraren herena baino askoz lehenago. Gero, pistola eskuan zuela, hari zuzendu nion:

"urrats bat gehiago, jaunak," esan nuen, "eta zure garunak aterako ditut! Hildakoek ez dute ziztatzen, badakizu", erantsi nuen barre algara batekin.

Berehala gelditu zen. Bere aurpegia lantzen ikusi nuen pentsatzen saiatzen ari zela, eta prozesua hain astuna eta neketsua izan zen, aurkitu berri nuen segurtasunean barre algara egin nuen. Azkenik, trago bat edo bi hitz egin zuen, aurpegia muturreko nahasmenduaren adierazpen bera zeraman oraindik. Hitz egiteko, zuloa ahotik hartu behar zuen, baina, hala ere, gelditu gabe geratu zen.

"jim", esan du, "uste dut faltsututa gaudela, zu eta ni, eta artikuluak sinatu beharko ditugula. Izan nituen baina horregatik ez zaitut zortea izan, baina ez daukat zorterik, ez eta, uste dut, greba egin beharko duzula, zaila egiten zaidala, itsasontziko gizon bat zu bezalako itsasontzi baten bila, uste dut. "

Bere hitzetan edaten ari nintzen eta kanpoan irribarrez, oilar bat bezala ibiltzen nintzenean, arnasa harturik, bere atzekoa eskuin eskua sorbaldatik igaro zen. Zerbait kantatzen zen gezia airean; kolpe bat eta gero kolpe gogorra sentitu nuen eta han sorbaldatik makilaraino heldu nintzen. Momentu harrigarrian eta harridura izugarrian - oso urria izan daitekeela esan dezaket nire borondatearengatik, eta ziur nago helburu kontzienterik ez zela izan: nire pistolak itzali egin ziren, eta biak eskuetatik ihes egin nuen. Ez ziren bakarrik erori; oihu garbiarekin, coxwain-ek atzaparretatik urrundu zuen eta burua uretara bota zuen.

Kapitulua xxvii

"zortzi pieza"

Itsasontziaren kantina zela eta, mastak ur asko ur gainean zintzilik zeuden, eta gurpildegietako nire portutik ez nuen ezer azpian badiako gainazaletik. Hain urruti zegoen eskuak, ondorioz, itsasontzitik hurbilago zeuden, eta nire eta zintarien artean erori ziren. Behin azalera igo eta odol pixka bat sartu zuen eta ondoren berriro ere hondoratu zen. Ura finkatu ahala, itsasontziaren alboan itzal argitsu eta argitsuan etzanik ikusi nuen. Arrain bat edo bi bere gorputza irauli. Batzuetan, urak astinduta, pixka bat mugitzen zela agertzen zen, igotzen saiatuko balitz bezala. Baina nahikoa hilda zegoen, tiroz eta ito ere bai, eta arrainentzako janaria izan zen nire hiltegia diseinatu zuen leku berean.

Gaizki, ahul eta izututa sentitzen hasi nintzenean ez nuen seguru aski. Odol beroa bizkarrean eta bularralde gainean zegoen. Dirkerra, non sorbaldaraino heldu nion mastaraino, burdina bero bat bezala erretzen ari zela zirudien; bainan ez nau atsekabetu ninduten benetako sufrimendu horiek; horientzat, murmurik gabe jasan nezakeen; jantzia neure buruan izandako beldurrezkoa zen, coxwwain-aren gorputzaren ondoan dagoen ur berde geldi hartan.

Bi eskuekin estutu nintzen iltzeak min hartu arte eta begiak itxi ditut arriskua estaltzeko moduan. Apurka-apurka nire gogoa berriro itzuli zen, nire pultsuak denbora naturalago batera isildu eta berriro ere jabetu nintzen.

Izan zen nire lehenengo pentsamendua saskiratzea. Baina bai gogorregi itsatsi zitzaidan edo nerbioak huts egin zidan, eta hotz bortitz batekin gelditu nintzen. Bitxia bada ere, izugarrizko hotsek negozioa egin zuten. Labana, hain zuzen ere, munduan gertuen zegoena guztiz falta zitzaidan; larruazal pittin batek baino gehiagori eusten zidan eta honek hotzak urratu egiten ninduen. Odola azkarrago jaitsi zen, ziur, baina nire nagusia nintzen berriro, eta nire armarria eta alkandora bakarrik heldu nituen.

Azken horiek sekulako kolpearekin hautsi nituen eta ondoren zubia berreskuratu zuten estribarreko estalkiek. Izan ere, munduko ezer ez nintzateke ausartuko berriro ere, dardarka nengoen, portu zabaleko aldageletatik, israeldarrak hain behera erori baitziren azkenaldian.

Azpitik joan nintzen eta ahal nuena egin nuen zauriarengatik; min handia egin zidan, eta oraindik ere libre egiten nuen, baina ez zen ez sakona eta ez arriskutsua, eta ez ninduen askorik suertatu besoa erabiltzen nuenean. Gero, nire ingurura begiratu nuen, eta itsasontzia nolabait nirea zen heinean, pentsatzen hasi nintzen azken bidaiari hura garbitzen - hildakoa, o'brien.

Saski batzuen kontra jarri zuen, esan bezala, txotxongilo izugarri eta izugarri bat bezala; bizitza-tamaina, hain zuzen ere, baina zein desberdina da bizitzaren kolorea edo bizitzaren egokitasuna! Posizio horretan erraz joan ninteke berarekin eta abentura tragikoen ohiturak hildakoen ia nire izua higatu zuenez, gerritik hartu nuen gari-zaku bat izango balitz bezala, eta, on bat egin zuen, eta hankaz gora bota zuen. Soinu zurrunbiloarekin sartu zen; txano gorria desagertu zen eta gainazalean flotatzen jarraitu zuen; eta zipriztinak itxi egin bezain pronto, bera eta israel ikusi nituen alboan etzanda, uraren mugimendu ikaragarriarekin keinuka. O'brien, nahiko gaztea bazen ere, oso burusoila zen. Han hil zuen gizonaren belaunetan, buruko burusoil harekin, eta arrain bizkorrek bana eta bestera zuzentzen ziren.

Orain bakarrik nengoen itsasontzian; marea buelta eman berria zen. Eguzkia ez zegoen hain maila gutxiren buruan, mendebaldeko itsasertzean pinuak itzala hasi eta ainguraldera heltzen hasi ziren eta oholtza gainean. Arratsaldeko haizea piztu zen, eta mendian ekialdean zeuden bi gailurrekin ondo zainduta zegoen arren, kordelak bere buruari leunki abesten hasi zen eta itsaso zurrunbiloak jo eta aurrera egin zuen.

Ontziarentzako arriskua ikusten hasi nintzen. Hondoko bizkarrekoek abiadura bizian zikindu eta malkoak ekarri zituzten, baina mainsail kontua ez zen zailagoa. Golanoak kukututa zegoenean, boomak kanpora irten zen, eta haren txanoa eta bela bat edo bi hanka ur azpian zintzilik zeuden. Hori oraindik arriskutsuagoa zela pentsatu nuen, baina tentsioa hain astuna zen non beldur nintzen nahasteko beldur nintzen. Azkenean aiztoa hartu eta ilegorriak moztu nituen. Gailurra berehala jaitsi zen, mihis solte sabelada handi bat isurtzen zen uraren gainean; eta, nahi nuen bezala, ezin izan nuen atzera egin, hori betetzeko gai izan nintzen neurria. Gainerakoentzat, hispaniolak zortearekin fidatu behar du, ni bezala.

Ordurako aingura osoa itzalpean erori zen: gogoan dut azken izpiak, egurrezko begirada batetik erori eta harribitxi distiratsuak naufragioaren mantuaren loraldian. Hotza hasi zen; marea azkar ihes egiten ari zen itsasorantz. Goleta gero eta gehiago ari zen bere habe muturretan finkatzen.

Aurrera egin nuen eta begiratu nuen. Nahikoa arina zirudien eta bi eskuetan moztua mozkortuta, azken segurtasun bat izateko, burua erortzen utzi nuen itsasorantz. Ura ia ez zen gerritik heldu; harea zur eta lur estaliz estalita zegoen, eta izugarrizko izpirituetan itsasoratu nintzen, hispaniola alboan utzita, mainsailarekin badiaren azalera zabalduz. Ordu berean, eguzkia nahiko jaitsi zen eta iluntzean puztu egiten zen haizea.

Behintzat, eta azkenean, itsasoan nengoen eta ez nuen handik esku hutsik itzuli. Goleta etzanda zegoen, azkenean bukagailuetatik garbi, eta gure gizonek berriz ere ontziratu eta itsasora joateko prest. Ez nuen nire zaletasunik hurbilagotik etxera heltzea eta nire lorpenen harro egotea baino. Seguru asko nire trufismoaren errua leporatu zezakeen, baina hispaniolaren berreskurapena erantzun gogorra izan zen, eta espero nuen kapitaina smollett-ek ere ez zuela denbora galduko aitortuko nuela.

Beraz, pentsatuz eta izpiritu ospetsuekin hasi nintzen aurpegia etxera eramaten blokearen eta nire lagunen artean. Gogoan dut kapitainaren kainu aingurara isurtzen diren ibaien artean errazena bi ezker gailurretik zutela nire ezkerrean zegoela; eta norabide horretan makurtu nintzen korrontea txikia zen bitartean pasatzeko. Egurra nahiko irekia zen eta beheko isurialdeei eutsiz, laster bihurtu nintzen muino horren ertza, eta ez nintzen handik ur-zulo guztian sartu ibaian zehar.

Honek ben gunn, marroia eta topo egin nuen lekura hurbildu ninduen. Zirkuitsuago ibili nintzen, begirada alde guztietan. Ilunabarra erabat gertu zegoen eta bi gailurren arteko zuloa ireki nuenean, zeruaren aurkako dirdira lauso batez jabetu nintzen, non, nik uste nuen, uharteko gizonak afaria prestatzen ari zen orro baten aurretik. Sute. Eta hala ere galdetu nuen nire bihotzean, bere burua hain arduragabea erakutsi behar zuela. Izan ere, distira hori ikusten banuen, baliteke zilarrezko begietara ere ez zela iritsi itsasertzean paduren artean?

Pixkanaka gaua beltzago joan zen; neure helmugara gutxi gorabehera gidatzeko egin neban; nire atzean dagoen muino bikoitza eta eskuineko eskuko beira, ahulak eta ahulak ziruditen, izarrak gutxi eta zurbilak ziren, eta noraezean ibiltzen nintzen beheko sastretan saski artean eta hareazko putzuetara jaurtitzen jarraitu nuen.

Bat-batean distira mota bat erori zitzaidan. Gora begiratu nuen; ilargi-izpi distiratsuak zeramatzaten espioiaren beiraren gailurrean, eta handik gutxira zerbait zabala eta zilarra beherantz zuhaitzetatik behera zihoala ikusi nuen eta ilargia altxatu zela jakin nuen.

Honekin laguntzeko, azkar geldidu nintzen bidaian geratzen zitzaidanaren gainetik; eta, batzuetan, oinez, beste batzuetan korrika, gogoz hurbildu zen kanpalekura. Hala ere, aurretik dagoen zuhaitza zabaltzen hasi nintzenean, ez nengoen hain pentsakor, baina nire erritmoa apurtu eta malkartsuki joan nintzen. Nire abenturetako amaiera eskasa izango zen, nire alderdiak akats bat egiteagatik tiro egitea.

Ilargia gero eta altuagoa zen; haren argia han eta hemen hasi zen masetan basoko auzo irekiagoetan barrena, eta nire aurrean, beste kolore bateko dirdira agertu zen zuhaitzen artean. Gorria eta beroa zen, eta behin eta berriro ilundu egin zen, suhiltzaile suaren ibaiak zirela eta.

Niretzat ezin nuen pentsatu zer izan daitekeen.

Azkenean zuzen-zuzen jeitsi nintzen garbiketaren ertzetan. Mendebaldeko muturra dagoeneko ilargi distiratuan zegoen; gainontzekoak eta blokeoa bera ere itzal beltzean zeuden, argi izpi luze zilarkorrak zekartzela. Etxearen bestaldean su itzelezko bat erretzen zen larri ilunetan eta erreberberazio gorri etengabea isuri zuen, ilargiaren itxura garbiarekin kontrastatuz. Ez zen arimarik piztu, ezta haizearen zaraten ondoan ere.

Geldidu nintzen, nire bihotzean harridura handiarekin, eta agian beldur pixka bat ere bai. Ez zen gure bidea izan sute handiak eraikitzeko; kapitainaren aginduei esker, egurrezko zurrumurru samarrak ginen, eta ausaz nengoen bitartean zerbait gaizki joan ote zen beldur nintzen.

Ekialdeko muturrean lapurtu nuen, itzalari eutsiz eta toki apropos batean, iluntasun lodiena zegoen lekuan, gurutzatu nuen palisa.

Ziurtasunez ziurtatzeko, eskuak eta belaunak hartu nituen eta arakatu nuen, soinurik gabe, etxeko bazterrera. Hurbiltzen ari nintzen heinean nire bihotza bat-batean eta asko arindu zen. Ez zen berez zarata atsegina, eta askotan salatu izan dut beste batzuetan, baina musikaren modukoa zen nire lagunek beren loan hain ozen eta lasai ibiltzen entzutea. Erlojuaren itsaso oihua, "dena ondo", ez zen sekula lasaiago erori nire belarrian.

Bitartean, ez zegoen gauza bati buruzko zalantzarik; erloju txar gaiztoa mantendu zuten. Zilarrezkoa balitz eta orain haien gainean gurutzatzen ari ziren mutilak, arima batek ez zuen egunsentia ikusiko. Kapitaina zauritu izana zela pentsatu nuen; eta berriro ere leporatu nintzen neure burua arrisku horietan ez uzteagatik hain gutxi zeramatzala guardiara.

Oraingo honetan atea heldu eta zutik nengoen. Dena iluna zegoen barruan, beraz, begiak ez nituen ezer bereizteko gai. Soinuei dagokienez, zurrumurruen danborra eta noizbehinka zarata txikia, kezkak edo zurrupinak entzuten nituen.

Nire besoekin aurretik etengabe sartu nintzen. Oheratu behar nintzen neure lekuan (pentsatu nuen, barre algara batekin) eta aurpegiaz gozatu goizean aurkitu nindutenean. Nire oinak zerbait ematen zuen: loaren hanka zen, eta jiratu eta keinu egiten zuen, baina esnatu gabe.

Eta orduan, bat-batean, ahots lotsagarria iluntasunetik irten zen:

"zortzi zatiak! Zortzi piezak! Zortzi piezak! Zortzi zatiak! Zortzi piezak!" eta abar, etenik edo aldaketarik egin gabe, errota txiki baten argala bezala.

Zilarrezko loroa berdea, kapitaina flint! Bera izan zen entzun nuen azka zati batean zurrupatzen; bera baino, gizaki batek baino hobeto zaintzen zuen, horrela heldu zitzaion ihesari uko egin ziola.

Ez nuen denborarik berreskuratzeko. Loroaren tonu zorrotzari esker, loak loratu eta piztu egin ziren, eta zin handiarekin zilarrezko ahotsa oihukatu zuten:

"nor doa?"

Korrika egin nuen, bortizki jo nuen pertsona baten aurka, atzera egin eta segundo baten besoetara heldu nintzen, nor bere aldetik itxi eta estu hartu ninduen.

"ekarri antxoa, txakurra", esan zuen zilarrak, nire harrapaketa ziurtatuta zegoenean.

Eta gizonetako batek egunkariaren etxea utzi zuen, eta gaur egun marka arinarekin itzuli zen.

Zatia vi

Kapitaina zilarra

Kapitulua xxviii

Etsaiaren kanpamentuan

Blokearen barrualdea argitzen ari zen linternaren distira
gorriak nabaritu ninduen konturatutako okerrena. Piratek
etxea eta dendak zituzten; han zegoen kognak, lehenago
bezala, txerrikia eta ogia; eta hamar aldiz handitu zen nire
izua, ez zen inolako presoen arrastorik. Guztiak hil egin
nintzela epaitu nezake, eta nire bihotzak gaizki jo ninduen
ez nintzela haiekin hil.

Bucanoetako sei zeuden, guztiak kontatuta; ez zen beste
gizon bat bizirik utzi. Horietako bost oinez zeramatzaten,
puztu eta puztu zirenak, bat-batean, mozkorraren lehen
loalditik deitu zuten. Seigarrena ukondoaren gainera igo da;
hilda zurbil zegoen, eta buruan biribila zuen odol-gerizpeak
esan zuen duela gutxi zaurituta zegoela eta oraintsu jantzita
zegoela. Eraso handian baso artean fusilatu eta atzera egin
zuen gizona gogoratu nuen eta ez nuen zalantzarik.

Loroa jesarrita zegoen, bere plumaje-aurpegia, john
sorbalda luzean. Berak, uste baino zintzoagoa eta
gogorragoa zitzaidan. Bere eginkizuna bete zuen jantzi
larriko jantzi fina zeraman baina zoragarriagoa zen
higadurarako, buztinez iltzatua eta egur zurrunbilo
zorrotzak urratuta.

"beraz," esan zuen, "hemen hawkins, dardar nire egurrak!
Erori, hala nola, ondo? Etorri, lagun hori hartzen dut"

Eta handik brandy upelaren gainean eseri eta pipa betetzen
hasi zen.

"eman iezadazu esteka baten mailegua", esan zuen; eta gero, argi ona izan zuenean, "horrelaxe egingo duzu, nire mutila", gehitu zuen, "itsatsi ezazu egur pila batean, eta zu, jaunok, ekarri itzazu!" ez duzu zutik behar jauna hawkins; barkatuko zaitu, horregatik etor zaitezke eta, beraz, jim "-tabakoa geldiaraztea" "hemen zaude, eta sorpresa atsegina da john zahar pobrearentzat. Adimentsua zinela ikusten dut lehenengo begiak begietan, baina hemen urruntzen nau garbi, hala da ".

Horri guztiari, uste bezala, ez diot erantzunik eman. Bizkarra eman zidaten hormaren kontra, eta han nengoen, aurpegia zilarrezko itxurarekin, nahikoa iluna, espero dut kanpoko itxura guztietarako, baina etsipen beltza nuen bihotzean.

Zilarrak bere pipa bat edo bi hartu zuen pipa handiz, eta berriro jarraitu zuen:

"orain, ikusi, jim, beraz zaude hemen", dio berak, "nire buruaren zati bat emango dizut. Betidanik gustatu izan zaizu, izpiritu mota bat eta marrazkilaria naiz niri bere buruaz gaztea eta zintzoa nintzenean. Nahi izan nuen beti parte hartu eta zure burua hil eta jaun bat hiltzea, eta orain, nire oilarra, iritsi behar duzu. Cap'n smollett itsasgizon fina da, " egunero jabetuko naiz, baina gogorra diziplina aldetik. "dooty dooty da", dio berak, eta ondo dago. Besterik ez duzu kaptuaz garbi geratzen. Medikua bera ere hil egin da berriro. Zer esan zuen, eta istorio osoaren laburra eta luzea da hemen: ezin duzu zure lurrera itzuli, ez baitute izango; eta, hirugarren itsasontzi baten konpainia hasi gabe bakarrik, zeinak bakartia izan liteke, zilarrezko kapoiarekin barreiatu beharko duzu ".

Orain arte hain ona. Nire lagunak oraindik ere bizirik zeuden, eta zilarrezko adierazpenaren egia esan arren, kabina-festa nire deserriaren ondorioz tentsioa hartu zidaten arren, entzundakoak baino gehiago kezkatu nau.

"ez dizut ezer esaten gure eskuetan", jarraitu zuen zilarrak ", nahiz eta zu zauden, eta gezurretan egon naiteke. Guztia naiz argudioengatik; ez dut sekula ikusi onik mehatxu egiten duenik. Zerbitzua gustatzen zaizu, ondo joango zara, eta ez baduzu, ez, jim, zergatik, ez zaizu erantzuten, doakoa eta ongi etorria, ontzi-laguna, eta bidezko marinel batek esan dezakeen modu justuagoan bada, astindu nire aldeak ! "

"erantzun behar al dut?" galdetu nuen, oso ahots ikaragarriarekin. Eztabaida zoragarri honen guztiaren bidez, gaitz egin ninduen heriotza mehatxua sentitu nuen, eta masailak erre eta bihotza bularrean min handiz jo nuen.

"mutil", esan zuen zilarrak, "inork ez zaitu inor presionatzen. Hartu zure errodamenduak. Gutako inork ez zaitu presarik, adiskide; denbora hori zure enpresan hain atsegina pasatzen da, ikusten duzu".

"ondo", esaten dut, pixka bat ausartago, "aukeratu behar badut, zer den eta zergatik zauden hemen eta nire lagunak non dauden jakiteko eskubidea dudala aldarrikatzen dut".

"wot wot?" - errepikatu zuen zurrunbiloetako batek, hazkura sakon batean. "bai, zortea izango zen hori jakinda!"

- beharbada, lapurtu egingo dituzu zure lagunak hitz egin arte, nire lagunari —oihu egin zion zilarrezko gizonak hizlari honi. Eta orduan, bere lehen doinu zintzoekin, erantzun zidan: "atzo goizean, jauna," esan zuen, "txakurkumean, behera etorri zen medikua livesey truke bandera batekin. Honela dio: 'cap'n silver, agortuta dago.

Ontzia desagertu egin da! Beno, agian edalontzi bat hartu eta biribiltzen laguntzeko abestia hartu genuen. Ez dut esango, gutxienez, ez dugu inor begiratu. Kanpora begiratu dugu, eta, trumoiaren eraginez, ontzi zaharra desagertu egin da. Inoiz ez nuen ikusi sekulako arropak arrainak diruditenik, eta gezurretan egon zaitezke, arrainena iruditu zaidala esaten badizut. "ondo", dio medikuak, alde egin dezagun. Guk, bera eta biok, negoziatu genuen, dendak, brandy-a, blockhouse-a, ebaki nahian pentsatu zenuen egurra, eta, hitz egiteko moduan, bedeinkatutako itsasontzi osoa, gurutzetik hasi eta keelson-era. Tranpa egin dut; ez dakit non dauden.

Berriro ere lasai atera zuen pipa.

"eta ez dadin zure buru horretara eraman", jarraitu zuen ", itunean sartu zinela, hona hemen esandako azken hitza:" zenbat dira ", dio nik," utzi? " "lau", esan du, "lau, eta gutako bat zauritu da. Mutil horri dagokionez, ez dakit non dagoen, nahastu egin du", esan du, "ez zait asko axola. Gaixo zion. ' Hauek ziren bere hitzak ".

"dena al da?" galdetu nuen.

"beno, entzuten ari zaren guztia da, nire semea", itzuli zuen zilarrak.

"eta orain aukeratuko al dut?"

"eta orain aukeratu behar duzu, eta horretan ibil zaitezke", esan zuen zilarrak.

"ondo", esan nuen, "ez naiz hain ergela, baina nahiko ondo dakit zer bilatu behar dudan. Utzi ezazu okerrena txarrena, axola zait. Gehiegi hil direla ikusi dut zurekin, baina gauza bat edo bi esan behar dizkizut ", esan nuen, eta oraingoan nahiko hunkituta nengoen; "eta lehena hau da: hementxe zaude; modu txarrean; ontzia galduta, altxorra galduta, gizonak galduta; negozio osoa nahastu da; eta jakin nahi baduzu, nork egin zuen hori! ... Sagar kupela lurra ikusi genuen gauean, eta john, eta zu, john johnson eta eskuak, itsasoaren hondoan dagoenak, entzun nituen eta esan zenuen ordua iritsi baino lehen esan zizun. Goleta, niri kablea moztu nion eta bera hil zitzaizkidan itsasontzian hil nituen ni izan zen. Inoiz ikusiko ez nuen tokira eraman ninduen. Ez zen zuetako bat. Lehendabiziko negozioaren gorena izan dut; ez dut beldurrik euli baten beldur baino. Hil nazazu, mesedez edo gorde nazazu. Baina gauza bat esango dut, eta ez gehiago; gorde iezadazu, salbuespenak salbuespenak dira, eta bekadunak pirateriagatik epaitegian daudenean, ahal dudan guztia salbatuko zaitut. Aukeratzea da zuretzako. Hiltzea beste bat ez zaitez ona egin edo gorde nazazu eta lekukoa gorde zu urkamenditik ".

Gelditu nintzen, izan ere, diotsuet, arnasik gabe nengoen, eta, nire harritzekoa, ez zen horietako gizon bat mugitu, baina guztiak eseri zitzaizkidan begiratzen ardi asko bezala. Eta begira zeuden bitartean, berriro ere lehertu nintzen:

"eta orain, zilarrezko jauna", esan nuen, "nire ustez gizon onena zara hemen, eta gauzak okerrera egiten badituzu, zuretzako modua hartuko dut medikuak nola hartu nuen jakiteko. "

"kontuan hartuko dut", esan zuen zilarrek, nire bitxikeria azentuaz ezin izan baitut, nire bizitzarako erabaki, nire eskaeraz barre egin ote zuen edo nire ausardiaz eragin ote zuen ala ez.

- neure burua jarriko dut ", oihukatu zuen mahagain aurpegiko marinel zaharrak - izen bereko morgana -

norbaitek jo zuen etxe publikoan, bristol leizeetan. Txakur beltza ezagutzen zuen hura izan zen.

"ondo, eta ikusi hemen", gehitu zuen itsas sukaldariak, "berriro ere jarriko diot, trumoiari esker! Izan ere, bera izan zen mutiko hori bera dela eta kartak hezurrak ezabatu zituena. Lehendabizikoz azken aldian banatu dugu jim hawkins! "

"orduan hara!" —esan zuen morganek, zin eginez.

Eta hondoratu egin zen, hogei urte zituen bezala labana marrazten.

"avast, han!" oihukatu zuen zilarrak. "nor zara zu, tom morgan? Agian pentsatu zenuen hemengo kapitaina zela, akaso. Botereen arabera, baina hobeto irakatsiko zaitut! Gurutzatu nazazu eta gizon on bat joan zaizun lekura joango zara, lehenik eta behin, hogeita hamar urteren bueltan, batzuk patioraino, dardaraka nire aldeak, eta batzuk arbelean, eta denak arrainak elikatzeko. Inoiz ez da gizon batek begien artean begiratu eta egun on bat ikusi zuen aurrera, tom morgan. Horretarako etzan. "

Morgan pausatu zen, baina murmurio garratza bat igo zen besteengandik.

"tom's eskubidea", esan zuen batek.

"aspalditik nengoen", gehitu du beste batek. "zintzilikatuko nauzu, gorroto egingo banauzu, zilarrezko joana".

Jentilen batek nahi al zuen nirekin ateratzea? Zilarrezko orroak urkatzen zen kegearen posiziotik urrunago, bere pipa oraindik eskuineko eskuan distira zuela. "jarri izen bat zer zauden; ez zara tonto, uste dut nahi duena lortuko duela.

Nik bizi izan dut urte askotan rum rum puncheon oilar batek bere kapela jotzen zuen nire hawser azken honetan. Bukaera? Bidea badakizu; zorte ona zara jaunen arabera, zure kontuaren arabera. Ondo nago. Har ezazu mahai-tresnak, ausartuko dena, eta barruko kolorea ikusiko dut, makurra eta dena, pipa horren hustu aurretik ".

Ez da gizonik piztu; ez zuen gizon batek erantzun.

"hau da zurea, ala da?" gehitu zuen pipa ahora itzuliz. "beno, asko gustatuko zaizu begiratzea. Ez du asko borrokatzen merezi duzula, ez duzu. Ezin duzu king georgeren ingelesa ulertu. Hemen naiz 'lection arabera. Hemen nago gizaki onena naizelako itsasoko kilometro luze batean. Ez duzu borrokatuko, jaunek zoriona behar luketen bezala; orduan, trumoiaren arabera, obedituko duzu eta orain, mutil hori gustatzen zait; inoiz ez dut horrelako mutil hoberik ikusi. Hemen zauden arratoien pare bat baino gehiago da gizon honetan, eta zer esaten dut hau da: ikusi dezadan eskua ezarriko didala. Haren gainean - hori da esaten dizutena, eta zuk jar zaitezke.

Pauso luze bat eman zen ondoren. Hormaren kontra altxatu nintzen, nire bihotza lera bat bezala joango nintzen, baina itxaropen izpi bat nire barrenean distiratzen. Zilarra makurtuta zegoen hormaren kontra, besoak gurutzatuta, pipa ahoaren izkinan, elizan egon balitz bezain lasai; hala ere, begiak noraezean zihoan, eta haren isatsa jarraitu zien bere jarraitzaile maltzurrei . Haien aldetik, apurka-apurka elkartzen ziren blokearen muturreraino, eta beren xuxurlatzen ari diren ahul txikiak nire belarrietan etengabe jo ninduten, erreka bat bezala. Bata bestearen atzetik gorantz begiratu eta linternaren argi gorria segundo batez eroriko zen beren aurpegi urduri gainean; baina ez zen niregana jo, zilarrezko begiak piztu zituzten.

"asko daudela dirudi", nabarmendu zuen zilarrak urrutira botatzen zuela airera. "kanalizatu eta utz iezadazu entzuten edo etzan."

"aizu barkamena, jauna", itzuli zuen gizonetako batek; "nahiko aske zaude arau batzuekin, agian atsegin handiz mantenduko dituzu gainerakoak. Tripulazio hau ez dago pozik; tripulazio honek ez du maltzurki marlinspike bat jotzen; tripulazio honek beste tripulatzaile batzuk bezala ditu bere eskubideak." doa ezazu hori, eta hartu itzazu zure arauen arabera, elkarrekin hitz egin dezakegu. Barkamena eskatzen dizut, jauna, gaur bertan kapturatu izana aitortuz, baina kontseilu bat izateko nire eskubidea eta pausoak aldarrikatzen ditut ".

Eta ikaskide honi esker oneko itsasoari agur eginez, bost eta hogeita hamar urteko gizon horia, luze eta txarra, atakarantz heldu zen etxera eta desagertu zen etxetik. Bata bestearen atzetik, bere adibidea jarraitu zuten, eta bakoitzak salbuespen bat egin zuen pasa ahala, bakoitzak barkamena gehituz. "arauen arabera", esan zuen batek. "fok's'le council", esan zuen morganek. Hala eta guztiz ere, ohar batekin edo bestearekin, guztiak zur eta lur utzi ninduten, linterrarekin bakarrik.

Itsas sukaldariak berehala kendu zuen pipa.

"orain, begira zaitezte hemen, jim hawkins", esan zuen entzute hutsak ez ziren xuxurlatu batean, "heriotzaren zurrunba erdi baten barruan zaude, eta, zer da, okerragoa da, tortura." bota nazazu, baina zuk markatzen dut zure ondoan lodi eta mehe artean. Ez nuen esan nahi; ez, ez zenuen hitz egin arte. Desesperatuta nengoen hainbeste zorigaitza galtzeko eta negoziazioan zintzilikatuta nengoen. Baina modu egokian ikusi zaitut ikusten dut neure buruari: hawkins, john eta hawkins zaude zure ondoan. Zure azken txartela zara, eta trumoiaren bizi, john, zurea da! , dio. Zure lekukoa gordetzen duzu eta lepoa salbatuko dizu.

Ulertzen hasi nintzen.

"galdu egin nahi duzu?" galdetu nuen.

"ai, gomaz, egiten dut!" erantzun zion. Itsasontzia desagertu egin da, lepoa da. Hori da tamaina. Behin badia horretara begiratu nuen, jim hawkins, eta ikusi ez nuen goleta. Beno, gogorra naiz, baina eman egin nuen. Ergelkeriak eta koldarrak dira. Zure bizitza salbatuko dut, ahal dudan moduan, beraiengandik ... Baina ikusi hemen, emaztea ... Hau da, luze jo duzu giltzarritik.

Txundituta nengoen; galdetzen zuen hain itxaropena zen gauza bat, bera, bukatari zaharra, buruzagi nagusia.

"zer egin dezaket, hori egingo dut", esan nuen.

"ganga da!" oihukatu zuen joanek. "zorrotz mintzatzen zara eta trumoiaren bidez aukera bat daukat".

Tximeletarantz joan zen, sutondoaren artean kokatua zegoelarik, eta argi berria atera zuen pipara.

"ulertu nazazu, jim", esan zuen itzuliz. "buru bat dut nire sorbaldetan. Badakit orain kuadrillaren alde nago. Badakit ontzi hori segurua dela. Nola egin duzu ez dakit, baina seguru dago. Eskuak asmatzen ditut eta o'brien bigundu egin naiz. Ez dut sekula sinetsi horietako batean. Orain markatzen nauzu. Ez dut galderarik egiten eta ez diot besteei utziko. Badakit joko bat dagoenean, hala egiten dut, eta badakit mutil hori badela. Bai, zu gaztea zara! Eta biok elkarrekin ahalmen ona egin dugu!

Kukaki bat atera zuen ontzitetik kontserba lata kanikin batera.

Dastatu egingo al duzu jauna? Galdetu zuen, eta uko egin nionean, "ondo, ihesa hartuko dut neure burua, jim" esan zuen. "kalderero bat behar dut. Izan ere, badaude arazorik. Eta, arazoez hitz egitean, zergatik eman dit medikuak taula hori, ez?"

Nire aurpegiak galdera harrigarri bat eskatzen zidan harridura bat zen.

"ah, ondo egin zuen, baina", esan zuen. "eta horren azpian zerbait dago, zalantzarik gabe, zerbait, ziur asko, horren azpian, txarra edo ona".

Eta brandiaren beste trago bat hartu zuen, buru zintzoa astinduz okerrera begira zegoen gizona bezala.

Xxix kapitulua

Gune beltza berriro

Bueltaren kontseiluak denbora gutxi iraun zuen, horietako bat berriro etxera sartu zenean, eta nire ironian aire ironikoa zuen agur beraren errepikapenarekin, zuzi baten mailegua eskatu zuen. Zilarra labur adostu eta emisore honek berriro erretiratu egin ginen, elkarrekin ilunpean utzi gintuen.

"ez da brisa etorriko, jim" esan zuen zilarrak, oraingoan tonu nahiko atsegina eta ezaguna hartua zuena.

Niregandik hurbilen dagoen oholtzara itzuli nintzen eta begiratu nuen. Sute ikaragarriaren buruak orain arte erretzen ari ziren, eta orain hain arin eta ilun zegoen, ezen zergatik nahi zuten konspiratzaileek linterna nahi nuen ulertu. Bildutako maldaren erdira gutxi gorabehera taldean bildu ziren; batek argia eduki zuen; beste bat belaunean zegoen haien artean, eta labana irekiaren palak eskuan kolore desberdinak zituela ikusi nuen, ilargia eta linterna. Gainontzekoak zurrun samarrak ziren, azken honen maniobrak ikusi bezain pronto. Esan nezake liburu bat eta labana bat zeramatzala eskuan; eta oraindik galdetzen zitzaion ea zein zen hain gauza zakarra bere jabetzan, belauniko figura berriro oinetara igo zenean, eta alderdi osoa etxerantz mugitzen hasi zenean.

"hona datoz" esan nuen i; eta lehengo posiziora itzuli nintzen, nire duintasunaren azpian haiek ikusten ari nindutela zirudien.

"ondo, etor zaitez, mutil ... Etorri gaitezen", esan zuen zilarrak, alaitasunez. "oraindik tiro bat daukat aldagelan".

Atea ireki zen eta bost gizonek, elkarrekin zutik jarrita, zenbaki bat aurrera atera zuten. Beste edozein egoeratan komikoa izango zen aurrerapen motela ikustea, zalantzaz oinez jo zuen bitartean, baina bere eskuin esku itxia aurrean zuela.

"igo, mutil" oihukatu zuen zilarrak. "ez zaitut jango. Eman eskua, lubber. Arauak ezagutzen ditut, egin ditzaten; ez dut despitazio bati min egingo".

Horrela, ontziratzaileak urratsez urratsago bultzatu zuen eta zerbait zilarretik pasatu ondoren, eskutik eskuetara, berriro ere erosoago jo zuen bere lagunengana.

Itsas sukaldariak eman zitzaionari begiratu zion.

"puntu beltza! Baietz pentsatu nuen", ikusi zuen. "non izan dezakezu papera? Zergatik, kaixo! Begira hemen, orain ez duzu zortea! Joan zara eta hau biblia batetik moztu duzu. Zer ergelak moztu du biblia?"

"aizu," esan zuen morganek, "ez al dut esan? Onik ez da etorriko, esan nuen".

"beno, orain konpondu duzu zure artean", jarraitu zuen zilarrak. "orain denak kulunkatuko zara, uste dut. Zer buruko mina zuen bibliak?"

"zakarra zen", esan zuen batek.

"polita, ala al da? Orduan, taloak otoitzak egitera iritsi daiteke", esan zuen zilarrak. "ikusi du bere zorte xerra, dick du, eta baliteke horri begira."

Baina hemen begiak horiak zituen gizon luzea barrura sartu zen.

"ezkutatu hitz hori, jo zilarrezkoa", esan zuen. "tripulazio honek leku beltza aholkatu du kontseilu osoan, dooty loturan bezala; besterik ez duzu buelta eman, dooty loturan bezala, eta ikusi zer idatzi den. Orduan hitz egin dezakezu".

"eskerrik asko, george", erantzun zion itsas sukaldariak. "negozioa oso ona izan zara beti, eta bihotzez arauak ditu, pozik nago ikustean. Ondo dago, zer da, ala? Ah! 'Deposed' - hori da, oso polita idatzi zuen ziur egon; inprimatu bezala, zin egiten dizut. Eskua idatzi behar al duzu? Zer dela eta, gizon hau punta-puntako gizon bat topatzen ari zinen hemengo tripulatzaile honetan. Hurrengoa izango zara, ez nauk harritzen. Nirekin linterna horrekin berriro, ez al duzu?

"zatoz, orain", esan zuen gorgeyek, "ez duzu tripulazio hau gehiago inor engainatzen. Gizon dibertigarria zara zure kontua kontuan hartuta; baina orain amaitu zara, eta beharbada urkatuko duzu upel horretatik, eta botoa ematen lagundu. "

"erregelak ezagutzen zituela esan nuen", itzuli zen zilarrez, mespretxuz. "gutxienez, hala ez baduzu, egiten dut; eta itxaroten dut hemen - eta oraindik ere zure burua naiz, gogoan - zure kexekin irten arte, eta erantzuten dizut; bitartean, zure leku beltza ez da gaileta bat merezi du. Ikusiko dugu ondoren. "

"oh", erantzun zuen georgek, "ez zaude inolako beldurrik aurkitzen; denak karratuak gara. Lehenik, gurutzaldi hau hash egin duzu ... Gizon ausart bat izango zara ezetz esateko horretarako, bigarrenean, etsaia utzi duzu hemen ezer tranpa egiteko. Zergatik nahi zuten? Ez dakit, baina nahiko arrunta da nahi zutela. Hirugarrena, ez zenuke gu joango. Oh, zurekin ikusten dugu, john zilarrezkoa; botilan jokatu nahi duzu. Hori da zurekin gertatzen dena. Gero laugarren dago hemen mutil hau. "

"dena al da?" -galdetu zuen zilarrak, lasai.

"nahikoa da", erantzun zuen gorgek. "guztiak kulunkatuko ditugu eta eguzkia lehortuko dugu zure zalapartarako."

"beno, begira hemen, lau puntu hauei erantzungo diet; bata bestearen atzetik erantzungo dizut. Gurutze hau hash egin nuen, ba? Ba, badakizu zer nahi nuen eta denok dakizu, hori egin izan balitz, gauean beti izan ginela hispaniola itsasontzian, gutako pertsona guztiak bizirik, egoki eta bete-betean eta murgilari onarekin, eta altxorraren barruan. Harra jo, tximista! Ondo, nork gurutzatu ninduen? Nork eskua behartu zidan, legez kanpoko kapoia zen bezala ?, nork lehorreratu ninduen puntu beltza lehorreratu genuen egunean eta dantza hau hasi zen? Ah, dantza ederra da ... Zurekin nago, london hirian sokamuturrean dagoen sokaren muturrean itxura ona duen itxurarekin , baina ... Nork egin zuen, zergatik, anderson, eta eskuak, eta zuk, zoriontsu! Berriro ere taldeko mutil horretako azken taula gainean, eta ausartak diren beldurrak kezkatu egin behar nauzu eta niri gailendu behar zaidalako ... Zu, guri asko hondoratu gaituela botereek! Baina horrek zurruntzen du haririk zailena. . "

Zilarra gelditu zen, eta ikusi nuen george eta bere beranduko adiskideen hitzek hitz horiek ez zutela esan.

"hori da zenbaki batentzat", oihukatu du akusatuak izerdia bekokira botaez, etxea astindu zuen beldurrarekin hitz egin baitzuen. "zergatik ematen dizut nire hitza, gaixorik nago zurekin hitz egiteko. Ez daukazu zentzurik, ezta memoriarik ere, eta zure amak itsasora etortzen utzi zintuen zaletasunari uzten diot! Itsaso! Jaunak!" jostunak zure negozioa da.

"joan aurrera, john", esan zuen morganek. "hitz egin besteei".

"ah, besteak!" itzuli zen john. "asko dira, ez al dira? Gurutzaldi hau mihiztatuta dagoela esan duzu. Ah, gomak, ulertuko bazenu zer nolako gaitza den, ikusiko zenuke! Nire lepoa gogorra duen gibetetik gertu gaude!" horretan pentsatzen ari zara. Beharbada kateetan zintzilik ikusi dituzu, hegaztiak, itsasgizonek pittin bat egiten dutela marea jaisten ari direla. 'Nor da hori?' esaten du. "hori! Zergatik, hori da zilarrezko joana. Ongi ezagutzen nuen", dio beste batek, eta kateak jangela entzun ahal izango duzu zoazela eta beste buiarantz iritsiko zaren heinean. Amaren semea gurekin, eskerrak eta eskuak, anderson eta beste zurrumurru zoragarriak ... Eta lau zenbakia ezagutu nahi baduzu, eta mutil hori, zergatik, astindu nire egurrak? Ez al da gerrilla? Aterpea alferrik galtzen utziko dugu? Ez, ez gu; gure azken aukera izan liteke, eta ez nuke harritzen. Hilko duzu mutil hori? Ez ni, lagunak eta hiru zenbakia? Ah, bai, esan beharra dago hiru zenbakietara, agian ez duzu ezer kontatuko benetako unibertsitateko medikuak egunero ikustera etortzeko - zu, john, burua hautsi zaizu - edo zu, zoriontsu, keak astindu zaituela sei ordu ez agona, eta zure begiak limoi azalaren kolorea erlojuaren une berean iritsi zen, eta, agian, ez zekien ez zela etorriko partzuerrik, baina ez dago, eta ez zen hain ordura arte; ikusiko duzu nor joango den poztu zaitez horrelako gerrak izaten dituenean. Eta bi zenbakiari dagokionez, eta zergatik egin nuen negoziazioa ... Ondo, zatoz belauniko niregana ailegatu zaidalako, etorri zinen belaunetan, ni beldurtuta zegoen, eta gosez ere hilko nintzatekeen ez da ... Baina ez da hori hor zaude, horregatik! "

Eta berehala ezagutu nuen paper bat, berehala aitortu nuen paper bat, kapitalaren bularraren azpian aurkitu dudan hiru gurutze gorriekin, paper horia, beste taula bat baino. Zergatik medikuak eman zizkion hura baino ezin zitzaidan gehiago iruditu.

Baina niretzat esplikagarria ez balitz, taularen itxura izugarria izan zen bizirik zeuden mutilentzat. Katuaren gainean egin zuten jauzia saguaren gainean. Esku batetik bestera joan zen, batek beste batetik urratuz; eta azterketekin bat egin zuten juramentuek, oihuek eta haurren barre algarak, pentsatuko zenuen, urreaz gain, itsasoan zeudela, gainera, segurtasunarekin.

"bai", esan zuen, "hori da flint, nahikoa ziur. Jf, eta puntu bat azpian, estu estu batekin, beraz, inoiz egin zuen."

"oso polita", esan zuen gorgek. "baina nola gara alde egiteko, eta gu itsasontzirik ez?"

Zilarrezkoa zuritu egin zen bat-batean, eta eskuarekin hormaren kontra eutsi zion: "orain, abisua ematen dizut, george", egin zuen oihu. "saltsaren beste hitz bat, eta deituko dizut eta borrokatuko zaitut. Nola? Zergatik, nola dakit? Esan behar zenidakezu ... Zuk eta gainerakoak galdu nau nire goleta, zure interferentziarekin? Erre zaitezte! Baina ez zu, ezin duzu; ez duzu labezomorro baten asmakizuna. Zibilak ere hitz egin dezakezu eta, zoriontsu, agian horretan ibil zaitezke. "

"hori da sutsua", esan zuen agureak morgan.

"ondo da! Uste dut", esan zuen sukaldariak. "itsasontzia galdu duzu; altxorra aurkitu dut. Nor da gizon onena hartan? Gaur egun, dimisioa eman dut, trumoi bidez! Aukeratu nori mesedez zure kapitaina izateko; horrekin bukatu naiz".

"zilarra!" egin zuten oihu. "barbakoa betiko! Barbakoa cap'n!"

- beraz, hori da hori? Oihukatu zuen sukaldariak. "george, uste dut beste txanda bat itxaron beharko duzula, lagun eta zortea zuretzako, mendeku ez naizelako. Baina hori ez da inoiz nire bidea izan. Orain, ontzi-lagunak, toki beltz hori?" ona da? Dick-ek bere zortea gurutzatu du eta bere biblia hondatu du, eta hori guztia da ".

"liburua geldiarazteko balioko du, ezta?" oldartu zitzaion mutikoa, bere burua topatu zuen madarikazioari ez zitzaiolako oso ondo iruditzen.

"biblia pixka bat moztuta!" zilarrezkoa itzuli zen. "ez, ez da gehiago lotzen balada liburu bat".

"ez, hala ere?" oihukatu zuen dickek, poza moduko batekin. "beno, uste dut hori ere merezi duela".

"hemen, jim ... Honakoa da zuretzat", esan zuen zilarrak, eta niri papera bota zidan.

Koroaren pieza baten tamaina biribila zen. Alde bat hutsik zegoen, azken hostoa baitzen; besteak errebelaziorako bertso bat edo bi zituen; hitz horiek gainerakoen artean, nire etxera gogortu ziren: "txakurrak eta hiltzaileak ez dira". Inprimatutako aldea zurezko errautsarekin ilundu egin zen, jadanik ateratzen hasi eta behatzak lurrarazten; alboan hutsik zegoen "deposed" hitzarekin idatzitako material berarekin. Bitxikeria hori nire alboan daukat; baina ez da idazten arrastorik orain hutsune bat baino haratago, gizon batek behatz iltzearekin egin lezakeen bezala.

Hori gaueko negozioaren amaiera zen. Handik gutxira, edari bat edan bitartean, lo egin genuen, eta zilarrezko mendekuaren kanpoaldea sentinelaren mesederako jarri behar izan genuen, eta heriotzarekin mehatxu egin zuen, fedegabea zela frogatuko balu.

Luzea izan zen begi bat itxi nezakeela, eta zeruak badaki pentsatzeko nahikoa gauza nuela arratsalde hartan hil nuen gizakiongan, nire jarrerarik arriskutsuenean eta, batez ere, zilarrez ikusten nuen jokoan. Konpromisoa hartuz: mutilatzaileak esku batekin lotuz eta bestearekin, posible eta ezinezkoa den neurrian, bere bakea egin eta bere bizitza miserablea gordetzeko. Berak bakean lo egin zuen eta ozenki egiten zuen; halere, bihotza min handia zuen berarentzat, bera zen bezain gaiztoa, ingurumeneko arriskuan zeuden ilunetan eta zain zuen gibeto lotsagarriaz pentsatzea.

Xxx kapitulua

Baldintzapeko askatasunean

Ni esnatu nintzen, denak esnatuta geundela, izan ere sentinela bera atearen kontra erori zenetik bere burua astinduz ikusi nuenean, ahots garbi eta bihotz batek egurraren marjinatik urruntzen gintuen:

"blokeoa, ahoy!" oihu egin zuen. "hemen da medikua".

Eta medikua zen. Soinua entzuten nuen arren, pozik ez nintzen nahasketarik gabe. Nahasmenez gogoratzen nuen nire jokabide lotsagabea eta maltzurrarekin; eta nora eraman ninduenean ikusi nuenean, zer lagun zeuden eta zer arriskuez inguraturik, lotsatuta sentitu nintzen aurpegira begiratzea.

Ilunpean jaiki behar izan zuen, nekez iritsi baitzen eguna; eta oholtza batetara joan eta kanpora begiratu nuenean, zutik ikusi nuen, zilarrezko lehen bezala, hanka erdialdera arte lurrune bortitz batean.

"zu, medikua! Goizeko goizean zuri, jauna!" oihukatu zuen zilarrez, esna zabal eta izugarrizko izugarriak une batez. "argitsua eta goiztiarra, ziur egon; eta txorien hasiera da, esaerak dioen bezala, ratioak lortzen ditu. George, astindu zure semea, semea eta lagundu medikuari itsasontziaren alboan. Hori guztia ondo dago, gaixoak oso ondo zeuden eta zoriontsu izan. "

Beraz, makurtu egin zen, aldapa gainean zutik, makulua ukondo azpian zuela eta eskua logelariaren alboan zegoela ... Joera zaharra ahotsez, moduaz eta espresioz.

"zuri ere sorpresa bat dugu, jauna", jarraitu zuen. "ezezaguna dugu hemen ... He! Jabea eta ostalaria, jauna, eta mutil gisa egoki eta isilik zetorren; superkargo bat bezala lo egin zuen", egin zuen johnen alboan ... Gau guztia."

Ordurako medikua bizi zen sukaldearen ondoan eta sukaldariaren ondoan, eta haren ahotan aldaketa entzun nuen:

"ez al zara inor?"

"inoiz bezalakoa da", dio zilarrak.

Medikua zuzen geldi tu zen, nahiz eta ez zuen hitz egin, eta segundu batzuk igaro aurretik aurrera egiteko gai zela zirudien.

"ondo, ondo", esan zuen azkenean, "egin beharrekoa lehenik eta atsegina gero, zure buruari esan zenion moduan, zilarrezkoa. Utzi diezaiogun zure gaixo hauei."

Handik gutxira, blokean sartu zen, eta niri lotsarik gabe, niri gaixoen artean ekin zion lanari. Ez zitzaion batere keinurik ematen, nahiz eta jakin behar zuen bere bizitza, deabru traidore horien artean, ilea zuela, eta bere pazienteei errieta egiten zien ingeles familia lasai batean ohiko bisita profesionala ordaintzen ari balitz bezala. Uste dut bere moduak gizonei buruz erreakzionatu duela, ezer gertatu ez balitz bezala jokatzen baitzuten, oraindik itsasontziko medikua balitz bezala, eta oraindik ere esku zintzoak zituzten mastoaren aurrean.

"ondo egiten ari zara, nire laguna", esan zion bidelapurrarekin buruari, "eta inoiz inork bizarra estua izan bazenuen, zu zinen; burua burdina bezain gogorra izan behar duzu. Ondo, george, nola ala? Kolore polita zara, zalantzarik gabe; zergatik, zure gibela, gizona, hankaz gora dago. Hartu al duzu sendagai hori? Hartu al du sendagai hori, gizonak?

"bai, jauna, nahiko ziur hartu zuen", itzuli zen morgan.

"zeren, ikusten duzu, mutilen medikua edo espetxeko medikua naizenetik, deitzea nahiago dudanez", dio livesey doktoreak, bere modurik atseginenean, "ohore puntu bat egiten dut gizon bat ez galtzea errege georgegatik. (jainkoak bedeinka itzazu!) Eta zorigaitza ".

Zurrumurruek elkarri begiratu zioten, baina etxeko bultzada isilpean irentsi zuten.

"ez zara ondo sentitzen, jauna", esan zuen batek.

"ez da?" erantzun zion medikuak. "ondo, igo urratsa hemen, eta utzi nire hizkuntza ikustea. Ez, harritu egingo nintzatekeen; gizonaren hizkuntza frantsesa beldurtzeko egokia da. Beste sukarra".

"ah, han", esan zuen morganek, "biblia zurrunbiloez zetorren".

"hori etorri zen, deitzen zenuen bezala, astoak arinak izateaz", erantzun zuen medikuak, "eta pozoiarengandik eta lehorrarekin lur zikina eta lehorra den lur zakarra jakiteko nahikoa zentzurik ez zuela uste dut jakina, iritzi bat baino ez da: denek ordaindu beharko duzue ordaindu beharrekoa malaria hori zure sistemetatik atera aurretik. Zentro batean kanpamentua, zilarrezkoa, harritzen zaitut. Askok baino tonto batek, eraman zaitzala guztioi, baina ez zait iruditzen osasun arauen nozioaren zakarrak.

"ongi da", gehitu zuen, biribilkatu ondoren, eta bere errezetak hartu zituzten, umiltasun barregarri batekin, karitateko eskola-umeak bezala odol errudun mutilatzaile eta piratek baino ", ondo dago, gaur egun egin dena. Eta orain mutil horrekin hitz egin nahi nuke, mesedez. "

Eta arduraz jo zuen burua norabidean.

George zoriontsua atean zegoen, gustu txarreko sendagairen bat botata eta zipriztintzen; baina sendagilearen proposamenaren lehen hondoan kulunkatu egin zen eta sakon batekin oihu egin zuen, "ez!" eta zin egin.

Zilarrak esku zabalarekin jo zuen upela.

"si-lence!" garrasi egin zuen eta lehoia bailitzan begiratu zion. "doktorea", jarraitu zuen, bere ohiko tonuetan, "pentsatzen ari nintzen, mutilarekiko zaletasuna nolakoa zen jakitean. Guztiok eskertzen dugu zure adeitasunagatik, eta, ikusten duzun bezala, fede handia ematen dizu zu eta drogak bezainbeste botatzen dituzu, eta nik uste dut horrelako guztientzako egokituko zaidala aurkitu dudala. Haitz, emango al didazu ohore hitza gazte jaun gisa ... Pobreak izan arren, zure ohorezko hitza zure kablea ez irristatzeko?

Beharrezko konpromisoa eman nuen.

"orduan, doktorea", esan zuen zilarrak, "estolda horretatik kanpora irten besterik ez duzu egin eta, behin hantxe, mutila barrura eramango dut, eta ohartu naiz espazioen artean harira irits zaitezkeela. Egun on zuri, jauna, eta gure zintzurrak guztiak ezkutari eta kapritx umorearekin. "

Atsekabearen eztandak zilarrezko itxura beltzak besterik ez zituela geldítu, berehala medikuak etxetik alde egin zuen. Zilarrezkoa bi aldiz jokatzen ari zela salatu zuen, bere kabuz bakea egiten saiatzeaz, bere konplize eta biktimen interesak sakrifikatzeaz; eta, hitz bakarrean, egiten ari zen gauza bera eta zehatza. Hain nabaria iruditu zitzaidan, kasu honetan, ezin nuela imajinatu haien amorrua nola piztu zuen. Baina gainerako bikoitza zen gizona, eta azken gaueko garaipenak izugarrizko nagusitasuna eman zien buruan. Pentsa ditzakezun tonto eta dolore guztiei deitu zien , esan behar zela beharrezkoa zela medikuarekin hitz egin behar nuela, gutuna aurpegian bota eta galdetu zien ea ba ote zezaketen ituna hausteko merke baten egun berean. Ehiza.

"ez, trumoiak!" oihukatu zuen: "guk tratua apurtu behar dugu, iritsi arte. Orduan, medikua egingo dut, botak brandyarekin apaindu behar baditut".

Gero suak piztu eta makurtu zuen makila gainean, eskua sorbaldan zuela, nahigabean utzi eta konbentzituta utzi beharrean bere borondateagatik isildu.

"mantso, mutil, motel", esan zuen. "begirada batean barreiatuko gaituzte. Presaka ikusiko bagenu."

Orduan, nahita, aurrerantz egin genuen harearen aurrean, sendagilearen beste aldean zegoen medikuak itxaroten zigun lekuraino, eta hiztun errazak izan bezain pronto, zilarra gelditu zen.

"hemen ere ohar bat egingo duzu, doktorea", esan zuen, "eta mutilak esango dizu nola gorde nuen bizitza, eta honengatik ere gordeta egon zaitezke. Gainera, medikuarengana joan zaitezke. Gizakia haizearen ondoan dabilen bezain hurbila, bere gorputzean azken arnasa hartzen duen chuck-ari jolasten, adibidez ... Ez zenuke gehiegi pentsatuko, baliteke, hitz on bat ematea! Ez da nire bizitza orain bakarrik ... Mutil hori negoziazioan sartzen da; eta justu hitz egingo didazu, doktorea, eta eman iezadazu aurrera jarraitzeko, erruki batengatik ".

Zilarra gizon aldatua zen, behin kanpoan zegoela eta bizkarrean zituela bere lagunekin eta blokeoa; masailak erori zirela zirudien , ahotsa dardarka; inoiz ez zen arima hildako larriagoa.

"zergatik, john, ez duzu beldurrik?" -galdetu zion livesey doktoreak.

"doktorea, ez naiz koldarra; ez, ez, ez hainbeste!" eta hatzak atera zituen. "balitz ez nuke esango. Baina nahiko ondo jarraituko dut, astinduengatik astindu ditut. Gizon ona eta egia zara; ez dut inoiz gizon hobea ikusi! Eta zu" ez dut ahaztu egingo zer egin dudan, ez zaitut txarra ahaztuko baino gehiago, badakit. Eta alde batera uzten dut - ikusi hemen - utzi eta bakarrik gelditzen naiz eta hori ere niretzako utziko dut. Tarte luzea da, horixe da! "

Hori esatean, pixka bat atzera egin zuen belarrietatik atera arte, eta han zuhaitz baten gainean eseri zen eta niri txistuka hasi zen, behin eta berriz bere eserlekutik biraka

biraka, ikusmena agintzeko, batzuetan ni eta ni medikua, eta zenbaitetan bere zurrumurru zorabialak hara eta hona zihoazen bitartean, sutondoan —bihiltzen ari ziren sutearen artean— eta etxea, txerrikia eta ogia ekartzen zituzten gosaria egiteko.

"beraz, emaztea", esan zuen medikuak, zoritxarrez, "hementxe zaude. Edaten duzuen bezala, beraz, edango duzue, nire mutila. Zeruak badaki nik ezin dudala nire bihotzean aurkitu errua emateko; baina hori guztia esango dut, izan atsegina edo txarra: kapitain smollett ondo zegoenean ez zenuela ausartu ausartu eta gaixorik zegoenean, eta ezin zuen georgek lagundu, oso koldarra zen! "

Hemen izango naiz negarrez hasi nintzen. "medikua", esan nuen, agian gorde nazazu. Nahikoa izan dut errua; nire bizitza galtzea hala ere, eta hilda egongo nintzateke orain zilarrezko nire alde egon ez balitz; eta, doktorea, sinetsi hau, hilko naiz "eta ausartzen naiz esaten merezi dudala, baina zer beldur naiz tortura dela. Torturaz etorriko banaute ..."

"jim", eten egin zuen medikuak, eta bere ahotsa aldatu egin da, "ezin dut hau izan. Hitz egin, eta korrika joango gara".

"medikua", esan nuen, "nire hitza pasatu nuen".

"badakit, badakit", oihukatu zuen. "ezin diogu hori lagundu, orain, nire sorbaldetan hartuko dut, holus-bolus, errua eta lotsa, nire mutila; baina egon hemen, ezin dizut utzi. Salto bat egin eta kanpora zaude. Eta antilopak bezala ibiliko gara ".

"ez", erantzun nion, "ondo dakizu ez duzula zeure burua egingo; ez zuek, ez kuadrillak, ez kapitainak, eta ez dut gehiago. Zilarrak niregan konfiantza eman zidan; nire hitza pasatu nuen eta joan nintzen. Baina, doktore, ez didazu bukatzen. Tortura egitera etorriko banaiz, baliteke ontzia nondik datorren hitz bat botatzea; izan ere, ontzia, zortea eta zati bat arriskuan jarriz, iparraldeko sarreran dago. , hegoaldeko hondartzan, eta ur altuen azpitik. Itsas marearen erdian altua eta lehorra izan behar du. "

"itsasontzia!" —oihu egin zuen medikuak.

Azkar deskribatu nituen nire abenturak eta isilpean entzun ninduen.

"badago horrelako patua", ikusi zuenean. "gure bizitzak salbatzen dituzun urrats guztiak dira, eta uste al duzue zurea galtzen uzten utziko zaizula? Itzulera eskasa izango litzateke, nire mutila. Lur hori aurkitu duzu; ben gunn aurkitu duzu: onena inoiz egin zenituen eskriturak, edo egingo dituzu, laurogeita hamar arte bizi zaren arren. Jupiterren arabera, eta ben gunn hitz eginez, zergatik, hau da pertsonen gaiztoa. Zilarrezkoa! " oihu egin zuen: "zilarra! Aholku bat emango dizut", jarraitu zuen sukaldariak berriro hurbildu ahala; "ez zaude presarik altxor horren ondoren."

"zergatik, jauna, ahal dudan guztia egiten dut", esan zuen zilarrak. Ahal dut barkamena eskatuz, nire bizitza eta mutila gorde ditzaten altxor hori bilatuz; horregatik jar zaitezke.

"ondo, zilarrez", erantzun zion medikuak, "horrela bada, urrats bat urrunago joango naiz; bila itzazu zurrumurruak topatzen dituzunean!"

"jauna", esan zuen zilarrak, "gizakiaren eta gizakiaren artean, hori da gehiegi eta gutxiegi. Zer ari zaren jarraitzen, zergatik utzi duzu blokeoa, zergatik eman didazu taula hori, ez dakit, orain , eta? Oraindik zure eskaintza begiak itxita eta sekula ez dut itxaropen hitzarekin egin, baina ez, hemen dago gehiegi. Ez didazu esango esan nahi didazunean, esan, eta esan egingo dut utzi kaskoa ".

"ez", esan zuen medikuak, gogoz, "ez dut gehiago esateko eskubiderik; ez da nire sekretua; ikusten duzu, zilarra edo, nire hitza ematen dizut, esango nizuke. Baina joango naiz zoaz ausartzen naizen neurrian, eta urrats bat harago, izan ere, kapitainak sailkatutako nire pelukua izango dut, edo oker nago! Eta, lehenik, itxaropen pixka bat emango dizut. Otso tranpa honetatik bizirik atera, nire onena egingo dut zu salbatzeko, zur eta lur jota. "

Zilarrezko aurpegia distiratsu zegoen. "ezin zenuke gehiago esan, ziur nago, jauna, ez bazara nire ama izango bazen", egin zuen oihu.

"beno, hori da nire lehen emakida", gehitu du medikuak. "nire bigarrena aholku bat da. Mantendu mutila zure ondoan, eta laguntza behar duzunean, halloo. Zure bila noa, eta hori agertuko zaizu ausaz hitz egiten badut. Agur, jim ".

Eta livesey doktoreak eskua sartu zidan putzutik, zilarrezko buruari heldu eta erritmo bizkorrera abiatu zen basora.

Kapitulua xxxi

Altxorraren bila - flint-en erakuslea

"jim", esan zuen zilarrak, bakarrik geundenean, "zure bizitza gorde nuenean, nirea salbatu zenuen, eta ez dut ahaztuko. Medikuak ikusi nuen korrika egitera bultzatzen ari nintzela ... Nire begiaren isatsarekin, egin ... Eta ezetz esan dizut entzutea bezain erraza. Jim, hori da zuretzako. Hau da erasoa huts egin nuenetik daukadan itxaropen distiratsua, eta zor dizut. Orain, jim, gu gara altxorraren ehiza honetara joateko, agindutako zigiluekin ere ez zait gustatzen eta ez zait gustatzen, eta ni eta biok itxi egin behar dugu atzera bizkarrean bezala, eta gure lepoa salbatuko dugu patua eta fortuna ".

Orduan, gizon batek su hartu zigun gosaria prest zegoela eta laster eseri ginen han eta hemen gaileta eta frijitutako zaborraren gainean. Su bat piztu zuten idi bat erretzeko; eta orain hain zen berotuta haizearengandik bakarrik hurbildu zitezkeela, baita han ere ez zuhurik gabe. Alferrikako izpiritu berean, jango genukeena baino hiru aldiz gehiago egosi zuten; eta horietako batek, barre algara batekin, sutara geratzen zena bota zuen, ohikoa ez zen erregai horren gainean piztu eta errotu zena. Sekula ez nuen nire bizitzan biharamunean hain arduragorik ikusi; eskuz ahokoa da beraien egiteko modua deskribatzen duen hitz bakarra; eta zer janari xahutuekin eta lo egiteko sentinekin, nahiz eta eskuila nahikoa ausartak izan eta horrekin batera, beren lekuko osoa ikusi nuen luzaroko kanpaina bezala.

Zilarrezko jana bazen ere, kapitainak harri-sorbalda gainean zuela, ez zuten erruaren ardura. Eta horrek harritu nau, uste nuela inoiz ez zela bere burua hain maltzur erakutsi.

"aizu, lagunak", esan zuen, "zortea da zurekin pentsatzeko hemen buru honekin. Nahi nuena nahi nuen, egin nuen. Nahikoa segur, ontzia daukate. Ez daukat, ez dut badakizu oraindik, baina altxorra lortu ondoren, salto egin eta jakin beharko dugu. Orduan, ontziak dituenak, uste dut, goiko eskua duela. "

Horrela, korrika jarraitu zuen, ahoa hirugihar beroaz beteta; horrela, itxaropena eta konfiantza berreskuratu zituen eta, susmagarriagoa baino gehiago, aldi berean konpondu zuen berea.

"otsari dagokionez", jarraitu zuen, "hori da bere azken hitzaldia, uste dut, haiekin hain maite duen maitea. Badut nire albistea eta eskerrak eman dizkiote, baina amaitu egin da." altxorraren bila joaten garenean lerro batean eramango dut, hainbeste urre bezala gordeko baitugu, istripuak izanez gero, zuk markatzen duzu, eta bitartean. Behin itsasontzia eta altxorra eskuratu eta itsasora joango gara. Adiskide gozoak bezala, zergatik, orduan, txakurkumeekin hitz egingo dugu, guk, eta bere zatia emango diogu, ziur, bere adeitasun osoz ".

Ez zen harritzekoa gizonak umore onean zeudela orain. Nire aldetik izugarri bota nuen. Orain marraztutako eskema egingarria balitz, zilarrezkoa, jada bi aldiz traidorea ez balitz, ez zuen zalantzarik onartuko. Oina zeukan kanpaleku batean, eta ez zegoen zalantzarik piratekin aberastasuna eta askatasuna nahiago zuela zintzilikatzeko ihesaldi biluzira, hori baitzen gure aldetik espero zuen onena.

Ez, eta nahiz eta gauzak horrela erori, sendagilearekin sendi egitera behartuta zegoela, nahiz eta gure arriskua gure aurrean zegoen! Zer momentu izango zen haren jarraitzaileen susmoak ziurtasunera buelta bat ematera, eta bera eta biok bizitza maitearen alde borrokatu beharko genuke - bera, elbarria eta ni, mutila - bost itsasgizon sendo eta aktiboen aurka!

Erantsi bikoitza honi lagunen jokaeraren gainean zintzilik zegoen misterioa; beren baserriaren azalpenik eza; hauen taula ezesgarria; edo, oraindik ulertzen zailago, sendagileak zilarrezko azken abisua, "begiratu kuadrilak aurkitzen dituzunean"; eta sinetsiko duzue zer gosea aurkitu nuen nire gosarian eta zein ezinegoneko bihotzek neure harrapatzaileen atzetik altxorraren bila.

Irudi bitxia egin genuen, inor egon da gurekin ikusteko; guztiak marinel arropa jantziak, eta niri hortzak armatuta. Zilarrak bi pistola zeramatzala haren inguruan, bat aurretik eta bestea atzean - gerrian ebaki handiz gain, pistola bat zuen buztan karratuko armarriaren poltsiko bakoitzean. Bere itxura bitxia osatzeko, flint kapitaina eseri zen sorbaldan eta itsasoan hitz egiteko asmorik gabeko odds eta muturrak. Gerrirainoko lerroa nuen eta obedienteki jarraitu nuen sokaren mutur soltea hartzen zuen itsas sukaldariaren ondoren, orain bere esku librean, orain bere hortz boteretsuen artean. Mundu osorako, hartz dantza bezala eraman ninduten.

Beste gizonak askotariko zama ziren; batzuk zur eta pala eramaten zituzten, hori izan baitzen lehen beharrezkoak hispaniolatik ekartzen zituzten itsasontzietara. Beste batzuk, eguerdiko bazkarirako txerrikia, ogia eta brandy-a eramaten zituzten. Begiratu nuen denda guztiak ordutegitik zetozen, eta aurreko gauean zilarrezko hitzen egia ikusi nuen. Medikuarekin akordiorik egin ez bazuen, itsasontzian desertatuta zegoen bere mutil-lagunak, ur garbian iraunarazi behar izan zuten eta haien ehizaren emaitza. Ura gustura egongo zen; marinel bat ez da normalean jaurtiketa ona izaten; eta, horretaz gain, jangarriak hain motzak zirenean, ez zen litekeena hauts oso garbia izango zutenik.

Ondo hornituta, denok batera abiatu ginen, baita itzalpean gorde behar zuen burua ere, eta bata bestearen atzetik hondartzaraino joan ginen, bi ilarak zain baitzituen. Piraten mozorrotasunaren aztarna zoragarri hauek ere zihoazen, hondatutako hondarrean zeuden eta biak beren egoera zakar eta gabezian. Biak gurekin batera eraman behar ziren, segurtasunagatik; eta, beraz, gure zenbakiak bien artean banatuta, ainguraren magalean abiatu ginen.

Aurrera egin ahala, eztabaidan egon zen taula gainean. Gurutze gorria oso handia zen, noski, gida izateko; eta oharraren baldintzak atzeko aldean, entzungo duzuenez, zenbait anbiguotasun aitortu ziren. Korrika egin zuten, irakurleak gogoan izan ditzake, horrela:

"zuhaitz altua, espioi-beirazko sorbalda, nne-ko puntua du

"eskeleto irla ese eta abar.

"hamar metro".

Zuhaitz altua zen, beraz, marka nagusia. Oraintxe bertan, aingura mila eta hirurehun metroko altuera duen lautada batez lotzen zen, iparraldean espioitzaren hegoaldeko sorbalda malkatsuarekin lotzen, eta berriro hegoaldera igotzen zen zakarra eta zurrunbiloari deitzen zitzaion urdinez. -mendi muinoa. Lautadaren goialdea altuera desberdineko pinudiekin zegoen. Han eta hemen, espezie desberdinetako bat berrogeita berrogeita hamar metro altxatzen zen bizilagunen gainetik, eta horietako bat kapitainaren sastrakada "zuhaitz altua" zelaian soilik erabaki zitekeen, eta iparrorratzaren irakurketen bidez.

Hala ere, hori izan zen arren, itsasontzietako ontzi bakoitzak bere gustuko faborito bat aukeratu zuen erdi bidean geundela, luze jo zuen bere sorbaldak estutu eta ixten zien itxaron arte.

Erraz atera genuen, zilarrezko jarraibideei jarraituz, eskuak goiztiarra ez eramateko; eta pasarte luzea egin ondoren, bigarren ibaiaren bokalean lehorreratu zen: espioitza duen baso-zur bat zen. Hortik, ezkerrera okertuta, malda gorantz hasi ginen lautadarantz.

Hasieran, lur astun eta ispilu eta padura landaredia landatu batek asko atzeratu zuen gure aurrerapena; baina apurka-apurka, muinoa zapaltzen hasi zen eta oinpean harri bihurtzen hasi zen, eta egurra bere izaera aldatzeko eta orden irekiagoan hazteko. Izan ere, gerturatzen ari ginen uhartearen zati atseginena zen. Usain astun bat eta erramu lore askok ia belarra hartu zuten. Intxaur-arbola berde ugari zeuden han eta hemen, zutabe gorriekin eta pinuen itzal zabalarekin, eta lehenengoak espezia besteen usainarekin nahasten zituen. Airea, gainera, freskoa eta hunkigarria zen eta hori, eguzki izpien azpian, gure zentzumenetarako freskagarri zoragarria zen.

Jaia kanpora zabaldu zen, zaletu moduan, oihuka eta saltoka. Erdialdean eta atsedenaren atzean bide on bat egin nuen, zilarra eta segitu nuen. Nire sokaz lotu nintzen. Prakak sakonekin, harkaitz labarraren artean. Noizean behin, egia esan, eskua eman behar izaten nion, edo oina galdu behar izan zuen eta muinoaren atzera erori.

Mila eta erdi inguru egin behar izan genuen eta goi lautadaren muturrera gerturatu ginen, ezkerreko urruneko gizona ozenki oihukatzen hasi zenean, izua bailitzan. Garrasi egin ondoren oihu egin zuen eta beste batzuk haren norabidean korrika hasi ziren.

"ezin du 'aurkitu' altxorra", esan zuen morgan zaharrak eskuinaldetik pasatzen ari ginela ".

Hain zuzen ere, gurera ere iritsi ginenean, oso bestelakoa zen. Nahiko pinudi handi baten oinean, eta hezur txikiagoetako zati bat ere altxatu zuen berde berde batean sartuta, gizakiaren eskeleto bat zegoen, arropa zatitxo batekin, lurrean. Uste dut hotz bat une batez bihotzera iritsi dela.

"itsasgizon bat zen", esan zuen georgek, besteek baino ausartago, hurbiletik eta arroparako trapuak aztertzen ari zela. "gutxienean, hau itsas oihal ona da".

"aizu, esan zuen zilarrak" nahikoa bezala; ez zenuke gotzain bat topatuko hemen, uste dut. Baina zer nolako bidea da hezurrak gezurretan egoteko? "ez dago natur".

Izan ere, bigarren begirada batean ezin zen iruditu gorputza egoera naturalean zegoela. Baina nolabaiteko gaitzespenengatik (agian, haren gainean elikatu ziren hegaztien lana, edo pixkanaka bere aztarnak inguratzen zituen haztegi motela) gizakia zuzen etzan zen: oinak norabide batean seinalatuta, eskuak goian bere burua urpekariaren modukoa da, zuzenean kontrakoa seinalatuz.

"nik nozio bat hartu dut aspaldidanik", adierazi zuen zilarrak. "hemen dago iparrorratza; ez dago eskeleto uhartearen punta-punta, hortz bat bezala ateratzen. Hartu ezazu hartza, hezurrezko lerroan".

Egin zen. Gorputza zuzen uhartearen norabidean zegoen, eta iparrorratzak ondo irakurri zuen e.

"oste nuen", oihukatu zuen sukaldariak; "hona hemen pinter. Hemen daude polo izarra eta dolar gozoa lortzeko gure lerroa. Baina, trumoiak eginda! Barrua hotz egiten ez badu sutan pentsatzea da. Hori da bere txantxetako bat, eta ez dago inolako okerrik. Bera eta sei hauek hemen bakarrik zeuden; hil zituen, gizon guztiak, eta honek hara bota zuen eta iparrorratza jarrita, nire egurrak dardarka! Hezur luzeak dira eta ilea horia izan da. Hori alardyce litzateke. Gustatzen zaizu allardyce, tom morgan? "

"bai, ai", itzuli zen morgan, "axola zait; dirua zor zidan, egin zuen eta nire labana hartu nuen berarekin."

"labanez hitz egitea", esan zuen beste batek, "zergatik ez dugu haren inguruan etzanda aurkitzen? Flint-ek ez dio gizonari marinelen poltsikorik hautatuko; eta hegaztiek, uste dut, utziko lukete".

"eskumenak direla eta egia da!" oihu egin zuen zilarrak.

"ez da ezer geratzen hemen", esan zuen alaiak, oraindik hezurren artean biribila zegoela; "ez da kobrea, ez lizun-kutxa. Ez zait zuri iruditzen."

"ez, ogi, ez da", adostu zuen zilarrak; "ez nat'ral, ezta polita ere, esaten duzu. Arma handiak, mezulariak, baina flint biziko balitz, hau eta niretzat gune beroa izango litzateke! Sei ziren, eta sei gaude; hezurrak dira orain . "

"hemen hilda ikusi nuen hil egin nintzen", esan zuen morganek. Billy-k sartu ninduen. Han ezarri zuen, zentimo zatiak begietan zituela.

"hilda ... Bai, ziur aski hil dela eta beherago", esan zuen taldekideak benda; "baina inoiz esperrit ibiliko balitz sinesgarria izango litzateke. Bihotz maitea, baina gaizki hil zen, keinu egin zuen!"

"bai, hala egin zuen", ikusi zuen beste batek; "orain amorrua zuen eta orain rumaren bila hasi zen. Orain kantatu zuen. Hamabost gizon" ziren bere abesti bakarrak, lagunak;

eta egia esan dizut, ez zitzaidan batere gustatu geroztik entzutea. Nagusiki hotza eta haizea zen. Irekita zegoen, eta entzuten dut kantu zahar hori argi eta garbi aterako dela ...

"zatoz, zatoz", esan zuen zilarrak, hitz egin ezazu. Hilda dago, eta ez da ibiltzen, badakit; gutxienez ez da egunez ibiliko, eta zauden horretan zaindu ahal izango duzu. Aitzineko galderak egiteko. "

Abiatu ginen, zalantzarik gabe, baina eguzki beroa eta egun argitsua izan arren, piratak ez ziren gehiago bereizten eta oihu artean oihuka egiten, baina alboan mantendu eta arnasa estutuz hitz egin zuten. Hildako bonbaren izua bere izpien gainera erori zen.

Kapitulua xxxii

Altxorraren bila: zuhaitza artean ahotsa

Neurri batean, alarma horren eragin kaltegarriaren eraginez, zati bat zilarrezko eta jende gaixoak atseden hartuz, igoera goiztiarra eskuratu bezain pronto eseri zen festa osoa.

Lautada zertxobait okertuta zegoen mendebaldera, eten egin genuen toki honek ikuspegi zabala agindu zuen alde batetik. Gure aurrean, zuhaitz gailurretan, surfez jositako baso kapera ikusi genuen; atzean, ainguraketa eta hezurdura uhartea ere ez genituen begiratzen, baizik eta isurialdean eta ekialdeko lautadetan zehar itsaso zabal bat zelairantz ekialdean ikusi genuen. Gure gainean zegoen espioitza beira igo zen, hemen pinu bakarrez zipriztindua, han beltza amildegiekin. Ez zen inongo soinurik, inguru guztietatik urruneko matxeteak, eta eskuila ugariko intsektuen zurrumurrua. Ez gizona, ez itsasoa itsasontzian; ikuspegi oso zabalak bakartasunaren zentzua areagotzen zuen.

Zilarrak eseri zenean, zenbait errodamendu eraman zituen iparrorratzarekin.

"hiru zuhaitz altu daude", esan zuen, "eskeleto uhartetik lerro egokian kokatuta". Beira-zintzilikatutako sorbalda, hartu egiten dut, hau da, baxua p'int dagoela esan nahi du. Buru erdia dut lehen afaltzeko. "

- ez naiz zorrotz sentitzen —esan zuen morganek. "pentsatzen ari da", uste dut, hala zela ni bezala.

"aizu, ene semea, zure izarrak goraipatzen dituzu hil egin da", esan zuen zilarrak.

"deabru itsusia zen", oihukatu zuen hirugarren pirata batek, ikara batekin; "aurpegian urdin hori ere!"

"horrela hartu zuen rumak", gehitu zuen poxtek. "urdina! Beno, uste dut urdina zela. Hori da egiazko hitza".

Eskeletoa aurkitu eta pentsamendu tren hori topatu zutenetik, gero eta gutxiago hitz egin zuten eta ia ordura arte xuxurlatu behar izan zuten, hitzaldiaren soinuak ia ez zuen eten egurraren isiltasuna. Bat-batean, gure aurrean zeuden zuhaitzen erdialdetik, ahots mehe eta altuak, dardar batek, ezagun zituen aireak eta hitzak jo zituen:

"hamabost gizon hildakoaren bularrean ... Yo-ho-ho eta ron botila!"

Inoiz ez dut ikusi gizonak piratak baino beldurgarriagoak. Kolorea sorginkeria bezala joan zitzaien sei aurpegietatik;

batzuek oinez jauzi egin zuten, beste batzuek besteari eusten; morgan lurrean murgildu zen.

"flint da, by ...!" oihukatu zuen poztasun

Abestia hasi bezain pronto gelditu zen, apurtuta, esan zenuen ohar baten erdian, norbaitek eskua kantariaren ahoan jarri izan balu bezala. Zuhaitz gailur berdeen artean zegoen giro argia eta eguzkitsua ikustean, airez eta goxoki jotzen zuela uste nuen, eta nire lankideengan arrotza zen.

"zatoz", esan zuen zilarrak, bere ezpainetako ezpainekin borrokan, hitza ateratzeko, "hori ez da gelditzen. Gelditzen hasteko. Hau rum rum da, eta ezin dut ahotsa izendatu, baina norbaitek skylarking da horietako bat haragi eta odola da, eta baliteke horretan ibiltzea. "

Bere ausardia berriz ere mintzatzen zen eta aurpegira zegoen koloreko bat. Besteek belarriprestari belarri ematen hasi zitzaizkion, eta beren buruari zertxobait heltzen zitzaizkion, ahots bera berriro lehertu zenean, ez oraingoan abesten, baizik eta kazkabarra, urruneko oihal artean, oihartzun txikia zuen artean. Espioi-beira.

"darby m'graw", garrasi egin zuen, hori da soinua ondoen deskribatzen duen hitza ... "darby m'graw! Darby m'graw!" behin eta berriro eta berriro; gero igo eta pixka bat gorago, eta kanpoan uzten dudan zin batekin: "bila ezazu rum-en popa, laztana!"

Bultzadoreak lurrera errotuta gelditu ziren, begiak burutik hasita. Ahotsa hil eta gutxira, isilik jarraitzen zuten, izugarri, haien aurrean.

"hori konpontzen da!" kezkatu bat. "goazen."

"bere azken hitzak ziren", zuritu zuen morganek, "bere azken hitzak goiko taula gainean".

Dick bere biblia atera zuen eta otoitz egiten otoitz. Ongi etorri zitzaion, kaka egin, itsasora etorri aurretik eta lagun txarren artean erori zen.

Oraindik, zilarra ez zen garaitu. Hortzak entzuten nituen buruan, baina oraindik ez zen amore eman.

"inoizko irla honetako inork ez du darbyrik entzun", esan zuen mutilak; "ez bat, baina gu hemen gaude". Eta gero, ahalegin handia eginez: "ontzi-lagunak", oihukatu zuen, "hemen nago gauza horiek lortzeko, eta ez naiz gizakiak ez deabruak jipoituko. Ez nintzen sekula beldurrik izan bere bizitzan eta, botereak, hilda egongo naiz. Hemendik zazpiehun mila libera ez dago mila laurden. Noizbait jaun batek zoriona erakutsi zuen dirua bere dirua hainbeste dolar marinel zaharrarentzat katilu urdin batekin - eta bera ere hilda? "

Baina bere jarraitzaileek ez zuten ausardia pizteko arrastorik; baizik eta, izua hazten ari da haren hitzen axolagabekeriaz.

"ondo dago, john!" esan zuen poztasun. "ez al duzu espermatozoide bat gurutzatzen".

Eta gainerakoak oso izutu ziren erantzuteko. Ausartu egingo ziren behin baino gehiagotan ihes egingo zuten, baina beldurrak elkarrekin eutsi zien eta johnen ondoan mantendu zituen, bere ausartak lagunduko balie bezala. Bere aldetik, bere ahultasunarekin nahiko ondo borrokatu zuen.

"sperrit? Beno, agian," esan zuen. "baina niretzat ez dago argi. Oihartzuna zegoen. Orain inork ez du sekula ikusi itzal batekin esperpiderik. Beno, zer egiten ari zaio oihartzun batekin, jakin nahiko nuke? Hori ez da hori? Natur ', ziur ".

Argumentu hori nahiko ahula iruditu zitzaidan. Baina ezingo duzu esan zer eraginik izango duten superstizioak, eta, nire harritzekoa, george zoriontsua asko arindu zen.

"beno, hori da", esan zuen. "burua duzu sorbaldetan, john, eta ez duzu akatsik". Itsasontzi ontzia, lagunak! Hemen ekipo hau gaizki dago, sinesten dut. Zatoz pentsatzera, zuriaren ahotsa bezalakoa da, baietz ematen dut. Zuk, baina ez hain urruti, azken finean. Beste norbaitek ahotsa ematen zuen orain ... Antza denez ... "

"botereen arabera, ben gunn!" orro zilarrezkoa.

"ai, eta horrela izan zen", oihukatu zuen morganek, belaunetan helduta. "ben gunn it was!"

"ez du odds handirik, ala ez?" -galdetu zuen dick-ek. "ben gunn ez dago hemen gorputzean, ez dago gehiago."

Baina esku zaharrek mespretxuz agurtu zuten ohar hau.

"zergatik, inork ez dio axola ben gunn", oihukatu zuen poztasun; "hilda edo bizirik, inork ez dio axola!"

Aparta zen nola itzuli ziren haien izpirituak eta nola kolore naturala berpiztu zitzaien aurpegietan. Laster elkarri hizketan ari ziren, entzuteko tarteekin; eta handik gutxira, soinurik ez zegoela entzun ondoren, tresnak sartu eta berriro abiatu ziren. Lehenik eta behin, zuriaren iparrorratzarekin ibili ziren eskeleto uhartearekin lerro egokian mantentzeko. Egia esan zuen; hilda edo bizirik, inor ez da axola ben gunn.

Dick bakarrik bere biblia zen, eta bere inguruan begiratu zuen, beldur beldurrez; baina ez zuen sinpatiarik aurkitu, eta zilarrak bere neurriak hartu zituen.

"esan dizut", esan dizut "bibliari buruz aritu zarela esan dizut. Ez baduzu batere zin egiteagatik, zer uste duzue espermato batek emango zuela? Ez da hori!" eta hatz handiak egin zituen, makurtu eta une batez geldituz.

Baina dick ez zen kontsolatu behar; egia esan, laster ikusi nuen semea gaixorik zegoela; beroak, nekeak eta bere alarmaren hotsek, sukarrak, zuzeneko sendagileak iragarritakoak, bistaratzen ari zen, bistan da.

Ondo zabalduta zegoen hemen, gailurrean; gure bidea maldan behera zegoen, izan ere, esan dudan bezala, lautada mendebaldera okertu zen. Pinuak, handiak eta txikiak, asko hedatu ziren; eta, gainera, intxaur muskata eta azaleren artean, eguzki beroan labean dauden espazio zabalak. Deigarria egin genuen bezala, uhartearen ipar-mendebaldetik nahiko hurbil, alde batetik gero eta hurbilago zegoen espioitzaren sorbalden azpian, eta, bestetik, gero eta zabalago zegoen mendebaldeko badia haren gainera bota nuenean. Dardaraz bihotzean.

Zuhaitz garaietako lehena iritsi zen eta, hartzearen ondorioz, okerra frogatu zen. Beraz, bigarrenarekin. Hirugarrena ia berrehun metro airera altxatu zen lur azpian; barazki erraldoi bat, zutabe gorria txabola bezain handia eta konpainiak maniobratu ahal izateko itzal zabala zuen inguruan. Itsasorantz urrun zegoen, bai ekialdean nola mendebaldean, eta baliteke taula gainean sartzea marka gisa.

Baina ez zen haren tamaina harritzen orain nire lagunekin; jakina zen zazpiehun mila kilo urre zegoen nonbait haren itzal zabalaren azpian lurperatuta zegoela. Diruaren pentsamenduak, hurbiltzen ari ziren heinean, aurreko beldurrak irentsi zituen. Begiak buruan erre zituzten; oinak azkarrago eta arinago hazten ziren; arima osoa lotu zen dirutza hartan, bitxikeriaz eta plazerrezko bizitza osoan. Horietako bakoitzaren zain zeuden.

Zilarrez harriturik, makilka, makuluan; sudur-zuloak nabarmentzen eta dardartzen ziren; ero batek bezala madarikatu zuen euliak bere itxura bero eta distiratsu hartan kokatu zirenean; amorruz hartu zuen hari eusten nion lerrora, eta noizean behin begiak zorabialdu zizkidan. Zalantzarik gabe ez zen minik hartu pentsamenduak ezkutatzeko; eta, zalantzarik gabe, inprimatu bezala irakurri ditut. Urrearen berehalako gertutasunean, beste guztia ahaztuta zegoen; bere promesa eta medikuaren abisua iraganeko gauzak ziren biak; eta ezin nuen zalantzarik izan altxorraren bila, gaua estalita azpian hispaniola aurkitu eta itsasontzian, irla horretako eztarri zintzo guztiak moztu eta ihes egin zezala hasieran, krimen eta aberastasunez josita.

Alarma hauekin dardaraka, kostatu zitzaidan altxor ehiztarien erritmo bizkorrari eustea. Noizean behin huts egin nuen, eta orduan izan zen zilarra sokan hain zakarki eta bere begirada hiltzaileari ekin zidan. Dick, gure atzetik jaitsi eta atzeko aldera ekarri zuena, bere otoitzak eta madarikazioak erruki ari ziren, bere sukarrak gora egiten zuen bitartean. Horrek penagarritasuna ere gehitu zitzaidan, eta, guztiak koroatzeko, lautada hartan gertatu zen tragediaren pentsamendua asaldatu zitzaidan, zakar maltzur hura aurpegia urdina zuenean - sabanan hil zen, abestu eta oihuka edaria hartuz gero, bere eskua, sei konplizeak moztu zituen. Orduan bakea zen garai hartan, negarrez entzun behar nuen, pentsatu nuen; eta pentsatzen nuen pentsatzen nuen oraindik ere entzuten nuela entzuten.

Zuhaixkaren ertzean geunden.

"huzza, lagunak, guztiz!" oihukatu zuen poxek eta lehenak lasterka sartu zuen.

Eta bat-batean, hamar metro urrunago, gelditu ikusi genituen. Oihu baxua sortu zen. Zilarrak bere erritmoa bikoiztu zuen, jabea bezalako makilaren oinarekin zulatuz, eta hurrengo momentuan, biok eta biok ere geldirik egon ginen.

Gure aurretik indusketa handia egin zen, oraintsuago, izan ere, aldeak erori egin ziren eta belarra hondoratu zen behealdean. Hautatutako pick baten ardatza bi zatitan zatituta zegoen eta hainbat ontzi kaxa zeuden taulak inguruan. Ohol horietako batean burdin bero batekin marka zegoen, walrus izenarekin - flint-en ontzia zuen izena.

Dena argi zegoen probalekuarekin. Katxarra aurkitu eta fusilatu zuten: zazpiehun mila kilo desagertu ziren!

Kapitulua xxxiii

Buruzagi baten erorketa

Sekula ez zen horrelako aldarrikapenik gertatu mundu honetan. Sei gizon horietako bakoitza greba egin izan balute bezala zegoen. Baina zilarrarekin kolpea ia berehala pasatu zen. Bere arimaren pentsamendu oro sasoi betean finkatuta zegoen, arraza bat bezala; ondo atera zen, segundo bakarrean, hilda; eta burua mantendu zuen, bere burua topatu zuen eta bere plana aldatu zuen, besteek etsipena konturatzeko denbora izan aurretik.

"jim", xuxurlatu zuen, "har ezazu eta geldi zaitez arazoak izateko".

Eta bikoitzeko pistola pasatu zidan.

Aldi berean, iparralderantz mugitzen hasi zen, eta pauso batzuen artean zuloa ipini genuen gure artean eta beste bostetan. Orduan, niri begiratu eta buruari buru egin zion, esateko bezainbeste: "hona hemen bazter estu bat", hala zela uste nuen. Bere begirada nahiko atsegina zen eta etengabe aldatzen nituen aldarri hauengatik, ezin nintzela xuxurlatzen utzi: "horrela aldatu zara berriro."

Ez zitzaion denborarik faltako. Ez zekien denborarik eman. Bukaerak, juramentu eta oihuak tarteko, bata bestearen atzetik zulora jauzi egiten hasi ziren eta behatzarekin zulatzen, oholak alde batera utziz. Morganek urre zati bat aurkitu zuen. Juramentu eder batekin eutsi zion. Bi gineako pieza zen eta minutu lauren batez joaten zen haien artean.

"bi guineas!" garrasi egin zuen, zilarrez astinduz. - hau da zure zazpiehun mila kilo, ez al da negoziazioetarako gizona, ez al zara? Inoiz ez duzu ezer zuritu, zurezko buruko luberria duzu!

"desagerrarazi, mutilak", esan zuen zilarrak, lotsagabekeriarik gozoenarekin; "txerriki fruitu lehorrak aurkituko dituzu, eta ez nuke harritu behar".

"txerri-nuts!" errepikatu zen alaia, garrasi batean. "lagunok, entzuten al duzu hori? Esango dizut, gizon hura bazekien

denek batera. Begiratu haren aurpegian eta han idatziko
duzu."

"ah, zoriontsu", nabarmendu zuen zilarrezkoak, "berriro
kapanen aurrean zutik? Segurtasun handiko mutila zara,
ziur".

Baina oraingoan denak oso gustura zeuden. Indusketatik
kanpora hasi ziren, haien atzean begirada amorratuak
botatzen . Ikusi nuen gauza bat, guretzako oso ondo
zegoena; kontrako aldean atera ziren denak zilarretik.

Ondo, han gelditu ginen, bi alde batetik, bost bestetik, gure
artean dagoen zuloa, eta inork ez zuen behar bezala altxatu
lehen kolpea emateko. Zilarra ez zen inoiz mugitu; behin
ikusi zituen, makila gainean, eta sekula bezain fresko ikusi
nuen. Ausarta zen, eta ez zen akatsik izan.

Azkenean, agur esan zuen hitzaldi batek gaiak lagun
zezakeela pentsatzen.

"lagunak", dio, "horietako bi bakarrik daude; bata hona
ekarri gaituen zakar zaharra eta honetara hondoratu gaitu;
bestea bihotza daukadala esan nahi dut. Orain, lagunak ..."

Besoa eta ahotsa altxatzen ari zen eta, besterik gabe, karga
zuzendu nahi zuen. Baina orduan - crack! Crack! Pitzadura!
—hiru musketari tiro atera zitzaizkion lepotik. Zoriontsua
erortzen hasi zen indusketan; benda zuen gizona teetoto
baten inguruan biratu zen eta bere luzera osoan erori zen,
eta bertan hil zen, baina oraindik ere bihurritu zen; eta beste
hirurak bira eta korrika joan ziren beraien indarrez.

Keinua egin aurretik, johnek pistola bateko bi kupel jaurti
zituen borrokan ari zelarik. Eta gizakiak begiak azkeneko

astiroan erori zizkion bitartean, "george" esan zuen, "uste dut konformatu zaitut".

Une berean, medikuak, grisak eta ben gunnek bat egin ziguten, intxaur-azkoitiarren artean.

"aurrera!" egin zuen oihu medikuak. "bizkor bikoitza, jaunak. Itsasontzietatik abiatu behar gara".

Eta erritmo bizian abiatu gara, batzuetan sastraketatik bularreraino murgiltzen gara.

Esaten dizut, baina zilarrak gurekin jarraitzeko irrikaz zegoen. Gizakia zeharkatu zuen lana, makuluan jauzi egin zuen bularreko giharrak lehertu arte, ez zen batere inolako soinurik berdindu; eta hala uste du medikuak. Izan ere, jada hogeita hamar bat metro zegoen gure atzean, eta arrotz egiteko zorian, maldaren bekokira iritsi ginenean.

"medikua", salatu zuen, "ikusi han! Presarik ez!"

Ziur aski ez zela presarik. Lautadaren zati zabalago batean ikusi ahal izango genituzke hiru bizirik atera zirenak hasitako norabide berean zihoazela, eskuineko muino muinorantz. Dagoeneko haien eta itsasontzien artean geunden, eta beraz lau eseri ginen arnasa hartzen, luze joaten ginen bitartean, aurpegia mozten, poliki-poliki gurekin zetorrela.

"eskerrik asko, medikua", dio. "nik ezizenarekin sartu zenuen, nik uste dut, eta hawkins, eta zu ere bai, beni gunn!" gaineratu zuen. "beno, polita zara, ziur egon behar duzu".

"ben nago, naiz" erantzun zuen marroiak aingira bat bezala lotsa bere lotsaren aurrean. "eta", erantsi zuen eten luze baten ondoren, "nola egin, zilarrezko jauna! Oso ondo, eskerrak ematen dizkiot".

"ben, ben", zuritu zuen zurrumurruak, "ni egin duzun bezala pentsatzeko!"

Sendagileak muturrekoek ihes egin zutenean ihes egin zuten ihesaldian. Eta gero, itsasontziak etzanda zegoen tokiraino joan ginen lasai asko, gertatutakoarekin erlazionatuta, hitz gutxitan. Zilarra sakonki interesatzen zitzaion istorioa zen, eta ben gunn, idi erdi marroia, heroia izan zen hasieratik amaiera arte.

Ben, uhartearen inguruan zituen ibilaldi luze eta bakartietan, hezurdura topatu zuen. Fusilatu zuena izan zen; altxorra aurkitu zuen; zulatu zuen (indusketan apurtuta zegoen haren pikaxkaren haka zen); bizkarrean eraman zuen, nekatuta zihoazen bidaia askotan, pinuaren altueraren oinetatik bi uharterantz zegoen uhartearen ipar-ekialdean zegoen kobazuloraino, eta han egon zen bi hilabetetan segurtasunean gordeta. Hispaniola iritsi aurretik.

Medikuak bere sekretu hau zuritu zuenean, erasoaren arratsaldean, eta, hurrengo goizean, aingura basamortua ikusi zuenean, zilarrera joan zen, gaur egun alferrikakoa zen taula; dendak eman zizkien, ben gunnen kobazuluak berak hornitutako ahuntz haragia hornitzen baitzion; edozer gauza dena eta dena segurtasunean mugitzeko aukera izateko, bi puntetako muinoraino, malaria egon dadin eta dirua zaintzea gerta daiteke.

"niretzat," esan zuen, "nire bihotzaren aurka joan zen, baina eginbeharren ondoan zeudenei egin nion onena pentsatzen nuen; eta hau ez bazen ez bazenuen, nor zen errua?"

Goiz hartan, mutilentzat prestatu zuen etsipen izugarrian murgilduta nengoela jakin nuenean, kobazulorainoko bidea hartu zuen, eta kapitaina zaintzen zuen kuadrilla utzirik, grisa eta marroia hartu eta abiatu zen. Uhartearen diagonala eginez, pinuaren alboan egon dadin. Laster, ordea, ikusi zuen gure festak hasiera zuela; eta ben gunn, oinez flota zela eta, aurrean bidaltzea lortu zuen bere onena egiteko. Orduan, bere lehen ontzi-kideen superstizioetan lan egitea bururatu zitzaion; eta arrakasta handia zuen orain arte, grisa eta medikua etorri zitzaizkion eta dagoeneko altxorra izan zen altxorraren bila iritsi aurretik.

"ah", esan zuen zilarrak, "zorionak izan ninduen hawkins hemen nituen. Jatorri zaharrari mozten utziko zenioke, eta ez zenion sekula pentsatu, doktore."

"ez da pentsamendu bat", erantzun zuen livesey doktoreak, alaitasunez.

Eta oraingo honetan heldu zitzaizkigun. Medikuak, pickaxarekin, horietako bat eraitsi zuen, eta gero denak bestea itsasontzian sartu eta itsaso ondoan iparraldera sartzeko asmoz abiatu ginen.

Hau zortzi edo bederatzi kilometroko korrika zen. Zilarrezkoa, ia nekatuta hil bazen ere, arrauna ezarri zitzaigun, gu bezalaxe, eta laster zihoan laster itsaso leun baten gainean. Handik laster ubidetik irten eta uhartearen hego-ekialdeko ertza bikoiztu genuen, duela lau egun hispaniola garaitu genuen biribilgunean.

Bi puntako muinoa pasatzean, ben gunn haitzuloaren aho beltza ikusi ahal izan genuen, eta haren figura zutik zegoen, musket baten gainean makurtuta. Ezkutaria zen, eta esku bat zapaldu eta hiru alai eman genizkion. Zilarrezko ahotsa bat bezain bihotzez batu zitzaion.

Hiru kilometro urrunago, ipar isurialdearen ahoaren
barnean, zer topatu beharko genuke, baina hispaniola, bere
kabuz gurutzatzen! Azken uholdeak altxatu zuen, eta haize
asko, edo korronte indartsua egon zen, hegoaldeko
ainguraketan bezala, inoiz ez genuke gehiago aurkitu edo
laguntzaz haratago aurkitu. Izan ere, ez zegoen batere
sasoirik, mainsail-aren nahasketatik harago. Beste aingura
bat prest zegoen eta ur gantz eta erdi batean bota zuten.
Denok biribildu ginen berriro rum kalara, ben gunn
altxorraren etxerik hurbilenera; eta orduan grisa, esku
bakarrekoa, kontzertuarekin itzuli zen hispaniolara, gaua
zain zegoela.

Malda leuna zegoen hondartzatik leizearen sarreratik.
Goialdean, kuadrillak topatu gintuen. Niretzat kordala eta
atsegina zen, nire ihesaren berririk ez, erruaren edo
laudorioaren moduan. Zilarrezko agurraren atsegin handiz
hondoratu zen

"joana zilar", esan zuen, "zaregi maltzur eta inpostore bat
zara, inpositore izugarria, jauna. Esango didazu ez zaitut zu
epaitzeko. Beno, ez dut, baina hildakoak, jauna, zintzilikatu
lepoari buruz, errota-harriak bezala. "

"eskerrik asko, jauna", erantzun zuen john luzeak, berriro
agur eginez.

"eskerrak ematera ausartzen naiz!" oihukatu zuen kuadrilla.
"nire betebeharraren debeku latza da. Atzera egin!"

Eta, ondoren, kobazuloan sartu ginen denok. Toki handi eta
aireztua zen, malguki apur bat eta ur garbia duen putzua,
iratzez gainezka. Zorua harea zen. Sute handi baten aurrean
kapitain smollett bat zegoen; eta bazter urrun batean,
distiraren iluntasunean soilik ilunpetan zegoenean, urrezko

barra batzuekin eraikitako txanpon eta kuadrilen pila handiak ikusi nituen. Hori zen bilatzera joandako altxorraren bila, jada hamazazpi gizonen bizitza kostatu zitzaiola. Zenbateko kostua izan zuen amasean, zer odol eta tristura, zer ontzi onek sakabanatu zuten, zer gizon ausartek oholtzara jo zuten oinez, zer kanoi jaurtiketa, zer lotsa eta gezurra eta krudelkeria, agian bizirik dagoen inor ezin zitekeen kontatu. Halere, hiru ziren irla hartan, zilarrezko eta morgan zaharrak eta ben gunn-ak, bakoitzak bere zeregina hartu zuen krimen horietan, bakoitzak alferrik sar zezakeela espero baitzuten.

"sartu, jim", esan zuen kapitainak. "zure lerroko mutil ona zara, jim; baina ez dut uste zu eta biok berriro itsasora joango zarenik. Niretzat jaiotako gogokoena zara gehiegi. Zu al zara, joana zilarrezkoa? Zer dakar? Zu hemen, gizona?

"itzuli nire dooty, jauna", itzuli zuen zilarra.

"ah!" esan zuen kapitainak, eta hori zen guztia.

Zer nolako afaria nuen gau hartan, nire inguruko lagun guztiekin; eta zer bazkaria zen, ben gunnen ahuntz gaziarekin, eta jaki batzuk eta hispaniolaren ardo botila zahar bat. Inoiz ez nago ziur, pozik edo zoriontsuagoak zirenik. Eta zilarrezkoa zegoen, suaren itzaletik ia eserita, baina bihotzez jaten, zerbait nahi zenean aurrera ateratzeko gogoa, gure barre artean lasai sartu ere, bidaiaren itsasgizon maltzur eta adeitsu bera.

Kapitulua xxxiv

Eta azkena

Hurrengo goizean goiz lanera erori ginen lanera, hondartzara kilometro batetik kilometro batera urrezko masa handi hau garraiatzeko, eta, beraz, itsasontziz hiru mila itsasontziz hispaniolara, zeregin handia izan zen hain langile txikientzat. Uhartean oraindik atzerrian zeuden hiru lagunek ez ziguten asko kezkatu; muinoaren sorbaldako zentrilla bakarra nahikoa izan zen bat-bateko erasoen aurrean guri aseguratzeko, eta, gainera, uste genuen borrokan aritzea baino gehiago zutela.

Beraz, lana bizkor bultzatu zen. Gris eta ben gunn itsasontziarekin joan eta joan ziren, gainerako ausentziek hondartzan altxorra pilatzen zuten bitartean. Bi barra, sokaren muturrean zintzilikatuta, karga ona egin zuen gizon heldu batek - pozik zegoela poliki-poliki ibiltzen zen. Nire aldetik, eramateko gauza gutxi nintzenez, egun guztian kobazuloan egon nintzen lanean, menda dirua ogi-poltsetan bilduz.

Bilduma bitxi bat zen, billy hezurrak biltegiaren dibertsitatearentzat bezala, baina hain handiak eta askoz ere askotarikoagoak direla uste dut ez nuela inoiz atsegin gehiago izan haiek ordenatzeko baino. Ingelesez, frantsesez, espainieraz, portugesez, georges eta louises, dovelloons eta guineas bikoitz eta moidores eta sequins, azken ehun urteetako europako errege guztien argazkiak, ekialdeko pieza bitxiak katearen edo zatien antza dutenekin zigilatuta. Armiarmaren sarea, biribil zatiak eta karratuak eta erdialdean aspertutako piezak, lepoan zehar jazteko moduan. Munduko diru kopuru ia guztiek bilduma horretan leku bat aurkitu behar dute; eta kopuru aldetik, ziur nago udazkeneko hostoak bezalakoak zirela, beraz, nire bizkarrak estutu eta atzamarrak min ematen zidan.

Munduko diru ia guztiek bilduma horretan lekua aurkitu behar izan zuten

Egunetik egunera lan hau aurrera joan zen; arratsaldero, fortuna itsasontzian gordetzen zen, baina bihar beste zain bat zegoen zain; eta denbora guzti honetan bizirik zeuden hiru mutilen artean ez genuen ezer entzun.

Azkenean, hirugarren gauean zela uste dut, medikua eta irlako lautadaren gaineko mendixka gainean geundela paseatzen ari ginen, noiz, beheko iluntasunetik, haizeak zurrumurru artean zarata sortzen zigun. Eta kantatzen. Gure belarrietara iritsi zen trago bat besterik ez zen izan, lehengo isiltasuna eta gero.

"zeruak barka itzazu", esan zuen medikuak; "mutizariak dira!"

"guztiak mozkortuta, jauna", jo zuen gure atzetik zilarrezko ahotsean.

Zilarrezkoari, esan behar nion, bere askatasun osoa eman zitzaion, eta, eguneroko arbuiatuak izan arren, berriro ere bere menpeko pribilegiatu eta atsegina zela iruditzen zitzaion. Izan ere, azpimarragarria zen zeinen ongi portatzen zuen arinkeria horiek, eta nolako adeitasun nekagarria mantendu zuen guztiekin bere burua lantzen saiatzeko. Hala ere, uste dut inork ez zuela txakur bat baino hobeto tratatu, ez bada ben gunn, oraindik ere bere buruzagi zaharrari beldur izugarria baitzion, edo niri benetan eskertzeko zerbait zena; nahiz eta gai honetarako, beste inork baino okerrago pentsatzeko arrazoi izan nuen, izan ere, lautadako traizio berria meditatzen ikusi nuen. Horren arabera, nahiko latza zen medikuak erantzun zion.

"mozkortuta edo amorratuta" esan zuen.

"ondo zinen, jauna", erantzun zuen zilarrak; "zuretzat eta niri prezio bitxiak".

"uste dut nekez eskatuko zenidake gizaki deitzeko", itzuli zuen medikuak, irribarre batekin, "eta, beraz, nire sentimenduak harritu egin zaitzakete, maisu zilarrezkoa, baina ziur banago amorratzen ari nintzela ... Horietako bat, gutxienez, sukarrarekin dago; kanpaleku honetatik alde egin beharko nuen, eta nire karkasarentzako edozein arrisku, nire trebeziaren laguntza hartu. "

"barkatu, jauna, oso gaizki egongo zinateke", esan zuen zilarrak. "zure bizitza preziatua galduko zenuke eta horregatik etor zaitezke. Zure alde nago orain, eskua eta eskularrua; eta ez nuke alderdia ahultzen ikusi nahi , are gehiago zeure burua, zer dakidan zuri zor diozu, baina gizon horiek han daude, ezin izan zuten beren hitza mantendu - ez, nahi zutela ez zutela pentsatu, eta are gehiago, ezin zuten sinetsi.

"ez", esan zuen medikuak. "zure hitza mantentzeko gizona zara, hori badakigu".

Hiru piraten berri izan genuen horixe zen. Behin bakarrik entzun genuen jaurtiketa modu bikaina kanpora, eta ustez ehizatzen ari ziren. Kontseilu bat egin zen eta uhartean desertatu behar genituzkeela esan beharra dago: ben gunn, esan behar dut, ben gunn, eta grisaren oniritziarekin. Hauts eta jaurtiketa on bat utzi genuen, gatz ahuntzaren zatirik handiena, sendagai batzuk eta beste beharrezko tresna batzuk, tresnak, jantziak, ordezko bela bat, gantz bat edo bi soka, eta, medikuaren nahia bereziki, tabako opari eder bat.

Hori zen uhartean egin genuen azken lana. Hori baino lehenago altxorra gordeta genuen eta ahuntzaren eta gainontzeko ahoaren gainontzeko ontzia bidali genituen, edozein atsekabe izanez gero; eta azkenean, goiz goiz batean, aingura pisatu genuen, hori gerta zitekeen guztiaren inguruan, eta iparraldeko sarreratik nabarmentzen ginen, kapitainak palisadean ihes egin eta borrokatzen zituen kolore bereko hegan.

Hiru ikaskideek uste baino gertuago egon behar gintuzten ikusi behar izan zuten, laster frogatu genuen moduan. Izan ere, estalkietatik helduta hegoaldeko muturretik oso gertu etzanda egon behar genuen, eta han ikusi genituen hirurak batera belauniko harea zurrunbilo gainean zutela eskuak besoak altxatuta. Gure bihotzetara joan zen, uste dut, egoera penagarrian uztea, baina ezin izango genuke beste mutilen bat arriskuan jarri, eta gibetearen etxera eramatea adeitasun izugarria izango zen. Sendagileak agurtu eta esan zigun utzi genituen dendak eta non zeuden topatzeko, baina izenez deitzen jarraitu ziguten eta gu jainkoaren mesedetan errukitsuak izan daitezen eta horrelako toki batean hiltzen ez uzteko. .

Azkenean, ontzia oraindik bere zuloan zihoala ikustean, eta belarriko tiraka ari zen azkar, horietako bat —ez dakit hori ez zen— oihukatu egin zuen oihukari malko batez, bere muskulua sorbaldara bota eta bidali zuen. Jaurtiketa zilarrezko buruaren gainean eta sareta nagusian barrena.

Horren ondoren, sardexkak estali genituen, eta hurrengoan ikusi nuenean zulotik desagertu egin ziren, eta burruka ia ikusmena urtzen ari zela gero eta urrunago zegoen. Hori zen, behintzat, horren amaiera; eta eguerdia baino lehen, nire poza adierazezinarekin, altxor irlako harririk altuena itsaso borobil urdinera hondoratu zen.

Gizon hain motzak ginen itsasontzian denek eskua izan behar zutela; kapitaina poparen koltxoi batean etzanda zegoela eta bere aginduak ematen ari zela, izan ere, berreskuratuta zegoen arren, lasai egoteko gogoa zegoen. Espainiako amerikako gertuko portura joan ginen burua, ezin genuelako etxera bidaia arriskurik hartu esku freskorik gabe; eta nola izan zen, zer haize harrigarriak eta pare bat fresko, guztiak nekatuta geunden iritsi baino lehen.

Ilunabarrean zen aingura lurrik gabeko golfe ederrenean bota genuenean, eta berehala beltzez eta mexikar indiarrez eta odol errez betetako itsasertzetan inguratu ginen, fruituak eta barazkiak saltzen eta diru pixka bat murgiltzen eskainiz. Hain umore oneko aurpegiak ikusteak (batez ere beltzak), fruitu tropikalen zaporea eta, batez ere, herrian distira egiten hasi ziren argiek kontraste zoragarria eragin zuten uharteko gure ilun eta odoltsuarekin ; eta medikua eta kuadrila, haiekin batera eraman ninduten, gaueko lehen aldia pasatzera joan ziren. Hemen ingeleseko gudari baten kapitaina ezagutu zuten, berarekin hitz egin, ontzian abiatu ziren eta, labur batean, egun hori oso atsegina izan zen egun hispanoolaren ondoan zetorrela.

Ben gunn oholtza gainean zegoen bakarrik, eta taula gainean sartu bezain pronto hasi zen, nahigabe zoragarriekin, aitortza egiten. Zilarra desagertu zen. Itsasontziak itsasoko itsasontzi batean ihes egitean ezagutu zuen duela ordu batzuk, eta gaur egun gure bizitza zaintzeko bakarrik egin zuela ziurtatu zigun, zalantzarik gabe "hanka bakarra zuen gizon hori itsasontzian egon izan balitz". Baina hori ez zen dena. Itsas sukaldaria ez zen esku hutsik joan. Ikusi gabeko zakarrontzi bat moztu zuen eta, agian, hiru edo laurehun guineako balio zuen txanponetako bat kendu zuen, bere joan-etorrietan laguntzeko.

Guztiok gustura geundela uste dut berarengandik hain merkea ginelako.

Ondo, ipuin laburrak egiteko, esku batzuk sartu genituen, etxean gurutzaldi ona egin genuen eta hispaniola bristolera iritsi zen, jauna. Maltzurk bere partzuergoa egokitzen pentsatzen hasia zen. Itsasontziz joan zirenen bost gizon bakarrik itzuli ziren berarekin. "edaria eta deabruak gainerakoentzat egin zuen" mendeku batekin, nahiz eta, ziur egon, ez genuen batere txarra kasuetan abesten zuten beste ontzi bat bezain txarra:

"tripulazioko gizon batekin bizirik, zer jarri zuen itsasoan hirurogeita bostekin".

Guztiok genuen altxorraren zati zabala eta zentzuz edo ergelki erabiltzen genuen, gure izaeraren arabera. Kapitaina smollett itsasotik erretiroa dago. Grisek bere dirua aurreztu ez ezik, goratzeko nahiarekin bat-batean ziztatua izateaz gain, bere lanbidea ere ikasi zuen, eta orain osasuntsu dagoen ontzi baten jabea da. Ezkonduta eta familia baten aita. Ben gunnari dagokionez, hiru aste gastatu edo galdu zituen mila kilo edo, zehatzago esateko, hemeretzi egunetan, izan ere, hogeigarren egunean hasi zen eskatzen. Orduan, aterpetxea eman zitzaion, uhartearen beldur zen bezala; eta oraindik ere jarraitzen du, faborito bikaina, nahiz eta herrialdeko mutilekin zerbait ipurdia izan, eta igandean eta santuetan elizan kantari aipagarria.

Zilarrezko ezer gehiago ez dugu entzun. Hanka bat duen itsas-gizon zoragarri hori nire bizitzatik garbitu egin da, baina ausartuko naiz esanez bere gaitzespen zaharra ezagutu duela, eta agian oraindik erosotasunean bizi da harekin eta kapitaina flint-ekin. Uste dut, beste mundu batean eroso egoteko aukerak oso txikiak direla uste dut.

Barra zilarrezkoa eta besoak oraindik ere, gezurretan dakizkidan guztientzat gezurra dago; eta, zalantzarik gabe, han egongo dira niregatik. Idiek eta alanbre-sokek ez naute berriro itzuliko irla maldats horretara, eta sekula izan ditudan amets okerrenak surfak bere kostaldeetan gailurra entzuten duenean edo ohean hastearekin batera, kapitainaren flint-en ahots zorrotza entzuten duenean dira. Nire belarrietan: "zortzi pieza! Zortzi pieza!"

CPSIA information can be obtained
at www.ICGtesting.com
Printed in the USA
BVHW071432140819
555860BV00024B/1755/P

9 789699 181238